Thomas Sautner
Fuchserde

AF197185

 aufbau taschenbuch

Thomas Sautner, geboren 1970 in Gmünd, arbeitete nach seinem Studium zunächst als Journalist. Heute lebt und schreibt er in seiner Heimat, dem nördlichen Waldviertel, und in Wien.

»Fuchserde« wurde von der Kritik begeistert aufgenommen und war in Österreich ein Bestseller.

Im Aufbau Taschenbuch liegen ebenfalls seine Romane »Fremdes Land«, »Milchblume«, »Der Glücksmacher«, »Die Älteste« und »Das Mädchen an der Grenze« vor.

Mehr zum Autor unter thomas-sautner.at

Von Kindheit an sorgt Frida in ihrem Dorf für Aufsehen. Sie ist wild und unberechenbar – und die Männer lieben sie. Frida ist eine Jenische, Angehörige eines beinahe vergessenen fahrenden Volkes. Ihren Lebensunterhalt verdienen sich die Fahrenden als Scherenschleifer und Besenbinder, als Wahrsagerinnen und Kräuterfrauen. Doch die Machtergreifung der Nationalsozialisten setzte eine dramatische Zäsur. Frida und ihre Familien werden bedroht. Mit Hilfe uralten Wissens, schier waghalsigem Humor und unbändiger Kraft versuchen sie sich zu retten.

Thomas Sautner

Fuchserde

Roman

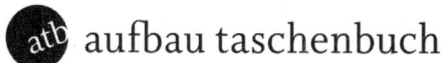 aufbau taschenbuch

MIX
Papier | Fördert
gute Waldnutzung
FSC® C083411
www.fsc.org

ISBN 978-3-7466-2378-8

Aufbau Taschenbuch ist eine Marke der Aufbau Verlage GmbH & Co. KG

16. Auflage 2025
Vollständige Taschenbuchausgabe
© Aufbau Verlage GmbH & Co. KG, Berlin 2008
www.aufbau-verlage.de
10969 Berlin, Prinzenstraße 85
© 2006 Picus Verlag Ges.m.b.H., Wien
Der Verlag behält sich das Text- und Data-Mining nach § 44b UrhG vor, was
hiermit Dritten ohne Zustimmung des Verlages untersagt ist.
Bei Fragen zur Sicherheit unserer Produkte wenden Sie sich bitte an
produktsicherheit@aufbau-verlage.de.
Umschlaggestaltung U1berlin, Patrizia Di Stefano
unter Verwendung eines Fotos von Lisa Kimmell, getty images
Druck und Binden CPI books GmbH, Leck, Germany

Printed in Germany

Für Martin

Eine ferne, verlorene Welt ist niemals
verloren und fern, wenn jemand sie
noch im Herzen trägt.

Alberto Cavallari

1.

Als Franz Jandrasits bereits bis zum Hals im Moor versunken war, kroch der Frühnebel aus dem Wald. Feucht und behutsam wälzte sich der üppige Dunst über die taunasse Wiese, schluckte das Schilfgras am Übergang zum Moor und verschlang schließlich sehr sorgfältig die gesamte Lichtung. Und das Moor verschlang Franz Jandrasits.

Seine Kräfte hatten ihn vor Sonnenaufgang verlassen, waren mit jeder verzweifelten Ruderbewegung aus seinem aufgeweichten Körper entschwunden. Seine Schreie, anfangs hysterisch und kreischend, wurden von Stunde zu Stunde leiser, seine Stimme kippte immer öfter. Am Schluss krächzte er nur noch, jammerte leise vor sich hin und weinte. Er weinte nicht seinetwegen. Er dachte an seine beiden Kinder und an seine junge Frau, die am anderen Ende des Waldes auf ihn wartete, die verzweifelt sein musste und es nun vielleicht ein Leben lang bleiben würde, seinetwegen. Warum war er nur so töricht und unersättlich gewesen, wieso nur hatte er sich nicht zufrieden gegeben mit dem Flecken Land, den der Graf zur Urbarmachung für ihn und seinesgleichen vorgesehen hatte.

Die anderen Strafgefangenen hatten nichts vom Verschwinden Franz Jandrasits' bemerkt. Und hätte seine Frau die müden Männer nicht an den Haaren gerissen, gekratzt und gebissen, um sie dazu zu bewegen, ihr bei der Suche zu helfen, wären die Hände des Franz Jandrasits wohl noch lange unbemerkt aus dem Moor geragt. Der starke Regen hatte sie rein gewaschen vom Moorschlamm, hatte auch den letzten Schmutz aus den tief zerfurchten Pranken gespült, und so sahen die gen Himmel gestreckten Handflächen von der Ferne aus wie zwei weiße Porzellanteller, die jemand an der feuchten Oberfläche des Moores abgestellt hatte.

Die blütenweißen Handflächen inmitten des sumpfigen Morasts waren es auch, die die Männer glauben ließen, Franz Jandrasits sei nicht qualvoll und stundenlang um sein Leben kämpfend im Moor versunken, sondern mit einem einzigen gewaltigen Ruck vom Moorgeist nach unten gezogen worden. Bestätigung fanden die Männer, als die Hände des Franz Jandrasits nicht etwa langsam dem übrigen Körper ins Moor folgten, sondern plötzlich und begleitet von einem dumpfen Gurgeln, sowie dem Aufsteigen einer an der Oberfläche zerberstenden Blase, vom Moor eingesaugt wurden. »Jetzt hat er ihn ganz geschluckt!«, war die Reaktion der Umstehenden, deren Erschrecken rasch dem beruhigenden Gefühl wich, dass die Tragödie einen durchaus konsequenten Abschluss gefunden hatte: Der Moorgeist hatte sein Opfer restlos verspeist.

»Holt ihn raus! Holt mir meinen Mann!«, schrie Jandrasits' Frau die Männer an, die mit offenen Mündern dastanden. Doch der Graf ließ keine unnützen Gedanken und ebenso zeitraubende wie riskante Eskapaden mehr zu: »Zurück!«, befahl er kurz, zerrte an den Zügeln und trabte voran, in die Richtung des Siedlungsgebiets.

Franz Jandrasits' Frau kniete noch stundenlang im Gras und starrte auf die Stelle, an der ein Teil von ihr im Morast versunken war. Rund um sie trockneten Sonnenstrahlen die regennassen Halme. Die Vögel begannen lautstark ihr Tagwerk und ihre beiden Kleinen, die nun nur noch die ihren waren, spielten vergnügt im Gras.

✳ ✳ ✳

1799 vergab Graf Vinzenz von Straßoldo, Eigner der Herrschaft Schwarzenau im nördlichen Waldviertel, in einem besonders entlegenen und unwegsamen Flecken seiner Besitzungen stückweise Land an eine Hundertschaft von Menschen. Viele davon wurden im Volksmund als Gesindel und Zigeuner beschimpft. Es waren Männer und Frauen, die wegen Delikten wie Mundraub, Raufereien, Anpöbelungen der Obrigkeit, kleineren Diebstählen und anderen Übertretungen in Ungnade gefallen waren. Unter ihnen waren Sinti und Jenische, Angehörige des fahrenden Volkes. Diesen Menschen bot Graf Vinzenz von Straßoldo folgenden Tauschhandel an: Wenn sie innerhalb von drei Jahren die raue Gegend, vorwiegend Wald- und Moorland, urbar machten, also rodeten und trockenlegten, sowie darauf Häuser erbauten, würde er ihnen die Freiheit schenken.

Die fortan Kleinhäusler genannten Siedler nahmen das Angebot an und bearbeiteten das ihnen zugeteilte Land. Gut drei Jahre später, 1803, bestand der Ort tatsächlich und wurde der fünf Kilometer entfernt liegenden Pfarre Langegg zugeteilt. Und weil der Graf nicht nur hoch- und wohlgeboren war, sondern auch Obrist-Hofmeister der Erzherzogin von Österreich, der durchlauchtigsten Frau Amalie, bekam der arme und teils vom Pöbel gegründete Ort einen wahrhaft funkelnden und fürstlichen Namen: Amaliendorf.

* * *

Leg noch zwei Scheit Holz in den Ofen, kleiner Fuchs. Weißt du, wenn jemand ein Lebtag lang gefroren hat, genießt er die Wärme umso mehr. Und dann setz dich zu mir. Ich weiß doch, dass du gekommen bist, um noch mehr zu hören. Ja, so ist es gut. Es wärmt schon, allein das Knacken des Holzes im Ofen zu hören. Früher wurde ja noch mit Torf geheizt. Aber das ist lange her. Das war, als deine Vorfahren hier herauf ins Waldviertel gekommen sind. Die älteste Geschichte über deine fahrenden Ahnen stammt aus jener Zeit, mein kleiner Fuchs. Wie könnte es bei uns anders sein, handelt die Geschichte von einer Reise. Allerdings einer ganz besonderen Reise.

Es begann schon damit, dass es nicht deine Verwandten waren, die sich für die Fahrt entschieden hatten. Es war auch nicht ihr armseliger, klappriger Karren, mit dem sie fuhren. Diesmal reisten sie mit einem mächtigen Wagen; einem Wagen, der keinen Geringeren gehörte als den Habsburger Regenten und der von einem Kutscher gelenkt wurde, in dem blaues Blut floss. Der Name des Kutschers war Graf von Straßoldo. Die strengen Maßstäbe, die der Graf in Punkto Anstand und Ordnung anlegte, und zwar an sich zumindest ebenso wie an die gesamte Welt, für deren moralische Entwicklung er sich verantwortlich fühlte, diese Maßstäbe hatten ihm ein lästiges Leiden eingebracht. Es entlud sich des öfteren durch Nervenzucken in seinem Gesicht, was der Graf mit Haltung über sich ergehen ließ.

Das Entscheidende aber, das diese Fahrt so außergewöhnlich machte, habe ich dir noch nicht erzählt, mein kleiner Fuchs. Das Entscheidende war: Diese Reise sollte die letzte deiner fahrenden Ahnen sein. Die letzte Reise von Menschen, deren ureigenste Lebensform seit Generationen immer nur das Reisen gewesen war. Es sollte die allerletzte Fahrt dieser Jenischen sein. So wollte es der Graf. So wollte es die große österreichisch-ungarische Monarchie. Aber du weißt ja, mein kleiner, schlauer Fuchs: Fahrende kann man nicht aufhalten, nicht auf Dauer. Ebenso wenig wie man Wasser aufhalten kann. Es findet seinen Weg.

Graf Straßoldo plante ein politisches Meisterstück. Er wollte zwei Ärgernisse mit einer einzigen Maßnahme loswerden: Zum einen suchte die Monarchie nach einer Lösung für das »Zigeunerunwesen«. Wobei das Unwesen zumeist darin bestand, dass unsere reisenden Ahnen den eingesessenen Zünften allzu große Konkurrenz machten und sich die Bauern beschwerten, weil ihre dummen Henderln wie verhext hinter den Karren deiner Vorväter nachrannten und schließlich in deren Kochtöpfe stolperten. Die Obrigkeit und die phantasielosen, sesshaften Bürger nannten das dann Diebstahl. Neben diesem Zigeunerunwesen jedenfalls hatte der Graf das Problem, Land zu besitzen, das wegen seiner Wildheit und Unzugänglichkeit keinen Gewinn abwarf. Also kombinierte der Graf: Er hatte unbrauchbares Land und unbrauchbares Volk. Was lag da näher, als unbrauchbares Land durch unbrauchbares Volk brauchbar zu machen. Und umgekehrt.

Um seinen Willen durchzusetzen, wählte der Graf eine seiner billigsten Waffen: Als sich eine Gelegenheit bot, deinen Vorfahren straffälliges Verhalten vorzuwerfen, ließ er die Richter noch strenger vorgehen als sonst. So setzte es diesmal nicht wie gewohnt eine Geldstrafe oder die üblichen Wochen hinter Gittern. Diesmal war es Kerker. Einzelhaft. Ein ganzes Jahr lang Trennung von der Familie. So erreichte der Graf, was er erreichen wollte: Er hatte deinen Vorfahren die Angst tief bis in die letzten Winkel ihrer Seelen gejagt. Diese Angst durchdrang sie so unerbittlich, dass sie deine Ahnen schließlich eintauschten. Und zwar gegen einen Zustand, den der Graf, weil er es nicht besser wusste, Freiheit nannte. Innerhalb von drei Jahren mussten deine Vorfahren Wälder roden, steinige Wiesen urbar machen, Sümpfe trockenlegen und danach – und das war das Schlimmste für sie – danach mussten sie Häuser errichten und sesshaft werden. Für immer. Kein Herumtreiberleben mehr, vorbei mit den Reisen und dem sittenlosen Dasein, wie der Graf es nannte. Diesmal kamen deine Verwandten nicht mit Haft davon, diesmal war es Sesshaft.

Zwei, drei und vier Joch großer, karger Grund wurde ihnen geboten – einzutauschen gegen endlose Freiheit und den Besitz von allem, was Gott je für sie hat wachsen und gedeihen lassen auf Erden. Das Einzige, mein kleiner Fuchs, was deinen Vorfahren erhalten bleiben sollte, war der Hunger. Er sollte mit einziehen in das kleine Häuschen, das sie zu bauen hatten. Der Hunger, da waren sie sicher, würde bei ihnen bleiben, als steter Begleiter. Denn der steinige Boden, das war bald gewiss, würde zu wenig abgeben, würde geizig sein beim Verteilen seiner Früchte. Zudem waren hier heroben, im nördlichsten Zipfel des Waldviertels, die Sommer allzu kurz, die Winter hingegen hart und lang.

Das war auch der Grund, warum sich dein Urahn eines Abends nach der Arbeit davonmachte und nicht wie die anderen Männer zu seiner Familie zurückkehrte, in die notdürftig errichtete Holzbaracke, wo alle Frauen und Kinder warteten, gleichsam lebendes Pfand des Grafen für die Rückkehr der Männer. Dein Vorfahre glitt unbemerkt vom schmalen Pfad ab, den er und die anderen Männer in den letzten Monaten geschlagen hatten, tauchte ein in den nach Sommer duftenden Jungwald und wollte nach einem Flecken Erde Ausschau halten, der satter war und üppiger als die vom Grafen zugeteilten Parzellen.

Nach Stunden des Herumirrens im Wald beschloss er umzukehren. Er konnte sich nur noch am Schein des Mondes orientieren, zudem schmerzte sein Magen – teils weil er beinahe leer war, teils wegen der Beeren und Schwammerln, die er im Heißhunger blindlings verschlungen hatte, und die nun in seiner Magengrube ihre Gaukeleien trieben. Die wilden Früchte des Waldes waren es wohl auch, die den Geist deines Urahns verrückt hatten. »Was irrst du hier herum?«, fragte er sich und gab sich im Stillen die verzweifelte Antwort: »Ich will doch nur einen Flecken finden, der windgeschützt ist und dessen Erde sich bereitwillig auftut, um zu nehmen, und die sich auch wieder bereitwillig auftut, um zu geben.« Kaum hatte er diese Hoffnung zu Ende gedacht, eröffnete sich vor ihm eine Lichtung. Der Wald zeichnete ihre traumhaften Umrisse und der Mond warf sanftes Licht auf üppiges Geflecht, auf Kräuter und auf eine Wiese mit sattem, frischen Gras. Dein Urahn jauchzte vor Freude und rannte los. Er schrie »Danke! Danke!« und warf seine Hände zum Himmel. Nach wenigen Metern versank er im Moor.

Als er aufgehört hatte zu schreien und das Moor begann, ihm die Luft zu rauben, vernahm er eine tiefe, ruhige Stimme: »Du hast mich gesucht und nun hast du mich gefunden«, sagte der Moorgeist zu ihm. »Du wolltest Erde, die nimmt, und Erde, die gibt. Nun nehme ich. Und ich verspreche dir, auch wieder zu geben. Ich werde deine Kinder und deine Frau wärmen und ihnen Nahrung sein.« Nach diesen Worten nahm der Moorgeist deinem Vorfahren die Angst und zog ihn zu sich.

Schon am Tag darauf stellte sich heraus, dass der Moorgeist Wort gehalten hatte. Denn unweit der Stelle, an der dein Vorfahre vom Moor verschluckt worden war, ließ der Graf fortan Torf stechen. Torf, mit dem die Öfen der Siedlung befeuert wurden und dessen Ertrag dank des gräflichen Zubrots ausreichte, Frau und Kinder deines Urahns zu ernähren.

Ich weiß, du kennst diese Geschichte schon, mein kleiner, schlauer Fuchs. Unzählige Male habe ich sie dir erzählt, so wie die vielen anderen Geschichten auch. Aber du weißt, warum ich all das nun noch einmal wiederhole, nicht wahr? Du weißt, warum ich die alten und uralten Geschichten unserer Vorväter noch einmal hervorkrame aus meinem Schädel. Freilich weißt du es, mein kleiner, schlauer Fuchs: Es wird nicht mehr lange sein, dann werde ich diese Welt verlassen, um in eine andere zu gehen. Ich spüre schon, wie ich der Erde zuwachse. Tag für Tag ein Stückchen näher. Bald werde ich sie nähren, wie sie mich ein Leben lang genährt hat. Das ist der Lauf der Dinge.

Du bist der Letzte und Jüngste unserer Sippe. Nur dir erzähle ich all die Geschichten und Weisheiten. Nur dir vertraue ich all mein Wissen an, wie es Sitte ist bei uns, seit jeher: vom Ältesten zum Jüngsten. Es ist ein jahrhundertealtes Wissen, ein Wissen, das von unseren Ahnen und Urahnen gesammelt wurde, und das es zu hüten gilt wie einen sehr wertvollen Schatz. Und ich sehe an deinen Augen, dass dieser Schatz gut bei dir aufgehoben ist, mein kleiner, schlauer Fuchs.

2.

Lillis Wehen wurden immer stärker, doch das ließ sie die beiden Gendarmen nicht merken. Sie hatte die Beine unter ihrem langen, schweren Rock versteckt, hockte am staubigen Boden, den Rücken ans Wagenrad gelehnt, und sah in zwei pausbäckige Gesichter, die von Fusel und Schweinefett aufgedunsen waren. Als der kleinere der beiden zu reden begann, schoben sich die Falten seines Doppelkinns übereinander wie die Lappen einer alten, speckigen Ziehharmonika. »Verschwindet sofort vom Gemeindegebiet, wenn ihr keine Wandererlaubnis und kein Hausierbuch habt«, keifte er, nahm den Holzknüppel von seinem Gürtel und ließ ihn ein paar Mal lässig in die flache Hand klatschen. Lilli hatte keine Angst. Sie war zornig, und das war der Grund, warum sie erwog, die beiden zu verhexen. Sie hätte ihnen Kröpfe wachsen lassen können oder eitrige Furunkel. Beides womöglich. Freilich wusste sie, dass das Kraftverschwendung wäre, denn der Zauber würde keinesfalls rasch genug wirken, um die Gendarmen zu vertreiben. Weit schwerer aber noch wog, dass sie die Flüche viel, sehr viel Kraft kosten würden. Kraft, die ihr und ihrem Ungeborenen, das immer heftiger nach draußen ins Leben drängte, bei der nahen Geburt fehlen würde. Und dennoch war die Versuchung für Lilli groß, die beiden Fettwänste für ihre Gemeinheit noch mehr zu strafen als es Gott, für jedermann offensichtlich, ohnehin bereits getan hatte.

»Ist schon in Ordnung«, sagte da Lillis Mann, der ihren Holzkarren zur Nachtrast am Tag davor in alter Übung und mit Vorbedacht an einem Grenzstein angehalten hatte. »Komm Lilli«, sagte er in ruhigem, fröhlichem Ton, »steh auf, wir rücken ein bisschen herüber auf Zwettler Boden, zur anderen Gemeinde.«

Es hatte schon Nächte gegeben, in denen es bis zum Morgengrauen so ging: von einer Gemeinde in die andere, und wieder retour. Für die beiden Gendarmen war der einfache Trick neu. Die rasche Lösung der Angelegenheit irritierte sie. Also setzten sie sich einige Meter neben dem Karren der Jenischen ins Gras, und es dauerte eine Weile bis sie schließlich begreifen mussten, dass ihnen nun von Gesetzes wegen keinerlei Handhabe mehr gegen die Fahrenden blieb. Für Lilli dauerte die Nachdenkpause der beiden zu lange. Ihr Kind wollte nicht länger warten. Und da die beiden Gendarmen keine Anstalten machten, sich auch nur ein paar Zentimeter von der Stelle zu bewegen, lief sie, ihren prallen Bauch mit den Händen haltend, auf den nahen Hügel und verschwand hinter ein paar Haselnusssträuchern. Keine halbe Pfeifenlänge verging, da tauchte sie wieder auf. Ihr Mann, ihre Kinder und die beiden Gendarmen sahen sie vom Hügel herunterkommen. Ihre nackten Füße schienen über die Wiese zu schweben. Ihre Sohlen streichelten vom Himmel her das Gras. Ihr offenes, rabenschwarzes Haar war eins mit dem Wind und ihre goldenen Ohrringe glänzten im Sonnenlicht. Sie hatte ihren knöchellangen, schmetterlingsbunten Rock nach oben gerafft, sodass man ihre schönen Beine bis weit über die Knie sehen konnte. Lillis Gesicht war Entspannung und ihr Lachen der Frühling. Im Rock trug sie ihren Sohn. Zu Ehren des Ururgroßvaters, der einst im Moor versunken war, als er für die Familie Land gesucht hatte, sollte er Franz heißen.

Fünf Wochen war es nun her, dass sie von Amaliendorf aufgebrochen waren. Während der ersten Frühlingstage hatten sie ihr Hab und Gut und all die Tandlerwaren, die in den letzten Monaten fabriziert worden waren, auf den Karren gepackt. Sie hatten ihrem guten, alten, zotteligen Hund das Geschirr umgelegt, damit er beim Ziehen helfen konnte, und waren Richtung Süden aufgebrochen. Den ganzen langen Winter über hatten die Frauen und Mädchen aus unansehnlichen Fetzen, aus Stoff- und Wollresten bunte Kleider, hübsche Schürzen und Tischdecken, schöne Westen und Umhänge gezaubert, hatten gestrickt und gehäkelt. Hatten die unzähligen getrockneten Heilkräuter sortiert, die sie im Wald und im Moor gesammelt hatten, bevor der Schnee die Landschaft so fest einschloss, als wollte er sie nie wieder freigeben. Sie hatten die Kräuter im hölzernen Mörser zerstampft und sie anschließend fein säuberlich in kleine Stoffsäckchen verschnürt. Die Männer und die Buben wiederum hatten Holz mit Flacheisen und Feilen bearbeitet, auf dass handelbare Holzschuhe daraus würden, sie hatten unzählige Besen gebunden, mehrere Dutzend Körbe und Schwingen geflochten und kurzstielige Pfeifen geschnitzt.

Gemeinsam war die ganze jenische Sippschaft bei der Arbeit in der kleinen Stube zusammengehockt, dem einzigen Zimmer im Haus, das dank des behelfsmäßigen Ofens und des darin verheizten Torfs zumindest so warm gehalten werden konnte, dass man den eigenen Atem nicht mehr sah. Was aber noch behaglicher wärmte, waren die Geschichten und Märchen, die von der Ältesten erzählt wurden. Sie war die Einzige, die nicht Hand anlegte, und dennoch durfte sie am nächsten zum Ofen sitzen. Ihr Zutun war nämlich nicht minder wichtig für das Gelingen der Arbeiten, und das war allen bewusst. Um aber ganz sicher zu gehen, erwähnte die Alte eine ihrer Weisheiten besonders häufig: »Alles Gute, was man tut, ist seines Lohnes wert«, beendete sie viele ihrer Geschichten und beobachtete mit Wohlgefallen das stumme Nicken der anderen.

Als Lilli und ihr Mann samt den Kindern und dem Ungeborenen aufgebrochen waren, war ihr Karren so hoch mit
Hausrat und anderen Handelswaren beladen, dass zu
fürchten stand, der klapprige Wagen könnte beim erstbes-
ten Windstoß oder beim nächsten Schlagloch umkippen.
Nahrung hingegen führten sie kaum bei sich. Für nur drei
Tage wurde Proviant geladen. Mehr sollte schließlich und
endlich auf der Reise erbettelt oder vorteilhaft gegen
Ware eingetauscht werden.

Beim Abschied von den anderen, die in den nächsten
Monaten die kargen Felder zu bewirtschaften haben würden, flossen Tränen. Ein Wiedersehen würde es erst in gut
einem halben Jahr geben, dann, wenn die Tage fürs Herumziehen zu kurz und zu kalt würden, dann, wenn bald
die Raunächte übers Land kämen, knapp vor dem nächsten Winter – also noch lange, lange nicht. Denn dieser
Winter war gerade erst dabei, sich widerwillig zu verab-
schieden, mit den letzten Schneeresten, die an den Weg-
böschungen der schwachen Sonne trotzten.

Bevor der Wagen losrollte, umarmten einander alle, und
die Älteste steckte Lillis Mann beim Abschied einen alten, zusammengeschrumpelten Erdapfel in die Mantel-
tasche. Worte verlor sie darüber keine.

✳ ✳ ✳

*Die Herkunft der Jenischen ist nicht restlos geklärt. Vermu-
tet wird, dass sie, anders als andere Zigeunerstämme, etwa
Roma und Sinti, europäischen, womöglich keltischen, Ursprungs sind. Zudem stießen im Laufe der Jahrhunderte
Menschen zum Volk der Jenischen, die wegen Hunger, Armut, Krieg, Massenkrankheiten oder Realteilung zur Wanderschaft gezwungen waren. Im Mittelalter sah sich etwa ein
Fünftel der Menschen genötigt umherzuziehen, im 17. und*

18. Jahrhundert gar ein Viertel. Noch im 19. Jahrhundert waren es etwa zehn Prozent. Bei den Jenischen unter ihnen wurde aus der Not des Reisens eine Tugend, sowie ureigenste Tradition und Lebensform. Ihr Brot verdienten sich die Jenischen als Handwerker, Kesselschmiede, Pfannenflicker, Korbflechter und Besenbinder, Bettler, Hausierer mit Waren aller Art, als Schausteller, Wahrsager, Kräuterfrauen, Kartenleger, Seiltänzer, Bärentreiber, Vogelhändler, Zirkusbetreiber, Drehorgelspieler und mit vielen anderen Tätigkeiten.

Heute gibt es in Europa Schätzungen zufolge zwischen 250 000 und 1,5 Millionen Jenische. Eine Gruppe davon sind zum Beispiel die Tinkers in Irland, Schottland und England. Ihre Sprache (Shelta) ist die reinste Form des noch gesprochenen Keltischen. Jenische leben aber unter anderem auch in Frankreich, Spanien, Italien, der Schweiz, Norwegen, Schweden, Finnland, Deutschland, Tschechien, der Slowakei, Ungarn und in Österreich.

Die Jenischen haben eine eigene Sprache, mit der sie sich über alle Landesgrenzen hinweg untereinander verständigen können. Bedeutung und Herkunft des Wortes »Jenisch« sind strittig. Die Wortwurzel könnte im Romanes liegen und die Sprache der Wissenden und Eingeweihten bezeichnen. Aller Wahrscheinlichkeit nach ist Jenisch eine Mischung aus Keltisch, Romanes, Jiddisch sowie regional gefärbten Wortkreationen. Jenisch hat keine eigene Grammatik, allerdings einen großen Wortschatz. Die Fahrenden verwendeten und verwenden Jenisch als Geheim- und Berufssprache.

✳ ✳ ✳

Die Götter verließen deine Ahnen keinen einzigen Tag. Während ihrer ganzen langen Reise nicht. Ab dem Tag, an dem die Familie von Amaliendorf aufgebrochen war, stand sie unter ihrer Obhut. Und weißt du warum, mein kleiner, schlauer Fuchs? Weil ihnen die Älteste der Sippe einen Glückserdapfel mitgegeben hatte, so wie es noch heute Brauch ist, hier heroben, bei uns im Waldviertel. Den Erdapfel hatte sie im Sommer ausgegraben. Und ab diesem Moment, ab dem Augenblick, an dem dieser Erdapfel dem sonnengetrockneten Acker entnommen worden war und die groben Hände der Alten ihn zum ersten Mal befühlt hatten, bekam er die Aufgabe, der Familie beizustehen. Alleine mit diesem Gedanken fütterte die Alte den Erdapfel. Immer wenn sie ihn ansah, ihn zwischen ihren Händen rieb und mit ihrem knöchrigen Daumen die grünen Triebe aufs Neue abstreifte, konzentrierte sie sich darauf, dass dieser Erdapfel dazu bestimmt war, Glück zu bringen. Vielleicht hundert Mal wurde der Erdapfel auf diese Art von der Alten mit Liebe und Energie aufgeladen. Je älter und somit kleiner, runzeliger und härter er wurde, desto mehr Kraft wohnte in ihm.

Als er schließlich gut ein halbes Jahr später in die Rocktasche von Lillis Mann plumpste, war er kein gewöhnlicher alter Erdapfel. Er war Schutzschild und Glücksbringer zugleich: Er bewahrte seinen Besitzer und dessen Liebste vor dem schlimmsten Unglück und half dem Glück etwas nach, wenn es nötig war. Außerdem stand die Familie dank des Erdapfels stets unter dem Schutz der Ältesten. Wenn sie sich einmal alleine fühlten, nahmen sie den Erdapfel, reichten ihn in der Runde herum, ließen ihn zwischen ihren Fingern tanzen, befühlten ihn, rochen an ihm, nahmen ihn fest in ihre Faust: Lilli, ihr Mann und die Kinder. Und dann wussten sie, dass die Älteste und mit ihr die ganze Sippe bei ihnen war. Dann wussten sie, dass alles gut war und dass ihnen nichts geschehen konnte.

Ich finde es schön, dass du nicht lachst, wenn ich dir diese Geschichte erzähle, mein kleiner, schlauer Fuchs. Als ich sie dir das erste Mal erzählte, konntest du dein Kichern nicht zurückhalten. Doch inzwischen bist du älter geworden und ich weiß, dass auch du die Kraft des Glückserdapfels mittlerweile zu schätzen weißt.

Kannst du dich noch erinnern, wann der Erdapfel auf dieser Reise zum ersten Mal seine Wirkung tat? Zum ersten Mal schüttete er Glück aus, als ihn Lillis Mann kurz nach der Abreise in seiner Rocktasche entdeckte. Als er nach seiner Pfeife greifen wollte, rollte ihm der Erdapfel in die Hand. Kaum hatten seine Finger das runzelige Etwas ertastet, begriff er: Die Älteste hatte an ihn und seine Familie gedacht. Sie hatte einen Glückserdapfel reifen lassen, auf dass ihnen nichts geschehen konnte, auf dass sie wohl behütet seien. Lillis Mann durchrieselte das Glück. Er behielt die Hand in der Tasche, umfasste den Erdapfel, und mit einem Mal ließ sich der Wagen leichter ziehen, mit einem Mal war die Angst verflogen, die ihn die letzten Kilometer begleitet hatte, und der Zweifel, ob diese Wanderschaft nicht zu beschwerlich sein würde für seine schwangere Frau und die kleinen Mädchen. Nein, nun war alles gut. Mit einem Mal war er voller Zuversicht. Als er sicher war, dass seine Augen nicht mehr allzu sehr glänzten, hielt er an, drehte sich zu Lilli um, die mit den Kleinen am Karren saß, lachte sie an und sagte: »Ich liebe dich.« Ab diesem Moment hatte auch Lilli keine Angst mehr.

Ja, mein kleiner Fuchs. Das war das erste Mal, dass der Erdapfel seine Wirkung getan hatte.

Wenige Wochen später, es war im Morgengrauen, da setzten Lillis Wehen ein. Und bald darauf, als die Sonne eine Handbreit über den Wipfeln stand, fiel ein gesunder, kräftiger Bub aus Lillis Schoß. »Wurde auch Zeit«, sagte ihr Mann und lachte, als ihm Lilli nach drei Mädchen den ersten Buben entgegenstreckte.

So leicht die Geburt dank der wochenlang zuvor eingenommenen Kräutermixturen und der aufgetragenen Heilsalben verlief, so mühsam zäh verrann die Zeit knapp davor. Denn deine Vorfahren waren von zwei Gendarmen aufgehalten worden, die Streit anfangen wollten. Deine Ahnen wussten nach nur wenigen Augenblicken, dass es sich um armselige und mit sich selbst unzufriedene Menschen handelte. Sie verrieten sich, wie sich alle unglücklichen Kreaturen verraten: durch Hass, Wichtigtuerei und Neid. Gottlob hatte sich Lillis Mann schon viel Lehrreiches von der Ältesten abgeschaut und darum wusste er, wie zu handeln war. Es ist sinnlos, solche Menschen bekehren zu wollen, denn das provoziert sie nur und ist der Mühe nicht wert. Unnütz ist es auch, mit der Faust zu antworten, das verlängert nur den Ärger. Also ging Lillis Mann den Weg des Raben. Du weißt doch: Der Rabe ist unscheinbar, er trägt kein buntes Kleid. Und doch steckt er voller Intelligenz und eleganter List. Lillis Mann machte nicht viel Aufsehen. Er ging sowohl mit seinen Nerven als auch mit seinen Muskeln sparsam um. Er tat nicht mehr und nicht weniger, als nötig war: Er zog seinen Karren ein paar Meter über die Gemeindegrenze – und damit aus dem geistigen Horizont der plötzlich nicht mehr zuständigen Gendarmen.

Auch Lilli hatte viel von der Ältesten mitgegeben bekommen. Eine Gabe, die besonders hervorstach, hatte sie allerdings bereits in die Wiege gelegt bekommen: das Hexen. Hexen ist, wie du weißt, mein kleiner, schlauer Fuchs, ein durchaus brauchbares Geschenk der Götter. Mit Hexerei wurden schon viele brave Menschen von Unheil befreit, und etliche böse Menschen wurden in ihrem zerstörenden Treiben gebremst. Allerdings ist die Hexerei eine Kunst, die nicht nur Können verlangt, sondern, und das ist zumindest ebenso wichtig, große Weisheit. Mit der war deine Ahnin aber leider nicht gesegnet. Lilli war ungestüm und allzu jähzornig. Und so schleuderte sie ihre Verwünschungen ebenso wahl- und ziellos durch die Gegend, wie Zeus seine Blitze an einem schwülen Sommerabend. Weil sie dafür von ihrem Mann oft gescholten wurde, verschwieg ihm Lilli bald ihre Hexereien, die ihr, sobald sie ihr entfahren waren, oft selbst nicht ganz koscher waren. Und so kam es, dass sich auf ihrer Reise erst am Rückweg zeigte, wo Lilli Monate zuvor Ärger bereitet worden war: Es wimmelte nur so von ehemals gemeinen Gendarmen, geizigen Bauern, rabiaten Bürgern und lüsternen Burschen, die ihnen, nun sehr stumm und das Gesicht rasch abwendend, mit Eiterbeulen, Furunkeln und Geschwüren wieder begegneten.

Als sich diese Wiedersehen einige Male zugetragen hatten, fragte Lillis Mann nicht mehr nach den Gründen für die Verwünschungen. Er rügte seine Frau auch nicht mehr. Er drehte sich nur kurz nach Lilli um, die gerade wie zufällig wegsah, schüttelte den Kopf und steuerte auf den jeweils armseligen Tropf zu. Lilli wusste dann, was sie zu tun hatte, um ihren Mann zu besänftigen. Sie sprang vom Karren und gab heilende Salbe, lindernde Kräuter und schmerzstillendes Wurzelpulver. Wieviel Geld sie den Gadsche* dafür abknöpfte, erzählte sie ihrem Mann nicht. Sie tat die Einnahmen einfach in die gemeinsame Schatulle. So falle ihr Geschäft mit den zuerst aus Zorn verhexten und dann aus Liebe – Liebe freilich nur zu ihrem Mann – geheilten Opfern nicht auf, dachte sie.

Zu verheimlichen versuchte sie ihrem Mann auch, wie sehr die vielen Verwünschungen sie auszehrten, wie viel Seelenkraft sie sie kosteten – auch die rettenden Gegen-

---

* Mit einem Stern gekennzeichnete Begriffe werden im Glossar am Ende des Buches erläutert.

zauber, die neben den Tinkturen und Mixturen für eine Heilung unabdingbar waren.

Dass Lilli zu spät die nötige Ruhe und Weisheit fand und zu lange verschwenderisch mit ihrer Gabe und ihrem Ärger umgegangen war, zeigte sich, als sie schon nach vierzig Wintern schwer krank wurde und ihren Körper mit jenen Furunkeln, Beulen und Geschwüren übersät fand, die sie einst anderen an den Hals und wer weiß wo sonst noch hin gewünscht hatte. Als ihre teils erwachsenen Kinder sie knapp vor ihrem Tod fragten, wie dieses Unheil nur über sie kommen konnte, da sie doch besser als alle anderen mit Hexerei, Heilkräutern und Kobolden umzugehen wisse, hieß Lilli ihre Kinder eine einfache Übung sehr, sehr sorgfältig zu machen. »Lasst eine Eisenkugel auf eine Marmorplatte fallen«, sagte sie und lächelte bitter.

Hast du das schon einmal gemacht, mein kleiner, schlauer Fuchs? Hast du schon einmal eine Eisenkugel auf eine Marmorplatte fallen lassen? Es ist eine sehr lehrreiche Lektion über Aktion und Reaktion. Denn merke dir, mein kleiner Fuchs: Alles, was du im Leben tust, hat Konsequenzen. Für dich und für deine Umwelt. Mag es dir noch so klein und nichtig erscheinen – mit allem, was du tust, bist du Quell für Neues. Und das Schöne ist: Du bekommst jeden Tag, ja sogar jede Minute, das Geschenk, dich für Gut statt Böse, für Liebe statt Hass zu entscheiden.

Unsere Urahnin Lilli hat sich nach ihrem Tod ganz dem Guten zugewandt. Als Mulo* konnte sie zwar noch eine Generation lang das Hexen auf Erden nicht lassen, und sie mischte sich immer wieder in den Lauf der diesseitigen Dinge ein. Doch stets tat sie es in großer Weisheit und Liebe. Und nie wieder zu irgendjemandes Schaden.

3.

Luca Resulatti wollte nicht das Leben führen, das für ihn bestimmt war. Er wollte auch nicht auf den Tod warten, der für ihn vorgesehen war. Er wollte nicht enden wie sein Großvater. Der war als Korberkind geboren worden, hatte sein Leben lang nichts anderes getan als Körbe zu flechten, und er war auch als Korber gestorben – und wie ein Korber: im Schneegestöber einer zu kalten Novembernacht. Dabei war Luca Resulattis Großvater keinesfalls ein trauriger Mensch gewesen. Und wenn ihn hin und wieder doch die Traurigkeit überkam, dann lenkte er sich ab, indem er seinem Enkelkind, das ihm zugefallen war, wundervolle Luftschlösser baute. So war etwa der Bretterverschlag, in dem sie hausten, nur deshalb so löchrig, damit, wie der Großvater dem Kleinen glaubhaft erklärte, ja damit das goldene Glück durchs Dach auch reichlich auf sie niederrieseln könne.

Je älter Luca wurde, umso mehr liebte er seinen Großvater. Und umso mehr schmerzten die warmen Weisheiten des altersschwachen Mannes, die, wie Luca wusste, nur noch ihm galten. Es waren Geschenke zum Abschied. Und die wiegen besonders schwer. Luca schmerzte es auch mitanzusehen, wie höchste Weisheiten mit niedrigsten Lebensumständen einhergehen. Es schmerzte, dass Tugendhaftigkeit und Fleiß nicht satt machten. Das war schlimmer als der Hunger selbst.

Als die Arthritis die Finger des Großvaters immer mehr anschwellen ließ und das Flechten der Körbe schließlich zur unerträglichen Tortur wurde, beschloss der Alte Mundharmonika spielen zu lernen. Dazu seien keine flinken Finger nötig und das Musizieren würde sicher auch nicht weniger Geld einbringen als das Körbeflechten. Dass er keine Mundharmonika besaß und darüber hinaus noch nie einen Ton auf nur irgendeinem Instrument gespielt hatte, schien Lucas Großvater nicht zu verunsichern. »Wo ein Wille ist, da ist auch ein Weg«, sagte er feierlich. »Und was ein Jenischer nicht kann, das kann er lernen.« Zur Bekräftigung für den Kleinen – und sich selbst – legte er zärtlich seine schwere Hand auf die Schulter des Enkelkinds. Dann lächelte er Luca an und sagte: »Weißt du, wir Zigeuner finden immer einen Weg. Wir sind wie das Wasser.«

Drei Wochen später verfolgte der Großvater einen seiner Träume. Er verfolgte ihn ganz intensiv, und weil es ein so schöner Traum war, wollte er ihn diesmal, dieses eine Mal, nicht wieder loslassen. Und so entschied sich Lucas Großvater, bis in alle Ewigkeit weiter zu schlafen.

Am Abend zuvor hatte er auf einer verrosteten Mundharmonika zum ersten Mal fehlerfrei eine einfache Melodie gespielt.

Luca Resulatti hatte sich schon Monate vor dem Tod seines Großvaters entschieden. Er wusste, was er tun würde, an dem Tag, an dem er zum ersten Mal in seinem Leben niemanden, wirklich niemanden mehr haben würde. Sobald es so weit wäre, würde er aufbrechen. Er würde sich auf die Suche machen nach dem anderen Teil seiner Sippschaft. Auf die Suche nach seinem Onkel, dem Herrn über Elefanten, Bären und Löwen. Nach seinem Onkel, von dem sein Großvater immer erzählt hatte, er sei einer der größten Zirkusdirektoren, die Italien je erlebt habe. Jener Onkel, den er selbst nie zu Gesicht bekommen hatte und von dem es hieß, dass er sich in der Umgebung nicht blicken lassen könne, wegen Geschichten, die lange her wären und von denen man besser nichts wissen sollte. »Zu deinem eigenen Vorteil«, wie Lucas Großvater stets betonte und jedem darauf folgenden Drängen seines Enkels widerstand, was Seltenheitswert hatte.

Der Tag, den Lucas Großvater durch seinen Tod zum Abreisetag für seinen Enkel machte, schien der denkbar ungünstigste für den Beginn einer langen Wanderung. Der Schnee lag kniehoch, was seit Jahren nicht mehr der Fall gewesen war, und eisiger Wind peitschte übers Land. Wie schon sein Großvater konnte Luca alles, was er besaß, auf seinem Rücken tragen. Um seine Füße hatte er mit Bast Gamaschen aus Lederresten gebunden, um seinen Körper – zusätzlich zur Kleidung – Zweige. Dazwischen hatte er Moos gestopft. Dennoch klapperten seine Zähne, als er nach stundenlanger Wanderung zum ersten Mal bei einem Bauern anklopfte, und sein Körper zitterte vor Kälte. Als niemand öffnete, klopfte er nochmals, diesmal fester. Seine Knöchel spürte er nicht mehr. Dann trommelte er mit der Faust an die schwere Holztür. Als sie sich endlich öffnete, grinste Luca Resulatti breit und bemühte sich, fröhlich zu erscheinen. Kurz überlegte er, ob man ihm ansah, dass er seine Mimik nicht mehr unter Kontrolle hatte, weil er vor Kälte nicht nur in seinen Händen und Füßen, sondern auch in seinem Gesicht kein Gefühl mehr hatte. Er grinste und sprang fidel hin und her, weil er von seinem Großvater gelernt hatte, dass die Menschen mit Leid nichts zu tun haben wollen, dass sie an Problemen vorbeisehen, und dass sie die Not anderer nur interessiert, wenn sie ihr Mitleid von der sicheren Ferne aus zeigen können; freilich nicht durch Taten, sondern nur sich selbst und anderen Gaffern, durch Händeringen, Seufzen, womöglich die eine oder andere Träne. Sehr wohl aber mögen Menschen ihren eigenen Vorteil, und den am liebsten, wenn er durch Dritte nicht erkannt wird, sondern als Großmut erscheint. Deshalb gluckste Luca, sprang von einem Bein auf das andere, und die rund um den Gürtel und die Brust gebundenen Zweige wippten dazu: »Darf ich etwas tun für Sie, gnädiger Herr?«, trällerte Luca und ergänzte krächzend: »Scheren schleifen, Körbe flechten, Besen binden, Schirme oder Kessel flicken, alles gegen nur eine warme Mahlzeit und eine Nacht im Stall? Sie täten eine gute Tat!«

Der Bauer bekam vor Staunen den Mund nicht zu. Als er sich von dem ungewöhnlichen Anblick erfangen hatte, schüttelte er den Kopf und lachte: »Was bist denn du für ein kauziger Waldgnom. Hüpf doch um Himmels Willen nicht so herum, du zerspringst ja noch vor Kälte. Na, komm schon herein.«

Es lief nicht immer so gut. Einige Bauern wiesen Luca Resulatti auch ab. Und es mag ja Zufall gewesen sein, aber jedenfalls schien es Luca so, als ob er umso herzlicher aufgenommen wurde, und umso großzügiger für seine Dienste entlohnt wurde, je kleiner der Hof war. Und dass er umso schroffer und billiger abgefertigt wurde, je wohlhabender die Bauersleute waren. Ein Großbauer war es auch, der sich mit höhnischem Lachen von ihm abwandte und wieder im Haus verschwand, nachdem ihm Luca angeboten hatte, seine Töpfe zu flicken. Luca ahnte nichts Gutes und wollte sich schon davonmachen, da kam der Bauer zurück. In seiner rechten Hand hielt er drei blitzend neue, emaillierte Töpfe, in seiner linken Hand nochmals drei. »Diese Töpfe haben mich in der neuen Manufaktur nicht mehr gekostet als ein paar läppische Flickarbeiten von dir«, triumphierte er, und seine Töpfe schepperten dazu. »Jetzt könnt ihr schauen, wo ihr Zigeunerpack bleibt!« Luca nickte nur und machte kehrt. Er hatte sich einige Meter entfernt, da plärrte ihm der Bauer nach.

»Warum ziehst du überhaupt mitten im Winter durch die Gegend? Sonst kommt ihr doch immer erst im Frühjahr. Und außerdem schleppt ihr doch sonst eure ganze Sippe mit. Warum bist du ganz allein?« Luca sah im Gehen über seine Schulter und schrie, lauter als es notwenig gewesen wäre: »Kauf dir die Antworten doch in der neuen Manufaktur!«

Die meisten Bauern wussten zu jener Zeit die Dienste der Fahrenden noch zu schätzen. Sie liebten die Geschichten, die die Jenischen zu erzählen wussten und mit denen sie die Wangen der um den Tisch versammelten Kinder zum Glühen brachten. Auch Luca Resulatti beherrschte die Kunst des Erzählens. Und so schilderte er etwa die abenteuerliche Herkunft eines Besens, der, bevor er in seinen Besitz gekommen sei, schon einer alten Hexe gedient habe. Die sei damit über Schlösser und Burgen geflogen und ihr guter Geist stecke noch immer in den Fasern des Besens, was die Frauen des Hauses ja bald bemerken würden. Denn dieser und nur dieser Besen fege Hof, Diele und alle Böden beinahe wie von selbst. »Euch Jenischen kann man auch wirklich keine Ware abkaufen, an der nicht eine Geschichte klebt«, lachte daraufhin der Herr des Hauses. »Wenn noch ein paar von euch kommen, ist bald unser ganzer Hausrat verzaubert.«

An Zauber grenzte es auch, dass Luca Resulatti es schaffte, all die Dinge, die er versprach, auch tatsächlich einzuhalten. Denn es konnte freilich keine Rede davon sein, dass er sämtliche Fertigkeiten, die er anpries, auch beherrschte. Noch nie in seinem Leben hatte er einen Regenschirm geflickt, noch nie einen Topf oder eine Pfanne repariert. Was er wirklich konnte, war Körbe flechten – und improvisieren. Beides hatte er von seinem Großvater gelernt. Also werkte er einfach drauf los, wenn es galt, Dinge zu tun, die er bisher nur andere tun gesehen hatte.

Und irgendwie funktionierte es immer. Wenn auch manchmal eben nur irgendwie.

Bei jedem Hof, in jedem Dorf und in jeder Stadt auf seiner Reise fragte Luca, ob »der berühmte Zirkus Resulatti« einmal in der Nähe Station gemacht habe. Doch niemand hatte jemals etwas von diesem berühmten Zirkus gehört, geschweige denn, eine der Vorstellungen besucht. Mit den Monaten wuchs in Luca Resulatti eine Sorge, die ihren Ausdruck darin fand, dass er nicht mehr nach dem »berühmten Zirkus Resulatti« fragte, sondern nur noch nach dem »Zirkus Resulatti«. Abermals Monate später, es war mittlerweile Spätsommer geworden, hatte Luca die Erfolglosigkeit satt. Also fragte er, ob denn nicht »irgendein Zirkus« in der Gegend gewesen sei. Das ließ die Trefferquote geradezu explodieren. Und Luca schöpfte wieder Hoffnung.

Nie und nimmer hätte er gedacht, dass es so viele Zirkusse gibt. Manche davon, so befand er, hätten sich, ginge es nach ihm, keinesfalls Zirkus nennen dürfen. Seiner Ansicht nach waren es armselige Häufchen von Menschen, die sich Artisten schimpften, nur weil sie es beispielsweise mehr schlecht als recht schafften, auf einem Seil zu balancieren, das zwei Meter über der Erde gespannt war, und dabei ein paar Bälle jonglierten. Nein, Zirkus müsste mehr sein, fand Luca Resulatti: größer, lauter, bunter, exotischer, gewagter. Kurzum: Ein richtiger Zirkus müsste so sein wie der seines Onkels. Und er werde nicht aufgeben, bis er diesen Zirkus gefunden hatte.

In der Zwischenzeit begnügte sich Luca Resulatti damit, sein eigener Zirkus zu sein. Er gewöhnte sich an, seine Besen und Körbe nicht bloß anzubieten und sie mit Anekdoten zu versehen. Zusätzlich verlegte er sich darauf, die Besen geschickt durch die Luft zu wirbeln, um sie schließlich elegant wieder aufzufangen. Er jonglierte mit Körben aller Art und Größe und ließ sie, sozusagen als Schluss- und Höhepunkt seiner Darbietung, ineinander auf seinem Kopf landen, sodass er letztlich einen meterhohen, wackeligen Turm aus Körben auf seinem Kopf balancierte. Und weil ihm dieses Kunststück noch zu wenig spektakulär schien, hatte er bei all der Herumspringerei die alte Mundharmonika seines Großvaters zwischen die Lippen gepresst. Dementsprechend hektisch klangen die Melodien. Den Leuten gefiel es.

Der Zirkus war es auch, der ihn auf einen neuen Verkaufsschlager brachte: Elefantenschmalz. Luca Resulatti pries das Schmalz als immens kräftigend an. Schließlich stamme es vom mächtigsten und größten Tier der Erde. Dass in den Tiegeln nur gewöhnliches Schweineschmalz war, das Luca zur Tarnung mit zerriebenen Waldkräutern verrührt hatte, vertrug sich mit den vom Großvater übernommenen hohen Moralvorstellungen durchaus. Schließlich könne man nicht auf die Dummheit jedes Bauerntölpels Rücksicht nehmen, sagte sich Luca. Genauso verhielt es sich bei zwei noch raffinierteren Produkt-Einführungen: den Tränen der Jungfrau Maria und den Milchtropfen aus der Brust der Mutter Gottes.

»Circo Carloso« stand in großen Lettern an den Wagen, die von Pferdegespannen durch den warmen Sand der Landstraße gezogen wurden. Allein die Staubwolke, mit der die mehr als ein Dutzend Wagen ihn einnebelten, beeindruckte Luca Resulatti. So müsste er sein, dachte er, der Zirkus seines Onkels. Vor dem ersten Gespann wurden tatsächlich zwei Elefanten hergetrieben, hinter dem Tross rannten einige Zebras, Kamele und sogar eine Giraffe. In einem Käfigwagen sah man auf den Eisenstäben herumlungernde Schimpansen, in einem anderen wurden Löwen, wieder in einem anderen Tiger transportiert. Ja, das war ein richtiger Zirkus.

»Wo macht ihr Halt?«, rief Luca im Laufen den zwei Burschen zu, die am Kutschbock des letzten Wagens saßen.

»Malcesine«, kam von einem als Antwort.

»Und wie heißt der Zirkusdirektor?«

»Steht doch auf den Wagen. Kannst du nicht lesen? Carloso!«

Luca Resulatti war nicht enttäuscht. Er hatte nicht einmal zu hoffen gewagt, dass es der Zirkus seines Onkels sei. Und lesen? Ja, er konnte lesen. Anders als sein Großvater. Der hatte zwar keine Bücher lesen können, dafür aber in Gesichtern. »Ich sage dir, Luca, das Herz eines Menschen zeichnet sich auf seinem Gesicht ab«, hatte er hin und wieder gesagt, bevor sie gemeinsam mit ihren Körben hausieren gingen. Zum Beweis hatten sie geheime Handzeichen vereinbart, die der Großvater für seinen Enkel machte, sobald sich die Türe öffnete. Die offene Hand an der Hosennaht bedeutete: Das ist ein offener Mensch, wir haben gute Geschäfte vor uns oder zumindest ein freundliches Gespräch. Die geschlossene Hand bedeutete: Das ist ein verschlossener Mensch, der mit sich hadert, es wird schwierig, Geschäfte zu machen, und wahrscheinlich auch trostlos. Luca konnte sich an kein einziges Mal erinnern, bei dem sein Großvater geirrt hatte.

Ein paar Stunden später war die Zirkuskolonne in Malcesine an ihrem Standplatz angekommen. Mit nur etwas Verspätung folgte, vom schnellen Gehen keuchend und schweißnass, Luca Resulatti. Zum Rasten ließ er sich keine Zeit. Er inspizierte einen Wagen nach dem anderen und schließlich sah er ihn: Das musste er sein, der Zirkusdirektor, das musste Signore Carloso sein. Der Mann war nicht gerade hochgeschossen, vielleicht knapp eins siebzig groß.

Er war spindeldürr, so um die vierzig Jahre alt, hatte krauses, schwarzes Haar und trug einen gezwirbelten Bart über seiner Oberlippe. Auf seinem Kopf saß ein schwarzer Hut, er trug ein weißes Hemd, darüber ein schwarzes Gilet. Schwarze, blank polierte Schuhe mit leichten Absätzen glänzten unter seiner schwarzen Stoffhose. In seinen Mundwinkeln steckte eine Virginia, an der er mehr zu kauen schien, als dass er sie rauchte. Luca Resulatti war zu nervös für lange Einleitungen: »Signore Carloso! Darf ich für Sie arbeiten?« Lucas Gegenüber lehnte sich an seinen hölzernen, rot-blau-gelb bemalten Wohnwagen, verschränke die Arme und schien zu lächeln. Aber genau konnte Luca das nicht beurteilen, vielleicht kaute der Mann auch nur auf eine sehr eigene Art und Weise an seiner Virginia. »Was kannst du?«, fragte der Zirkusdirektor. Luca wollte nicht riskieren, abgewiesen zu werden. Deshalb antwortete er so, wie es ihm bereits auf seiner Reise Erfolg eingebracht hatte: »Alles. Ich kann alles, Signore Carloso.«

»Alles«, wiederholte der Zirkusdirektor nachdenklich und mit betont beeindruckter Miene. »Nun, wenn das so ist und du wirklich alles kannst, dann beginne damit, die Damenlatrinen zu putzen.«

Das war nicht die Tätigkeit, die sich Luca für seinen Einstieg ins abenteuerliche Zirkusleben vorgestellt hatte. Da er aber sicher war, dass Großvater beim Anblick dieses Mannes seine offene Hand an die Hosennaht gehalten hätte, gab Luca Resulatti nicht auf: »Signore Carloso. Wenn Sie das so wollen, werde ich es machen. Aber ich bitte Sie, mir eine verantwortungsvollere Tätigkeit zu geben.« Das scheinen die richtigen Worte gewesen zu sein, freute sich Luca, denn nun lächelte der Zirkusdirektor. Mit Sicherheit lächelte er. Zigarrenkauen alleine konnte das nicht sein.

»Wie heißt du, mein Junge?«, wollte der Zirkusdirektor wissen. Als Luca Resulatti mit stolzgeschwellter Brust seinen Vor- und seinen Nachnamen aussprach, kippte die Virginia seines Gegenübers nach vorne und kurz, ganz kurz, wurde aus dem stolzen, eleganten Zirkusdirektor Carloso ein weicher, schmächtiger Mann.

»Ich habe es geahnt«, sagte Carlo Resulatti.

Er sperrte sich mit seinem Neffen in seinem Wohnwagen ein. Sie tranken und aßen gemeinsam. Sie erzählten einander in groben Umrissen ihr Leben der letzten Jahre, lachten über Anekdoten und erzählten einander Geschichten, wie sie nur Jenische erleben können. Nur eines wollte Carlo Resulatti nicht erzählen: Warum er von zu Hause fortgegangen war und seinen Namen geändert hatte. Vielmehr rang er seinem Neffen ein Versprechen ab: Niemals und um keinen Preis dürfe er das Geheimnis um seinen Namen verraten. Und auch seinen eigenen Nachnamen solle er tunlichst verschweigen. »Es ist auch zu deinem Besten«, sagte Carlo Resulatti.

»Muss ich jetzt noch immer die Damenlatrinen putzen?«, fragte Luca nach einer Weile, setzte ein keckes Gesicht auf, auch um wieder gute Laune in das zuletzt ernste Gespräch zu bringen, und boxte seinen Onkel freundschaftlich in die Rippen.

»Na schön«, antwortete er. »Da du von den Damenlatrinen offensichtlich nichts hältst, putzt du eben die Herrenlatrinen.« Luca Resulatti erkannte an den hochgezogenen Augenbrauen und dem ernsten Gesichtsausruck seines Onkels, dass er nicht spaßte.

»Luca«, sagte sein Onkel dann. »Ich spüre, du willst hoch hinaus. Und du wirst es auch noch weit bringen, denn du bist klug und hast anscheinend schon viel gelernt. Aber denke daran: Der Weg ist lang. Und der Wolf wird nicht an einem Tag zum Oberhaupt des Rudels.«

✳ ✳ ✳

34

*In der warmen Jahreszeit, von Frühjahr bis Herbst, fuhren
die Jenischen im Familienverbund im Land umher, um Geschäfte zu machen. Wenn es Winter wurde, lebten sie in abgelegenen Gegenden, die von der sesshaften Bevölkerung
wegen ihrer Widrigkeit oder Gefährlichkeit gemieden wurden, etwa an Berghängen, in Auen und nahe von Mooren.
In der Sprache der Jenischen gibt es, entsprechend der Reise-
und der Nicht-Reise-Saison, nur zwei Jahreszeiten: den
Hitzling (Sommer) und den Biberling (Winter).*

*Den sesshaften Kaufleuten und Handwerkern waren die
Fahrenden aus Konkurrenzgründen stets ein Ärgernis. Den
Landleuten jedoch waren sie willkommen. Denn sie lieferten
auch in abgelegene Gegenden Waren aller Art und reparierten
schadhaft gewordenes Geschirr sowie Werkzeug direkt vor
Ort. Außerdem brachten sie von ihrer Reise die neuesten
Nachrichten, willkommene Abwechslung und Unterhaltung.
Im Laufe des 19. Jahrhunderts verloren die Fahrenden dann
sukzessive an Bedeutung: Aufgrund der verkehrstechnischen
Erschließung auch entlegener Flecken und der Verbesserung
der Nahversorgung waren Wanderhändler immer weniger
gefragt. Zudem wandelte sich die Wiederverwertungsgesell-
schaft zur Wegwerfgesellschaft. Das machte Scherenschleifer,
Pfannen-, Kessel- und Schirmflicker überflüssig. Handarbeit,
etwa das Korbflechten und das Besenbinden, konnte mit der
neuen Massenfertigung nicht mithalten. Übrig blieben bei
dieser Entwicklung die Fahrenden. Sie wurden bald nur noch
als lästig empfunden.*

✻ ✻ ✻

Luca Resulatti ist einer der ersten deiner italienischen Ahnen, dessen Leben uns überliefert ist, mein kleiner Fuchs.
Er war vierzehn Jahre alt, als er eines Tages neben seinem
toten Großvater erwachte. Luca war nicht erschrocken,
als er bemerkte, dass sein Großvater nicht mehr atmete.

Er war auch nicht verzweifelt. Ihm war nur schrecklich kalt. Weißt du, warum Luca so ruhig war? Er war ruhig, weil er wusste, dass der Tod nichts Schlimmes ist, sondern nur die Rückkehr zu sich selbst. Und er war ruhig, weil er stolz war, längst erwachsen zu sein, nämlich seit einem ganzen Jahr schon, und weil er wusste, dass er sehr gut selbst für sich sorgen konnte.

Sein Großvater hatte ihn auf das Alleinsein vorbereitet. Seit Lucas Eltern und Geschwister an Typhus gestorben waren, hatte er das getan. Nach dem Tod des Großvaters verlor Luca keine Zeit. Er packte seine Siebensachen und dann tat er das, was ihm sein Großvater als letzte Aufgabe mitgegeben hatte: Er brannte die Hütte ab, mitsamt dem Leichnam seines Großvaters darin. Die Gadsche sollten nichts von ihm finden, kein Härchen und keinen Fetzen Gewand. Lucas Großvater wollte nicht, dass sie sich hermachen über seinen leblosen Körper, er wollte nicht, dass sie sich mit ihm beschäftigen und so seine Seele stören, wenn sie gerade auf der großen Reise ist. Aus diesem Grund riet der Großvater seinem Enkel auch, sich niemals fotografieren zu lassen. »Ein Foto ist wie ein Teil von dir«, warnte er Luca. »Ebenso könntest du deine abgeschnittenen Fingernägel oder Haarbüschel von dir unachtsam liegen lassen. Und du weißt doch: Nichts ist einfacher, als dich mit Hilfe solcher Mittel zu verhexen. Lass dir nur ja nicht die Seele rauben!«

Als sich Luca vom brennenden Holzverschlag abwandte, wusste er nicht, welchen Weg er nehmen sollte. Aber er kannte sein Ziel. Längst hatte er beschlossen, Zirkusdirektor zu werden. Es dauerte nur zehn Jahre, zehn Jahre voll Unnachgiebigkeit, voll guter und schlechter Erfahrungen, zehn Jahre des Lernens und des Verantwortung-Übernehmens, nur zehn Jahre, und er war an seinem großen Ziel angekommen: Er wurde Herr über einen der größten Zirkusse Italiens. Sein Onkel hatte ihm alles beigebracht: alles über die Seele der Tiere und alles über die Seele der Menschen. »Mehr brauchst du nicht zu wissen«, sagte er zu ihm. »Mehr kann man gar nicht wissen.« Als er im Sterben lag, übergab er den Zirkus nicht an seine beiden Töchter, die er sehr liebte, sondern an Luca.

Die Wirklichkeit, mein kleiner, schlauer Fuchs, die Wirklichkeit beginnt in deinem Kopf. Du schaffst sie jeden Tag aufs Neue. Wenn du ein Ziel mit jeder Faser deines Herzens anstrebst, hat das Schicksal gar keine andere Wahl, als es dich erreichen zu lassen. Denn du hast mehr Energie in dir als du dir in deinen kühnsten Träumen vorstellen kannst.

Luca Resulattis Onkel Carlo war vermutlich an Lungenkrebs gestorben. Weil es aus seinem Mund pausenlos qualmte, musste er sich von seiner besorgten Frau immer wieder beschimpfen lassen. Seine Reaktion darauf war stets dieselbe: »Mein Bruder hat nicht geraucht. Er hat nicht gesoffen. Er hatte nicht einmal Weibergeschichten. Und trotzdem ist er so früh gestorben, im Alter von sechs Jahren.« Carlo Resulatti brauchte seinen Humor, um mit dem Vergangenen zurechtzukommen.

Ihren Anfang hatte die Tragödie mit der Wettleidenschaft von Carlos Vater genommen. Von ihm hieß es, er habe noch nie in seinem Leben eine Wette, die er angenommen hatte, verloren. Dennoch war er im Ort ein begehrter Wettpartner. Denn wenn man auch damit rechnen musste, seinen Wetteinsatz an ihn zu verlieren, so schien die spektakuläre Gegenleistung, die Carlos Vater zum Gewinnen der Wette erbringen musste, den Geldeinsatz in jedem Fall wert. So kam es schon vor, dass Carlos Vater mitten in der Nacht nackt auf den Kirchturm kletterte und die Glocken läutete oder dass er zehn Gläser Schnaps ex trank, durch die Nase. Und irgendwann einmal wettete er dann, dass er die Frau des Bürgermeisters verführen und ihr Höschen noch in derselben Nacht an die Rathaustür nageln würde.

Als er wieder nüchtern war, wusste er, dass er es diesmal zu weit hatte kommen lassen. Gegenüber seiner Frau sah er kein Problem, schließlich war das Weib des Bürgermeisters eine Gadsche, und als Ehebruch galt bei den Jenischen nur Liebe mit einer anderen Zigeunerin. Wenn allerdings der Bürgermeister Wind von der Sache bekäme, und dafür würde wohl spätestens das Höschen seiner Frau am Rathausplatz sorgen, dann käme das einem Todesurteil gleich. Jeder wusste um den Jähzorn des Bürgermeisters und von seinem Hass gegenüber den damals praktisch vogelfreien Jenischen und den anderen Fahrenden. Da eine Wette aber nun einmal eine Wette ist und Carlos Vater weder seinen legendären Ruf noch seine Ehre verlieren wollte, beschloss er, die Sache durchzuziehen. Eine Woche später hing um fünf Uhr früh eine ziemlich große, seidene, mit Spitzen versehene Damenunterhose an der Tür des Rathauses.

Zwei Stunden später standen sie schon in der Hütte von Carlos Vater, die Männer des Bürgermeisters. Sie klopften nicht an, sie stellten keine Fragen und sie verloren auch sonst kein Wort. Sie durchschnitten die Kehle von Carlos Mutter, die Kehle seines Großvaters, jene des sechsjährigen Bruders und auch die des Neugeborenen. Carlos Vater ließen sie am Leben. Sie schnitten ihm lediglich die Hoden ab und nagelten sie an die Eingangstür. Beim Hinausgehen stellten sie den Wetteinsatz auf den Küchentisch: eine Flasche Schnaps.

Als Carlo und seine Großmutter einen Tag später von einem ausgedehnten Streifzug zurückkamen, trafen sie in der Nähe ihrer Hütte merkwürdigerweise keine Menschenseele. Carlo sah in die ängstlichen Augen seiner Großmutter. Als die Hütte in Sichtweite war, beschleunigte er seinen Schritt und deutete seiner Großmutter zu warten. Je näher er der Hütte kam, desto lauter hörte er seinen eigenen Atem. Als er durch die offene Tür trat, fand er seine Familie im eigenen Blut. Sein Vater hing mit einem Strick um den Hals vom Querpfosten der Stube. Auf dem Tisch stand eine volle Flasche Schnaps.

Weißt du, warum ich dir diese Geschichte erzählt habe, mein kleiner, schlauer Fuchs? Weil ich dir am Beispiel deines unglückseligen Ahnen die Gratwanderung zwischen Ehre und Dummheit zeigen wollte. Denke immer daran, denn auch du bist noch ein eitler Hitzkopf.

Außerdem hat unser Ahne eine weise jenische Redensart nicht beherzigt. Du kennst sie schon. Sie lautet: »Jeder erhalte das Dreifache von dem, was er mir wünscht und tut.« Denkt und handelt ein Mensch gegenüber anderen gut, mein kleiner, schlauer Fuchs, dann strömt ihm von allen Seiten Segen zu. Tut er das Gegenteil, wird er unter negativer Strahlung zu leiden haben. Sogar, wenn dir jemand trotz deiner Freundlichkeit keinen sichtbaren Dank zeigt, seine Seele sendet dir Kraft, ganz unabhängig davon, ob dein oder sein Verstand etwas davon bemerkt. Darauf ist Verlass, mein kleiner, schlauer Fuchs. Es ist von jeher so gewesen. Und es wird immer so sein.

4.

Das allerletzte Mal in ihrem Leben hatte Frida Angst, weil ihre Mutter sie nicht wie üblich in den Schlaf sang. Das konnte ihre Mutter nicht mehr, denn sie lag im Sterben. Lillis Körper war verfallen, aufgedunsen, von Beulen und Furunkeln übersät, und das Geringste war, dass ihre Beine sie nicht mehr zu ihrer jüngsten Tochter tragen wollten. Da die Kleine nicht zu weinen aufhören konnte, ging ihr Vater zu ihr nach nebenan. Er entzündete ein Büschel Bärenfell und ließ es über Fridas Kopf kreisen. Drei rhythmische Kreise formte er nach rechts, drei rhythmische Kreise nach links, hin und her, ganz sanft. Hin und her. Er bewegte das Büschel knapp über dem Kopf der Kleinen. So konnte der weiche Rauch des glimmenden Bärenfells beim Einatmen in ihre Nase gleiten.

Schließlich war es so weit: Die Angst schwebte aus der kleinen Frida. Sie konnte es förmlich spüren, ja, den Auszug der Angst beobachten. Von diesem Moment an kam die Angst nie wieder zurück zu Frida, ihr ganzes Leben lang nicht.

In diesen Minuten aber machte ihre Mutter Lilli auch die letzten Atemzüge. Und so gab es viele in der Sippe, die sich einig waren, dass in dem plötzlich und fortan unerschütterlichen Mädchen der starke Schutzgeist ihrer Mutter stecke. Ja, dass der Geist der Mutter im Augenblick ihres Todes wahrhaftig in die Kleine gefahren sei. Und dass er ja keine weite Reise gehabt habe, nur von einem Zimmer ins andere.

Frida war die Jüngste im Haus. Neben ihren drei Schwestern, ihren beiden Brüdern und ihren Großeltern, war es besonders ihr schweigsamer Vater, der sich um sie kümmerte. Einmal nahm er zärtlich eine lose Wimper von ihrer Wange und erzählte Frida, dass sie nun einen Wunsch frei habe, der mit Sicherheit in Erfüllung gehen werde. Sie müsse nur die Wimper auf ihren Zeigefinger legen und sie mit einem festen Atemstoß davonblasen. Dieser Aberglaube gefiel Frida so gut, dass sie nicht mehr aufhören wollte, nach losen Wimpern Ausschau zu halten. Weil lose Wimpern aber nun einmal nicht sehr häufig zu finden sind, und schon gar nicht welche von fünfjährigen Mädchen, griff ihr Vater zu einer kleinen Notlüge – und in seine Nase. Dort fanden sich büschelweise Haare, die gut als Wimpern durchgingen. Nachdem er die Wurzel eines seiner Nasenhaare mit dem großen Küchenmesser abgehackt hatte, streichelte er der kleinen Frida wie beiläufig über die Wange und dann freute er sich mit ihr: »Do schpaun au! Do is jo a Wimper!«*

Jahre später, als Frida längst von der liebevollen Gewohnheit ihres Vaters wusste und jener vom Wissen seiner Tochter, ließ Frida es sich gerne gefallen, wenn der Vater ihr schmunzelnd über die Wange strich – und ihr feierlich eines seiner Nasenhaare überreichte. Sie platzierte es dann, wie es sich gehörte, auf die Spitze ihres linken Zeigefingers, konzentrierte sich auf ihren Wunsch, kniff die Augen zusammen und blies ihre ganz persönliche, ganz besondere Wimper in die Welt.

Es war nach einem dieser unendlich scheinenden Waldviertler Winter, als die Tage endlich länger wurden und der Morgenreif den Schweif der Füchse nicht mehr weiß färbte, da ging Fridas Familie im Geleit mit den Familien der zwei ältesten Schwestern wieder auf Reise – so, wie es schon ihre Ahnen getan hatten: zur selben Jahreszeit und vom selben Ort aus, von Amaliendorf. Den Wagen aber zogen zwei Rösser und nicht, wie damals, der Vater mit Hilfe des Hundes. So kamen sie viel weiter voran als ihre Vorfahren, deren alte Route und deren Lagerplätze sie in den ersten Wochen ihrer Reise gern benutzten.

Der Vater saß am Kutschbock, Fridas Brüder neben ihm. Dahinter, im Wageninneren unter der Plane, Frida und ihre Großeltern, verkeilt zwischen Bergen von Fleckerlteppichen, Tüchern, Schürzen, Holzschuhen und allerlei anderer Handelsware, die sie im Winter hergestellt hatten. Ihr Hund, er hieß Gipry und war ein schwarz-weißer Spitz, lief hinterher. Wenn Gipry müde wurde, sprang er auf das breite Brett gleich neben dem Hühnerverschlag, den der Vater am hinteren Ende unter den Holzwagen genagelt hatte. Außergewöhnlich war, dass die Zahl der Hühner in diesem Verschlag im Laufe ihrer Reise nicht und nicht kleiner werden wollte. Und das, obwohl die Sippe allabendlich zumindest ein Huhn am Feuer briet. Für dieses Wunder war Gipry verantwortlich. Wenn ihre Wagenkolonne ein Dorf verließ, nachdem sie Markt gehalten hatten, ließ sich Gipry zurückfallen. Dann sahen sie ihn oft ein, zwei Stunden nicht. Denn dann ging Gipry seiner großen Leidenschaft nach: Hühner fangen. Wenn Gipry schließlich, mit seiner Beute im Maul, die Wagen wieder eingeholt hatte, überholte er sie und legte seine Trophäe, einer Straßensperre gleich, ein paar Meter vor den Rössern ab. Fridas Vater ließ darauf die Pferde anhalten, sprang vom Kutschbock, tätschelte Gipry lobend den Kopf und ließ das Huhn rasch im Wageninneren verschwinden. Wenn sie dann am Abend beim Lagerplatz von einem Gendarmen gefragt wurden, woher sie denn das Brathuhn hätten, antwortete Fridas Vater seelenruhig: »Herr Inspektor, schauen sie ruhig unter unseren Wagen in den Verschlag. Dann sehen sie, dass wir unsere eigenen Hühner mit uns führen.«

»Wir Jenische stehlen nie«, sagte der Vater ernst, als die Gendarmen außer Hörweite waren. »Die Gadsche müssen nur aufpassen«, setzte er fort, und dann konnte er sich nicht mehr halten und auch alle Umsitzenden krümmten sich vor Lachen, weil sie wussten, was nun kommmen würde, »die Gadsche müssen nur aufpassen, dass unserem Gipry kein saftiges Gani* über den Weg rennt.«

»Was frei wächst und gedeiht, das ist für alle«, setzte dann der Großvater nickend ein, und jeder wusste, was nun folgen würde: »All das hat der Herrgott geschaffen und wachsen lassen, und nicht der Bauer. Und darum gehört es allen und man kann nicht von Diebstahl sprechen.«

An einem dieser typischen Abende war es, als sich die beiden Brüder Fridas gleich nach dem Essen davonmachten. Anders als die anderen verzichteten sie darauf, ihren Schlafplatz gleich neben dem Bach herzurichten. Sie bereiteten nicht wie üblich ihre Betten aus Fichtenästen und Stroh vor. Sie warteten auch nicht wie sonst mit Vorfreude darauf, bis die Großeltern alte Geschichten und Märchen am Feuer erzählten. Sie nahmen nur noch ein Stamperl Gebrannten. Fridas Vater erwartete keine Erklärung, als die beiden den abgelegenen Lagerplatz Richtung Dorf verließen. Er hatte sehr wohl mitbekommen, dass seine zwei Halbwüchsigen im Dorf Blicke zugeworfen bekommen hatten. Und als er sie hinterm Gestrüpp aus den Augen verlor, dachte er zurück an die Zeit, als er jung gewesen war. An die Zeit, als der warme Wind sein Blut hatte aufkochen lassen und er es gewesen war, nach dem die Mädchen verlangten.

In dieser Nacht träumte Frida schlecht. Sie träumte von ihren Brüdern. Sie gingen einen Weg entlang, an dessen Ende Bluthunde ihre Zähne fletschten. Ihre Brüder lachten, sie sprangen vor Glück in die Luft und sahen vor lauter Ausgelassenheit nicht die Bluthunde, die schon nach ihnen lechzten. Frida wollte ihren Brüdern zurufen, sie warnen vor den Bluthunden, doch ihr Mund war wie gelähmt und ihre Zunge furchtbar schwer. Ihre Brüder gingen weiter, immer näher auf die Bluthunde zu. Das gibt's doch nicht, wieso sehen sie die Hunde nicht, träumte Frida. Sie mühte sich ab, ihren Brüdern nachzulaufen, doch ihre Beine gehorchten ihr nicht und ihre Brüder entfernten sich immer weiter. Da schnappte der erste Bluthund nach einem Bruder – und Frida wachte auf.

Ringsum war es stockdunkel und ruhig. Nur die Baumwipfel wogten bedächtig im Wind. Alle anderen schliefen. Frida überlegte nicht, ob sie aufspringen sollte, um nach ihren Brüdern im Dorf zu sehen. Es passierte mit ihr. Als sie bloßfüßig und nur mit einem schlichten, weißen Leinenkleid bedeckt die Landstraße entlangrannte, fühlte sie sich wie in Trance, fast so, als ob sie noch immer träumen würde. Müde aber war sie kein bisschen. Ihre Beine waren so flink und leicht, dass sie sich selbst darüber wunderte. Das rasche Laufen, mehrere Kilometer bis ins Dorf, bereitete ihr nicht die geringste Anstrengung. Als Frida die Kapelle erreicht hatte, überlegte sie nicht, welches der einander gegenüber liegenden Wirtshäuser sie wählen sollte. Sie ließ sich einfach treiben und riss die Tür auf. Der ältere ihrer Brüder lag am Boden, das Gesicht nach unten gewandt, neben ihm ein Aschenbecher, an dem Blut herunterrann. Der jüngere hockte bei ihm, redete auf ihn ein, versuchte ihm aufzuhelfen. Er bemerkte nicht, dass ein Messer auf ihn zuflog. Frida hatte den Burschen, der sein Jagdmesser auf den Kopf ihres Bruders gezielt hatte, im Augenwinkel gesehen: Ein rothaariger, blasser Junge, der wohl sympathische Gesichtszüge haben mochte, wenn er nicht so betrunken, aufgeheizt und in Rage war wie jetzt, dachte Frida, während sie ihrem Bruder mit der Fußsohle einen Tritt gab. Er kippte zur Seite, und das Jagdmesser fuhr hinter ihm in den Türpfosten. Im Türstock stand Frida. Sie sah nicht auf das Messer, ging nur weich in die Knie, griff wie selbstverständlich danach, zog es mit einem Ruck aus dem Holz und schritt ruhig auf den Rothaarigen zu. In der Stube rührte sich niemand. Die etwa zwanzig Burschen und Männer schienen wie gelähmt. Auch der Rothaarige rührte sich nicht vom Fleck. Als Frida direkt vor ihm stand, sah sie, wie er in seine Lippen biss. Sein Brustkorb hob und senkte sich stark und rasch. Er hatte Angst und sah das vierzehnjährige, bloßfüßige, zarte Mädchen im Leinenkleid an, als stünde ein Riese vor ihm. Frida holte aus und schlug ihm mit der linken Hand fest ins Gesicht, gleich darauf noch einmal mit dem Handrücken auf die andere Wange. Dann rammte sie das Jagdmesser tief in die Tischplatte vor ihm. Erst als der Bursche das Gesicht demütig zu Boden senkte, drehte sich Frida um. Sie schritt die paar Meter zu ihrem noch immer benommenen und blutenden Bruder, half ihm auf die Beine, hieß ihren anderen Bruder, den Verletzten von der anderen Seite zu stützen, und bevor sie die Wirtshaustür hinter sich zuknallte, warf sie der Runde noch einen verächtlichen Blick zu und spuckte auf den abgetretenen Schiffbrettboden.

Von den Männern rührte sich nach wie vor keiner. Erst als etwa eine Minute vergangen war, sagte einer der Alten: »Wie wird das Mädel wohl sein, wenn sie erst einmal erwachsen ist.« Dann betrachtete er das noch immer im Holz steckende Jagdmesser zwei Tische neben ihm, sah mit hochgezogenen Augenbrauen dem leise vor sich hin

heulenden Rothaarigen ins Gesicht, trank seinen letzten
Schluck Bier aus und sagte: »Zahlen!«

Beim Lagerplatz angekommen, träufelte Frida sofort Ar-
nikatinktur auf die klaffende Platzwunde ihres Bruders.
Am nächsten Tag mischte sie ihm zur Stärkung Brenn-
nesselmehl ins Essen und weil die Wunde doch hartnäcki-
ger nachblutete, als sie gehofft hatte, schmierte sie halb-
fingerdick Pechsalbe darauf. Aber mindestens ebenso wie
die Tinkturen und Heilkräuter ließen ihren Bruder die liebevollen, wenn auch geradlinigen und harschen Berüh-
rungen der kleinen Schwester wieder gesund werden.

Frida war stets der Mittelpunkt der Familie. Und das
längst nicht mehr, weil sie die Jüngste war. Es schien, als
würde sie in jeder Situation das Richtige tun, gleichgültig
wie viel Wissen, Erfahrung oder Courage gefragt war.
Schon mit vierzehn war sie, abgesehen vom Vater freilich,
so etwas wie die Rädelsführerin. Und alle akzeptierten das
anerkennend, weil sie darum keinerlei Aufhebens machte.
Im Gegenteil, Frida stellte stets die Interessen der anderen voran und hielt sich, soweit das möglich war, im
Hintergrund. In einer Angelegenheit hielt sie sich sogar
derartig zurück, dass sie ihre Schwestern und Brüder anfangs neckisch, später besorgt fragten, ob denn alles in
Ordnung sei mit ihr. Diese Angelegenheit betraf Männer.
Während andere Mädchen, wie es üblich war, schon mit
fünfzehn oder sechzehn fix vergeben waren, wollte Frida
auch noch keinen anrühren, als sie bereits fünfundzwanzig war. »Macht euch keine Sorgen«, beruhigte sie ihre
Geschwister vergnügt, »ich habe einfach noch nicht den
Richtigen getroffen. Irgendwann kommt er schon, der
Mann, der Wolf genug ist für mich. Und den schnapp ich
mir dann.« Anfangs war die »Unantastbare« oder die

»Heilige«, wie die Burschen in der Gegend sie nannten, das begehrteste Mädchen weit und breit. Nicht eigens deshalb, weil sie eine zierliche Figur und ein hübsches Gesicht hatte, auch nicht, weil ihr etwas verwildertes Äußeres auf die Männer anziehend wirkte. So besonders und außerordentlich interessant war Frida, weil sie die seltenste und daher wertvollste Trophäe weit und breit war, die härteste Nuss, die es zu knacken galt. Doch alle, wirklich alle, bissen sich im Laufe der Jahre die Zähne an ihr aus. Einem besonders hartnäckigen, der partout nicht von ihr lassen wollte, schlug Frida sogar zwei davon aus. Mit den Jahren bekamen die jungen Männer dann schließlich Respekt vor ihr. Einige hatten sogar Angst. Frida verschreckte sie mit ihrer allzu selbständigen Art. Und irgendwann einmal, da hatte sie die dreißig wohl schon überschritten, versiegte die Lust der Männer gänzlich. Frida galt als »unheilbarer Fall«, als »eiserne Jungfrau«. Die Männerwelt hatte sie aufgegeben. »Und überhaupt, wirklich taufrisch ist sie ja auch nicht mehr«, trösteten sich nun die ehemals Abgewiesenen. Kurzum: Die Motivation, Frida den Hof zu machen, war dahin. Die Sache schien erledigt.

Bis sich Frida eines Tages verliebte. Zum ersten Mal in ihrem Leben. Es war in einem der wenigen Sommer, in dem sie nicht im Frühjahr mit ihrer Sippe auf Reise ging. Diesmal war es an ihr, auf jene Kinder ihrer Geschwister aufzupassen, die noch zu klein für die anstrengende Reise waren, und auf die Großmutter, die schon zu schwach war. Außerdem musste Frida das Haus hüten und die Hand voll Ziegen versorgen. In jenem heißen Sommer jedenfalls, der für Frida ausnahmsweise nicht nach Landstraße und Lagerfeuer roch, sondern nach Kinderkot, Altweiberurin und Ziegenmilch, in jenem Sommer verliebte sie sich.

Er hieß Lois und war zehn Jahre jünger als sie. Er war

nicht allzu groß, trotz seines schlanken Körpers kräftig gebaut und hatte eine auffallend breite Stirn. Ein Mann, der neu in der Gegend war, der aus Gmünd stammte und der hierher zum Arbeiten im Steinbruch gekommen war. Er war der Richtige für sie. Und der Einzige, der in Frage kam. Er hatte all das, was alle anderen nicht gehabt hatten: das Herz am richtigen Fleck. Das erkannte sie an seinem Gesicht. Verstand. Das erkannte sie an seinen Augen. Und Stolz sowie Erhabenheit. Das erkannte sie an seinem Gang. Außerdem erkannte sie ihn wieder. Es war der Mann, der in ihren Träumen der ihre gewesen war, immer, immer wieder und immer schon. Diese Träume waren es auch gewesen, die sie so ruhig hatten warten lassen, und die ihr Gewissheit gegeben hatten, dass der Tag kommen würde.

Zum ersten Mal sah sie ihn beim Greißler. Als sie das Geschäft betrat, kam er geradewegs auf sie zu. Kurz gaben ihre Beine nach und sie fürchtete, sich am Verkaufstisch anhalten zu müssen. Ihr war ruckartig so schwummerig, als hätte sie am Vortag zu viel Gebrannten getrunken, was hin und wieder schon vorkam. Um ihren Zukünftigen nicht noch länger wie irrsinnig anzugaffen, drehte sie sich unverrichteter Dinge um, schmiss die Glastür hinter sich zu, sodass die alte Scheibe im locker gewordenen Holzrahmen nur so schepperte, und rannte davon. Die alte Verkäuferin und Lois sahen ihr wortlos nach. Als sie aus ihrem Blickwinkel verloren gegangen war, wandte sich Lois an die Verkäuferin und fragte: »Wer war denn das?«

Nachdem sich Frida von ihrem Schrecken erfangen hatte, machte sie sich sofort daran, Lois für sich zu gewinnen. Schließlich hatte sie lange genug auf ihn gewartet. Nun, da er endlich aufgetaucht war, wollte sie keine Zeit verlieren. So seelenruhig und geduldig sie jahrelang auf ihn gewartet hatte, so eilig hatte sie es jetzt.

Allerdings war Frida nicht die Einzige, die es auf ihn abgesehen hatte, was sie rasch herausfinden musste. Lois war erst ein paar Tage im Nachbarort, in Langegg, bei seinen Verwandten untergekommen, und schon umschwirrten ihn die Mädchen wie Bienen den Bienenstock. Nicht wenige von ihnen hätten Fridas Töchter sein können. Es waren blutjunge Mädchen mit samtig weicher Haut, prallen Brüsten, sinnlich schwingenden Hüften. Und das Gefährlichste: Sie waren zu allem bereit. Doch Frida war die Königin unter ihnen, die Einzige unverwechselbare. Und das würde er doch hoffentlich erkennen, machte sie sich Mut. Um kein Risiko einzugehen, sicher ist sicher, beschloss Frida, all ihr Wissen, all ihre Erfahrung und, ja, auch all ihre Magie einzusetzen.

Am nächsten Abend tat Frida etwas, was alle Jäger in der Dämmerung tun: Sie legte sich in den Büschen auf die Pirsch. Vor Lois' Haus. Als die Beute den Bau verließ, folgte sie in sicherem Abstand und musste so schließlich feststellen, dass ihr eines der jungen Dinger zuvorgekommen war: Sie sah ihren Zukünftigen und das Mädchen Arm in Arm das Dorfwirtshaus betreten. Frida dachte nicht eine Sekunde daran, zu resignieren. Sie machte sich auch keine unnützen Gedanken, dass es peinlich sein könnte, den beiden zu folgen. Kurz nach ihnen betrat sie mit der Zurückhaltung eines Orkans die Wirtshausstube, ließ mit einer schnellen Hüftbewegung ihren bunten, knöchellangen Rock kreisen, schmiss ihr offenes, langes Haar zurück und bestellte – und da war sie mit Sicherheit die erste Frau im Ort – an der Schank einen Schnaps. Der Wirt zögerte kurz, bis ihn Fridas scharfer Blick wortlos nicken ließ – und zügig einschenken. Auch die umstehenden Männer riskierten keinen Kommentar. Nur vom entfernteren Ecktisch war leises Raunen zu hören, das allerdings abrupt verstummte, als Frida ihren Blick dorthin warf. Als es mucksmäuschenstill in der Stube war, kippte Frida den Obstler in einem Zug hinunter, knallte mit der flachen Hand zwei Münzen auf die Schank, drehte sich um, und dann warf sie Lois einen Blick zu, der vor Sinnlichkeit triefte, der ebenso verführerisch war wie souverän, der alles sagte und doch nichts preisgab, der Lois' Begleiterin blass werden ließ und der den anderen Männern peinlich war, weil sie noch niemals so ein Geschenk bekommen hatten.

Frida war zufrieden mit ihrem Auftritt. Das ließ sie lächeln, entspannte ihr Gesicht und machte es – für alle erkennbar – um luftig-sonnige Wolkenberge hübscher als jenes von Lois' versteinerter Begleiterin. Im Vorbeigehen schmiss Frida dann noch unbemerkt eine kleine Hand voll Stechapfelsamen unter den Tisch, an dem Lois und das Mädchen saßen. Sanft schloss sie die Tür hinter sich.

Durchs Fenster beobachtete Frida, was sie angerichtet hatte: An allen Tischen wurde heftig gestikuliert, wurden die Köpfe zusammengesteckt, zerrissen sich die Männer ihre Mäuler. An einem Tisch aber wurde gestritten: Ein blutjunges Mädchen, tränenüberströmt, schrie einen jungen Mann an, der daraufhin eine abfällige Handbewegung machte und seinen Sessel von ihr abwandte. Unter dem Tisch der beiden lagen Stechapfelsamen.

Am nächsten Morgen fand Frida vor ihrer Haustür einen abgerissenen Teil braunen Packpapiers. Darauf lag, zum Beschweren, ein Kieselstein. Frida griff nach dem Zettel. Zügig geschriebene Blockbuchstaben gaben Nachricht: BIS MORGEN BEIM TEICHFEST.

Frida rannte ins Haus zurück, jauchzte und küsste ihre Großmutter auf die Wange. Noch mehr aber als darüber, dass ihr Werben die gewünschte Reaktion hervorgerufen hatte, freute sie sich, dass sie ihren Mann richtig erkannt hatte. Er war tatsächlich der Wolf, den sie in ihm gesehen hatte, das stand nun fest. Nicht nur, dass Lois so frech und souverän gewesen war, keinen Absender auf die Nachricht zu schreiben. Er bat sie auch nicht mit höflichen Schnörkeln zum Fest. Er bestellte sie dort hin. Er war ein Leitwolf.

Und diesen Wolf würde sie nun zu ihrem machen. Gestern im Wirtshaus hatte sie mit Raffinesse die Falle ausgelegt. Nun ging der Wolf wie geplant geradewegs auf sie zu. Jetzt galt es, keinen Fehler zu machen. Wichtig war, nur ja nicht leichtsinnig zu werden. Jetzt musste er in die Enge getrieben werden, bis er nicht mehr anders konnte als in die Falle zu tappen, bis er gar keine andere Wahl mehr hatte als: sie unsterblich zu begehren.

»Lass uns Liebeskekse backen«, sagte Frida zur Großmutter und diese kicherte schelmisch, da auch sie in ihrer Jugend das alte Rezept angewandt hatte, um den Ihren vor lauter Begierde an den Rand des Wahnsinns zu treiben. Wie das Rezept es vorschrieb, goss sich Frida einen Schöpflöffel Flusswasser, das zuvor mit einem rohen Ei vermischt worden war, über ihre nackte Brust. Das beim Bauchnabel wieder aufgefangene Wasser träufelte sie behutsam auf die Kekse. Ihre Großmutter glueste dazu – vor lauter Freude über ihre Mittäterschaft.

Beim Fest am nächsten Tag sprach Lois sie an. Sie tanzten, flirteten, rochen aneinander und als Lois sie spät Abends bis vor die Haustür begleitete, widerstand sie dem Drang, ihn zu küssen. »Wenn ein Fisch nach dem Köder beißt, reiß nicht zu schnell an der Angel«, hatte Fridas Vater sie oft gemahnt. »Du musst den entscheidenden, etwas späteren Augenblick abwarten, bis er sich wirklich festgebissen hat und nicht mehr loslassen kann. Dann hast du leichtes Spiel.« Als Lois nach ihren Hüften griff und Frida an sich zog, hielt sie ihn sanft von sich. »Wir sehen uns morgen«, flüsterte sie und steckte ihm den letzten Keks in den Mund.

❊ ❊ ❊

Die Frauen hatten bei den Jenischen in der Regel für alles zu sorgen: Kinder aufziehen, Wäsche flicken, hausieren gehen, Essen besorgen und kochen. Der Mann war dennoch das Oberhaupt der Familie. Eine alte jenische Frau erzählt sinngemäß: »Nach außen haben die jenischen Frauen den Mann den Pascha spielen lassen, da war er wie Gott und hat sich auch so gefühlt. Die jenische Frau hat es verstanden, ihren Mann gut leben zu lassen. Im Haus aber haben die Frauen das Sagen gehabt.«

Charakteristisch für die Fahrenden war zudem, und ist bei vielen auch heute noch, ihre starke Verbundenheit mit der Natur, ihr natürlicher Zugang zu Magie und ihre Vorliebe für Märchen.

Mit der Natur waren sie stets eins, weil sie ihr Zuhause war. Alles hier gab ihnen Zeichen und Anhaltspunkte für das tägliche Leben: die Vogelrufe, die Form und die Bewegung der Wolken, die Träume vor dem Erwachen, die Vorahnung beim Aufschlagen der Augen, das Glitzern in den Spinnweben, das Verhalten der Tiere vor Anbruch des Sturms, die Gerüche vom Moor her. Manche deuteten sogar die Art des Summens und Singens des aufkochenden Teekessels. Weil die Fahrenden zudem gläubig waren und den Schöpfer der Welt und des Kosmos ehrten, erkannten sie überall in der Natur seine kleinen und großen Wunder, die sie gebührend priesen. Diese Hochachtung verbanden sie mit einem Wissen um Heilkräuter, das sie sich wohl oder übel über Jahrhunderte aneignen mussten, da ihnen für Arztbesuche das Geld fehlte und sie zudem oft in Gebieten unterwegs waren, in denen es keine ärztliche Versorgung gab. Märchen wiederum schätzten sie, weil sie es verstanden, sich den wahren Kern darin zunutze zu machen. Und Worte wie Hexerei oder Magie waren für sie nichts anderes als Umschreibungen für natürliche Kräfte. Denn im Universum sei alles fix eingeschrieben. Der Mensch glaube bloß, Dinge zu erfinden. In Wirklichkeit entdecke er nur. Zufälle und Wunder gebe es nicht. Alles, was geschehe, liege in der natürlichen Ordnung der Dinge begründet.

❊ ❊ ❊

Als ich deine Urgroßmutter das erste Mal sah, fand ich sie unbeschreiblich anziehend. Ich fürchtete nur, dass sie verrückt war. Ich war gerade beim Greißler, da kam sie herein, sah mich an und rannte dann davon, als habe sie der Teufel geritten.

Das nächste Mal sah ich sie im Wirtshaus. Ich trank gerade ein Bier, da wehte sie in die Stube wie ein Sommerwind, begleitet von Hunderten bunten Schmetterlingen, die um sie tanzten und sich mit ihr vereinten. Ab diesem Moment war in mir nichts mehr so, wie es bisher gewesen war. In dieser Sekunde wusste ich, dass ich sie haben musste. Du wirst es nicht glauben, aber sie bestellte sich tatsächlich einen Schnaps. Dieses Weib kam alleine ins Wirtshaus und bestellte sich an der Schank einen Schnaps. Diese selbstverständliche Unverfrorenheit, diese Glut, die in ihr brannte, machte sie für mich unwiderstehlich.

Anfangs konnte ich gar nicht glauben, was die Leute in der Gegend über Frida erzählten: Dass sie noch keinen an sich herangelassen habe, weil ihr keiner gut genug sei, und dass sie deshalb als eiserne Jungfrau sterben würde. Als diese Jungfrau die Wirtshausstube verließ, warf sie mir einen auffordernden Blick zu, der von mehr Erfahrung zeugte, als ich mir selbst je zugetraut hätte. Mich verunsicherte, dass Frida zehn Jahre älter war als ich. Warum sollte sie es gerade auf mich abgesehen haben, vielleicht wollte sie mich ja auch nur zum Gespött der Gegend machen. Genau davor warnten mich alle. Die Männer erzählten mir, ich sei nicht der Erste und würde nicht der Letzte sein, den sie vor den Kopf stoßen würde. Sie rieten mir von ihr mit energischen Worten ab, die verschwörerisch klangen, nach Verbrüderung und nach Freundschaft, was mich misstrauisch machte. Sie wollten es wohl dabei belassen, dass keiner sie haben konnte. Jedenfalls solle ich mich zu meinem eigenen Wohl nur ja fern halten von ihr. Einem von ihnen habe sie sogar die Zähne ausgeschlagen.

Noch in derselben Nacht legte ich deiner Urgroßmutter einen Zettel vor die Tür. Ich schrieb meinen Namen nicht darauf, denn ich dachte mir, wenn ihre Blicke ernst gemeint waren und wirklich mir gegolten haben, muss sie wissen, von wem der Zettel ist. Außerdem wollte ich ihr Sicherheit und Stärke signalisieren. Deshalb schrieb ich auch keine blumigen Worte, sondern nur Zeit und Ort des Treffens. Sie sollte wissen, dass ich es sein würde, der die Hosen anhat. Weißt du, mein kleiner, schlauer Fuchs, eine Frau will spüren, dass ihr Mann Stärke besitzt. Nur so fühlt sie sich aufgehoben und wohl behütet. Nur wenn sie Gewissheit hat, einem Wolf zu gehören, wird sie sich ihrer Liebe stets sicher sein. Dann, und nur dann, kann er ohne Bedenken auch Verletzbarkeit und Schwäche zeigen und sich entspannt ihrem Trost hingeben.

Noch nie zuvor hatte ich mich auf ein Treffen so gründlich vorbereitet wie an jenem Abend, an dem ich hoffte, deiner Urgroßmutter beim Teichfest zu begegnen. Nachdem ich mich rasiert und gebadet hatte, rieb ich meinen Nacken, meine Lenden und mein Geschlecht, wie schon meine Vorväter es an bedeutenden Abenden getan hatten, mit Hirschtalg ein. Auch du, mein schlauer Fuchs, wirst die stärkende und wohltuende Wirkung dieses Rituals bald zu schätzen wissen. Ich strich meine Haare mit Brillantine nach hinten und zog mein Sonntagsgewand an: meinen schwarzen Anzug, den ich vom Vater übernommen hatte, und die schwarzen Schuhe, ohne Socken. Bei meinem weißen Hemd ließ ich die beiden oberen Knöpfe offen, sodass meine gebräunte Brust zu sehen war. Lach nicht, mein kleiner Fuchs. Das mögen die Frauen. Auch heute noch. Und auch, wenn sie es nicht zugeben wollen. Zuletzt aber, mein kleiner, schlauer Fuchs, und das war neben der Einreibung mit Hirschtalg das Wichtigste, nahm ich das lederne Hirscharmband aus jenem Packpapier, dessen andere Hälfte ich beschrieben vor Fridas Tür gelegt hatte und die, so hoffte ich, möglichst lange von ihren Händen berührt worden war. Denn dadurch würde die anziehende Wirkung des Hirschleders zusätzlich verstärkt werden. Mein Vater war es gewesen, der mir das Band vorzeitig bei meiner Volljährigkeit vererbt hatte. Ich hatte ihm damals versprechen müssen, es erst dann zu tragen, wenn ich mir sicher sei, die Richtige getroffen zu haben. Denn nur dann, hatte er mich gewarnt, würde die im Band eingenähte Karengrowurzel auch sicher ihre Wirkung tun.

Ich schlug nicht den Weg zum Festplatz ein, sondern ging einen Umweg durch den Wald. Ich hoffte, damit meine Nervosität vertreiben zu können. Eine Bierlänge brauchte ich, um den anderen Rand des Waldstücks zu erreichen. Kurz nachdem ich die Lichtung durch die Bäume blitzen sah, bemerkte ich sie. Sie saß im Moos, mit dem Rücken an eine Fichte gelehnt, und sah nach vorn, Richtung Teich. Ich wich etwas zur Seite aus, um sie beim Näherkommen besser beobachten zu können. Sie war wunderschön. Ihr

Haar hatte sie mit einem Knoten nach oben gebunden. Ihre Haut war tief gebräunt, sie schimmerte warm und einladend. Auch als ich nur noch einen Meter hinter ihr war, konnte sie mich nicht hören, wegen dem Gekreische der Kinder, der Festmusik – und weil ich mich angeschlichen hatte. Ihre Schultern bedeckte eine rabenschwarze Bluse, deren Ärmel sie aufgekrempelt hatte. Um die Hüften trug sie, knöchellang, einen Rock über den anderen gewickelt, so bunt, als wären die Farben der ganzen Welt um ihren Leib vereint. Darunter waren ihre zarten, nackten Füße zu sehen. Ich muss dir gestehen, mein kleiner Fuchs, dieser Anblick weckte den Wolf in mir. Ich beobachtete ihren nackten, schlanken Hals, sah die zarten Härchen darauf, und dann sah ich – wie sie sich plötzlich aufstellten. Frida hatte mich bemerkt, rührte sich aber nicht. In diesem Moment, mein kleiner, schlauer Fuchs, da war dein Urgroßvater mutig. Mehr als das, ich war waghalsig. Ich konnte nicht anders, obwohl ich um das Risiko wusste: Ich rückte noch näher von hinten an sie heran, mein Gesicht nur noch einen Hauch, nur noch eine Berührung von ihrem Hals entfernt, und dann roch ich an ihrem Nacken, sog mit einem langsamen, tiefen Atemzug ihre Hitze in mich ein. Ihre Brust hob und senkte sich, ich spürte ihr warmes Blut pochen, roch süßes Leben und berauschte mich daran. Und dann widerstand ich. Ich machte nicht den Fehler, sie auf den Nacken zu küssen. Ich richtete mich wieder auf. Stand nun neben ihr. Sie blickte noch immer nach vorne, hatte sich die ganze Zeit über nicht gerührt. Dicht neben ihr stehend, streifte ich meine Schuhe ab. Dann reichte ich ihr meine Hand und sagte: »Möchtest du tanzen?« Erst jetzt sah sie auf, schenkte mir ihren Blick, der mich alles sehen ließ. Sie griff nach meiner Hand und ließ sich wortlos von mir in die Höhe ziehen. Als wir zum Tanzboden gingen, spürten wir keine Fichtennadeln und keine spitzen Steine unter unseren nackten Fußsohlen. Wir spürten nur den Himmel in unserer Brust.

Sie war an diesem Abend ganz anders als die beiden Male, die ich sie zuvor erlebt hatte. Sie hatte nicht ihr Feuer verloren, aber das Packpapier, das um das Hirschlederarmband gewickelt gewesen war, und die klare Botschaft darauf, hatte sie wohl auf ihre Rolle vorbereitet: Frida ließ mich sie führen und zeigte, sobald ich an ihrer Seite war, das Reh in ihr. Wohl um mir zu zeigen, dass sie keineswegs nur wild und resolut sein konnte, sondern auch weich und zurückhaltend, hatte sie sogar Kekse für mich gebacken, die sie mir Stück für Stück zärtlich in den Mund schob. In dieser Nacht begehrte ich sie nicht nur, ich verliebte mich in sie.

Als wir vielleicht ein halbes Jahr Mann und Frau waren, wollte ich endlich Gewissheit haben, ob mich deine Urgroßmutter nur wegen meines ledernen Zauber-Armbandes liebte. Nach schlaflosen Nächten entschloss ich mich, es abzulegen. In den Wochen darauf war an ihr zwar keine Änderung zu bemerken, aber Gewissheit gab mir das dennoch nicht. Also nahm ich sie eines Abends, als wir beim Funk* hockten, ernst bei den Händen und sagte, dass ich sie etwas über ihre Liebe fragen müsse. Frida lächelte mich an, sah mir in die Augen, zog sanft ihre Hände aus den meinen, nahm meine rechte in ihre beiden Hände und küsste mich auf das Handgelenk, auf jene Stelle, an der ich bis vor kurzem mein Armband getragen hatte. Dann sah sie mir wieder tief in die Augen und sagte langsam: »Ich liebe dich. Ich ehre dich. Ich begehre dich. Nur dich und nur wegen dir.« Als mir meine Wölfin dieses Geschenk gemacht hatte, wollte ich mein Gewissen erleichtern. Ich wollte ihr alles vom Geheimnis des Bandes erzählen, das ich die ganze Zeit getragen hatte, um mir ihre Liebe zu sichern. Ich wollte es ihr sagen, nun, da sie es ohnehin ahnte. Als ich ansetzte, legte sie mir ihre Finger auf den Mund. »Du bist mein Mann und ich bin deine Frau«, sagte sie ruhig. »Wir lieben einander. Deshalb haben wir keine Geheimnisse voreinander; kein einziges, dessen Offenbarung dem anderen zu mehr Glück verhelfen würde.«

Noch am selben Abend legte ich vor ihren Augen mein Armband wieder an. Nicht wegen dessen Wirkung, sondern weil ich für mich erkannt hatte, dass es zum Symbol meiner Liebe zu ihr geworden war.

Viele Sommer später, an einem drückend schwülen Abend, nachdem deine Urgroßmutter und ich in einer hohen Wiese unsere Körper vereint hatten, hörten wir den Regen kommen bevor er fiel. In den Blättern der Bäume hörten wir ihn, wie er zu uns kam. Langsam legte er sich über den nahen Birkenwald, bewegte sich immer näher. Anfangs langsam und sanft.

»Nun wird es donnern«, sagte deine Urgroßmutter. Und tatsächlich donnerte es kurz darauf. »Und jetzt kommt der Blitz«, sagte sie. Und es kam der Blitz. »Wind kommt auf«, wusste sie. Und die Blätter wurden geschüttelt. »Stark und stärker«, sagte sie. Auf einmal kam der Regen, rasend schnell kam er über uns, wie ein Wasserfall. Schwere Tropfen gingen nieder. »Noch viel stärkerer Regen«, sagte sie, und breitete die Arme aus. Und dann war er da, der Regen meines Lebens. Regen vor uns, Regen über uns, zu uns, auf uns, Regen in allen Poren, in uns. Regen. Das Wasser des Himmels.

»Ein Geschenk!«, schrie Frida und streckte ihre nackten Arme noch energischer in die Höhe, die Handflächen nach oben gewandt. Ihre dünne Bluse klebte nass an ihrer Haut, ihr Rock hing triefend an ihren Hüften, der Regen prasselte nieder, schoss auf uns ein. Der Wind riss die nahen Bäume hin und her, ließ sie stöhnen, poltern und drohend aneinander schlagen im Sturm. Ein Gemisch aus gewaltigem, nassen Lärm, brausend und wild. Donnerschläge und Blitze, immer näher, immer lauter, immer heller. Dann ein Donnerschlag direkt über uns. Er erschütterte mein Innerstes, gewaltig und mit schier unendlicher Macht. Gleich darauf war es gleißend grell um uns. Mehr als ein Blitz. Hell wie im Kern der puren Sonne. Nicht nur über uns. Rund um uns, ja in uns war es heller als hell. Und dann passierte es: Dann bebte die Erde und deine Urgroßmutter schwebte durch die Luft. Ganz langsam und wie im Märchen kam es mir vor. Begleitet wurde ihr Flug von einem Beben, als hätte Gott seinen Fuß auf die Erde getan.

Ich hatte kaum begriffen, was geschehen war. Hatte kaum Zeit, Angst zu haben, weder um mich, noch um Frida. Ich kam nicht so weit, mich um sie zu sorgen. Nur mein Blut schoss mir in den Kopf. Mein Herz schlug schnell und meine Pupillen weiteten sich, wie jene des Wolfes bei Gefahr. Frida lag im Matsch. Gerade noch war sie tanzend und jauchzend dicht neben mir gewesen, hatte gebebt vor Leben. Nun lag sie einige Meter vor mir im Dreck und rührte sich nicht. Fridas Leib dampfte im Regen, der noch immer unvermindert stark auf uns niederging. Es schien, als würde das nasse Getose sie noch tiefer in die Erde drücken. Noch einmal bebte die Erde. Und dann hörte ich ihr Lachen, ihr lautes, kehliges Lachen. Sie lag auf dem vom Regen aufgerissenen, ausgespülten, schlammigen Boden und lachte. Sie richtete sich auf, riss die Arme empor und schrie so gewaltig gen Himmel, dass ich dachte, sie sei nicht von dieser Welt: »Danke! Oh Gott! Danke!« Ihr Blick, mein kleiner Fuchs, ihr Blick erreichte in diesem Moment Horizonte, die nur sie sehen konnte.

Deine Urgroßmutter hatte Gottes Natur gelebt, hatte sein Angesicht gesehen, seinen heißen Atem auf der Haut gespürt, seine Tränen, seine gütige Emotion – und wir vertrauten ihm, vertrauten seiner Natur. Deine Urgroßmutter dankte ihm für das Geschenk, ihn so nahe gespürt zu haben. Sie war so glücklich, wie ich sie zuvor noch nie gesehen hatte. Und es waren Tränen des Glücks, der Rührung, der Dankbarkeit und der Demut, die sich mit dem nun schwächer werdenden, reinigenden Regen auf ihrem Gesicht verbanden und zu Boden fielen.

Zum Schluss machte uns Gott noch ein Abschiedsgeschenk: Einen letzten Blitz am nahen Horizont, der den Himmel über uns in sattem Blau aufleuchten ließ, beruhigend wie ein Gute-Nacht-Kuss, und flüchtig, als sei nichts geschehen.

5.

Seine Leute schätzten Luca Resulatti. Nicht zuletzt, weil er sie von Anfang an mit allerlei einträglichen Kniffen und Scharlatanerien verblüfft hatte. Dass es der neue Direktor aber zu Wege bringen würde, jemandem das älteste Arbeitspferd des Zirkus anzudrehen, das wollte kein einziger glauben. Freilich war das, bevor Luca dem betagten Gaul die Distel in den Arsch geschoben hatte. Das Ross machte daraufhin einen gewaltigen Satz nach vorn und legte mit einem jungen – und von Luca vorgewarnten – Reiter am Rücken einen rabiaten Sprint hin, wie ihn der staunende Bauer und seine Söhne noch nie zuvor gesehen hatten. Die knapp davor in das Fell des Gauls eingeriebene Schuhcreme sorgte außerdem dafür, dass das brave Pferd in der Mittagssonne glänzte wie ein Rassevollblut.

»Ich nehme ihn«, sagte der Bauer und schlug in die offene Hand von Luca Resulatti. Hinterm Waggon versteckt hielten sich die Zirkusleute in gekrümmter Haltung und teils am Boden liegend ihre Nasen und Münder zu, um vor Lachen nicht loszubrüllen.

»Einverstanden«, sagte Luca Resulatti. »Ich verspreche dir, über diesen außergewöhnlichen Kauf werden noch deine Urenkel reden.«

Luca hatte es von Anfang an verstanden, den Zirkusbetrieb in der wirtschaftlich immer trostloser werdenden Zeit um allerlei Gelegenheitsgeschäfte auszuweiten. Einmal fragte ein Bauer nach günstigem Rosshaar. Luca Resulatti versprach, ihm ein prächtiges Büschel bei seinem

Hof vorbeizubringen, sobald sie mit dem Zirkus gegen Abend weiterziehen würden.

»Aber wir haben doch gar kein Rosshaar«, sagte Anna, die jüngere seiner Cousinen und seit vielen Wintern Lucas Frau, als der Bauer außer Hörweite war. Luca setzte ein schelmisches Gesicht auf. »Wir haben kein Rosshaar? Na und, hast du nicht gesehen, dass der Gadscho selbst einen Hengst mit einem prächtigen Schweif im Stall stehen hat?«, erwiderte Luca, warf sein geschliffenes Messer in die Höhe, sodass es die warme Luft mit ein paar Drehungen durchschnitt, und fing es am Griff sicher wieder auf.

»Das kannst du nicht machen«, warnte Barbara, die ältere der beiden Schwestern, ihren Cousin und zog ihn am Ärmel. »Das wird ihn rasend machen!«

»Ach wo«, machte Luca eine abwiegelnde Handbewegung. Er grinste seinen Cousinen spitzbübisch in ihre hübschen Gesichter. »Glaubt mir, das macht ihn nicht rasend. Dem Hengst ist das völlig egal.«

Am nächsten Morgen, das Geschäft mit dem Rosshaar war abgewickelt, der Zirkus längst über alle Berge, fand der Bauer, als er in den Stall trat, seinen Hengst ohne Schweif vor. Dem Hengst war das völlig egal.

»Na, wie gefällt es euch in Österreich?«, fragte Luca Wochen später in die Runde und warf einen abgenagten Hendlhaxen ins Feuer.

»Gut, Papa. Die Mädchen hier sind hübsch, scheinen willig und ich bin sicher, sie lieben Italiener. Und einen wie mich sicher ganz besonders«, grinste Peter, zeigte seine blitzenden Zähne in die Runde und ließ einen Holzspan, der beim Zuspitzen des Steckens absprang, geschickt ins Feuer fliegen. Anna, seine Mutter, verpasste ihm einen zärtlich gemeinten, dennoch ziemlich festen Schlag auf den Hinterkopf.

»Ich finde die Sprache hier furchtbar. Die reden ja wie Urwaldmenschen«, sagte Barbara und warf mit einer raschen Kopfbewegung ihren langen Perückenzopf nach hinten, als ob die neue Sprache sie beleidigt hätte. Anna nickte. »Stimmt«, murmelte sie beim Kauen. »Das werde ich nie lernen.«

»Du und Luca, ihr werdet es am schnellsten lernen«, sagte die Großmutter, die am dichtesten beim Feuer hockte. »Luca muss am Abend durchs Programm führen und du, Anna, du sitzt an der Kassa und schreibst auch noch unsere Plakate. Da bleibt dir gar nichts anderes übrig, als rasch Deutsch zu lernen. Ich kann dich trösten, mein Kleines, sogar mir altem Weib bleibt es nicht erspart, es zu lernen. Sonst werde ich mit dem Wahrsagen und Kartenlegen kein Geschäft machen.«

»Wer sagt dir denn, dass die Österreicher für die Hellseherei überhaupt Lowi* ausgeben wollen?«, fragte Anna.

»Glaub mir, mein Liebes, auch wenn Menschen arm und abgestumpft sind und an nichts mehr interessiert; eines ist ihnen immer noch wichtig: sie selbst. Und ihre Zukunft. Das wird immer und überall so sein. Es gilt für Italiener genauso wie für Österreicher und alle anderen. So ist der Mensch nun einmal.«

»Außerdem kann man immer noch einen neuen Beruf erlernen, wenn einen der alte nicht mehr ernährt«, unterbrach Luca, dem beim Blick ins Feuer sein Großvater und dessen Mundharmonikaspiel ins Herz gesprungen waren. »Neben dem Weg, den du durch dein Leben ziehst«, sagte Luca und wandte seinen Blick nicht vom Feuer ab, »neben diesem einen Weg, den du immer stärker austrittst, so wie es die Esel tun, da gibt es noch viele, viele andere Wege, die dir bereitstehen. Neben jedem eingefahrenen Gedanken gibt es andere, frische Ideen. Neben jeder alten Wahrheit eine neue. Und neben jeder Tätigkeit, die dir lieb und gewohnt ist, kannst du noch viele entdecken, die zu deinen werden und dir Freude bereiten.«

Eigentlich hätte sich niemand in der Runde direkt angesprochen fühlen müssen. Denn Luca hatte beim Sprechen kein einziges Mal vom Feuer aufgeblickt. Aber vielleicht war es gerade das und sein ernster Ton, weshalb sich alle persönlich berührt fühlten. Sie alle starrten ins Feuer, also in ihr Innerstes. Keiner sprach. Auch vom Wald her kam jetzt kein Geräusch. Nur das vor Hitze berstende Holz knackte unregelmäßig. Hin und wieder spuckte das Feuer glühende Holzkohlestückchen aus.

Barbaras Mann, Fabio, war es, der die knisternde Stille beendete. Fabio war, obwohl noch keine dreißig, beinahe kahlköpfig, und das machte ihn, gemeinsam mit seinem gedrungenen Körper, immer ein bisschen unglücklich. Noch mehr litt er darunter, dass er als ungeschickter Taugenichts galt und beim Zirkus von Luca nur für Hilfsarbeiten eingesetzt wurde. Fabio war nicht sicher, ob er selbst für sein Schicksal verantwortlich war, oder ob er die Schuld und damit seinen Ärger getrost auf Gott abladen konnte. Zumindest seine Glatze habe er nicht selbst zu verantworten, sagte er sich, und das beruhigte ihn für kurze Zeit ein wenig.

»Warum«, begann Fabio im Ton eines beleidigten Kindes und sah zu Luca, der noch immer ins Feuer starrte, »warum habe ich noch immer keine bessere Arbeit, wenn du doch sagst, jeder kann etwas anderes machen als das, was er seit Jahr und Tag tut.«

Luca sah auf und blickte in Augen, die traurig waren und verzweifelt und deshalb auch aggressiv.

Luca antwortete nach kurzem Innehalten: »Auf meiner langen Reise, die ich hinter mich bringen musste, um euch damals zu finden, da habe ich Menschen getroffen, die für ihren Lebensunterhalt stinkenden Müll und klebrigen Schmutz von den Straßen gelöst haben. Einige davon waren Herren, Fabio, richtige Herren, deren Sprache mehr Geist bewies als die manch angeblicher Persönlichkeit.«

»Lenk nicht ab, Luca«, entgegnete Fabio. »Sag mir, was ich tun soll, um ich selbst zu sein und trotzdem geachtet? Ich selbst und trotzdem nicht mäusearm?«

»In deiner Frage liegt schon ein Teil der Antwort«, sagte Luca und nickte aufmunternd. »Du musst herausfinden, wer du bist, Fabio. Du solltest dich nicht verstellen, solltest nicht andere nachahmen. Das hast du nicht nötig. Niemand hat das. Du solltest dein Leben auch nicht nach dem orientieren, von dem du glaubst, dass es dir Achtung, Stolz und Lowi bringt. Das führt dich letztendlich nicht zum Glück. Zum Glück führt etwas anderes: Du solltest herausfinden, wer du selbst bist, um entsprechend reden und handeln zu können.«

»Und wie merke ich, wie ich bin?«, fragte Fabio mit gedämpfter Stimme, nachdem er über Lucas Worte nachgedacht hatte.

»Du fühlst dich immer so, wie du bist. Wenn du dagegen handelst oder sprichst, spürst du es in deinem Inneren. Dann hast du ein schlechtes Gefühl. Hör auf damit. Lebe nach deinem Inneren.«

Fabios Gesichtszüge hatten sich entspannt. Er sah ins Feuer. Er schien etwas zu sehen, das die anderen nicht sahen. Dann nickte er.

»Wenn alle Menschen auf ihr Innerstes horchen würden, wäre die Welt dann das Paradies, Luca?«, meldet sich plötzlich Giorgio zu Wort, der kleine Sohn von Barbara und Fabio.

Luca lachte.

»Weißt du, Giorgio, ehrlich gesagt, nein. Das Paradies ist nicht überall, es ist auch nicht immer und ewig. Aber ich kann dir eines versprechen: Es gibt das Paradies. Gerade jetzt zum Beispiel haben wir das Glück, alle gemeinsam im Paradies zu sein. Sieh dich doch nur um. Bei dir sitzt deine Mama und dein Papa, die dich über alles lieben. Und rundherum sitzen all deine Verwandten, denen es gut geht und die sich mit Köstlichkeiten den Wanst vollgeschlagen haben.« Luca hob sein Hemd, gab sich Mühe, seinen nackten flachen Bauch herauszupressen und klatschte ein paarmal mit seinen Händen darauf. Die anderen machten ähnliche Gebärden und stöhnten zustimmend.

»Wir sind im Paradies«, fuhr Luca fort. »Wir sitzen um ein wärmendes Feuer, der Mond schenkt uns sein berauschendes Licht, du liegst auf frischem, duftendem Gras, rund um uns schläft friedlich der Wald und in ihm seine Tiere. Das ist das Paradies. Du brauchst es nicht irgendwo weit weg zu suchen oder sehnsüchtig darauf zu warten. Es ist da. Jetzt und hier. Du musst nur deine Augen, deine Ohren, deine Nase und dein Herz öffnen. Dann spürst du es.«

Luca hielt kurz inne.

»Weißt du, Giorgio, viele Menschen leben im Paradies und schätzen es gar nicht. Manche bemerken es nicht einmal. Sie rennen und rennen, um es zu suchen, und erkennen dabei gar nicht, dass sie in Wirklichkeit bloß im Kreis laufen. Oft tut es gut, stehen zu bleiben, die Ruhe und die Freude in sich zu beobachten, tief in sich zu sinken, zu fühlen und dann, aufgeblasen vor lauter Glück, Danke zu sagen. So erst merkst du, wie froh du bist und welches Paradies in dir wohnt.«

Der kleine Giorgio lächelte. Er lächelte in diesem Augenblick nicht wie ein Kind. Er lächelte wie ein Erwachsener, dem das Mysterium des Glücks offenbart wurde. Giorgio befreite sich von seiner Decke, die Barbara um ihn gehüllt hatte, wandte sich zu ihr und gab seiner Mutter einen dicken Kuss. Dann sprang er auf seinen Vater und küsste auch ihn. Auch der daneben sitzende Luca bekam einen Kuss, so wie alle in der Runde. Alle wurden mit seiner Freude beschenkt. Als er die ganze Sippe niedergeküsst und umarmt hatte, ging er die drei, vier Schritte vor zum Lagerfeuer, breitete seine Arme aus, holte tief Luft und sagte: »Danke, lieber Gott. Danke für das Paradies.«

Nachdem die funkelnden Sternschnuppen, die der kleine Giorgio in die Herzen der Familie gezaubert hatte, verglüht waren, machte sich einer nach dem anderen daran, schlafen zu gehen. Manche zogen sich in ihre hölzernen Wohnwagen zurück, andere hatten sich ein paar Schritte abseits rund ums Feuer weiche Betten aus Laubzweigen und Stroh gebaut. Schließlich saßen nur noch Luca und die Großmutter von Anna und Barbara dicht um die Feuerstelle. Luca nahm gerade einen tiefen, weichen Zug aus seiner Pfeife, als die Großmutter aufsah und leise sagte: »Ich bin stolz auf dich, Luca.« Luca ahnte warum, aber er wollte es so gerne hören. »Warum?«, fragte er deshalb und tat überrascht.

»Weil du unserer Familie gerade das Paradies geschenkt hast. Und weil du dir Mühe gibst, es immer wieder zu tun. Du bist ein guter Leitwolf.«

Luca lächelte. Dann flüsterte er: »Und jetzt hast du mir das Paradies geschenkt.«

»Ja, so einfach geht das, wenn man sich traut, sein Herz zu öffnen«, freute sich die Großmutter und Luca freute sich mit ihr.

Die beiden saßen schweigend beisammen und schauten in das vergehende Feuer. Luca legte schließlich frisches Laub über die Glut, denn sie sollte sanft die ganze Nacht hindurch leuchten und die im Kreis Schlafenden behüten. Dank der Abdeckung würde die Glut lange glosen und am Morgen leicht wieder zu entflammen sein.

Luca glaubte, die Großmutter sei in ihrem Deckenberg bereits eingenickt. Ihre Augen waren schon lange geschlossen, da sagte sie plötzlich mit wacher Stimme: »Glaubst du wirklich, Luca, dass wir hier vor den Faschisten sicherer sind als in Italien?«

Luca antwortete nicht gleich. Er legte weiter Laub über die Feuerstelle. Dann wandte er sich zur Großmutter, legte seine rechte Hand auf ihre Schulter und bemühte sich, unbeschwert zu wirken: »Ja, hier sind wir sicher. Aber du kannst«, fügte er betont neckisch hinzu, »wenn du mir nicht traust, ja in deine allwissende Glaskugel glosen*.«

Die Großmutter blieb ernst. Sie sah kurz zu den Sternen und dann in sein Gesicht. »Das habe ich schon getan, Luca. Aber ich würde lieber dir glauben.«

*   *   *

Im Oktober 1922 führte Benito Mussolini seine Privatarmee, die so genannten Schwarzhemden, zum »Marsch auf Rom«. Mit dieser Gewaltdemonstration zwang er Italiens König, ihn an die Regierungsspitze zu berufen. Durch rücksichtslosen Machtgebrauch und Terror gelang es der faschistischen Minderheit, die Staatsgewalt ab 1926 vollständig zu übernehmen. Italien wurde zur Diktatur, die Menschen- und Bürgerrechte, etwa Versammlungs-, Meinungs- und Pressefreiheit beseitigt. Im Oktober 1936 schloss Italien mit dem nationalsozialistischen Deutschland Adolf Hitlers die so genannte Achse Berlin-Rom. Damit nahmen auch in Italien rassistisch motivierte Gewaltakte zu.

In Österreich verbot der christlichsoziale Bundeskanzler Engelbert Dollfuß nach Terrorakten im Juni 1933 die Nationalsozialistische Partei. Nach einem Aufruhr des Schutzbundes und einem kurzen Bürgerkrieg wurde im Februar 1934 auch die Sozialdemokratische Partei verboten, im Mai 1934 trat eine autoritäre Verfassung in Kraft. Die Spannungen zwischen Österreich und Nazideutschland nahmen indes kein Ende und fanden im Juli 1934 mit der Ermordung von Bundeskanzler Engelbert Dollfuß durch Nationalsozialisten einen vorläufigen Höhepunkt. Im März 1938 okkupierten deutsche Truppen Österreich. Kurz darauf vollzog Berlin den Anschluss Österreichs an Nazideutschland.

✳ ✳ ✳

Es geschah an einem schwülen Sommerabend. In der Nähe von Bozen. Die Männer sind während der Vorstellung in Barbaras Wohnwagen eingedrungen, irgendwann zwischen dem Auftritt des Clowns und der Pferdedressur. Jedenfalls zu einer Zeit, als alle deine Verwandten mit ihren Kostümen, der Schminke und dem Muskelaufwärmen beschäftigt waren oder mit der Vorbereitung der Tiere. Barbara hätte sich längst hinterm Vorhang bereit halten sollen, ihr Auftritt stand kurz bevor. Doch Luca konnte sie nirgendwo sehen. Seine Schwägerin war eine der Hauptattraktionen: die erste Feuer schluckende Frau. Ein Gemisch aus Ärger über Barbara und Sorge um sie wirbelte durch Lucas Kopf. Sie war noch nie zu spät gekommen. Luca schickte Peter, seinen Sohn, um nach ihr zu sehen.

Peter war damals ungefähr in deinem Alter, mein kleiner Fuchs. Es vergingen mehrere Minuten bis er zurück war. Und das, obwohl er so schnell rannte, dass er kaum die Kurven schaffte, zwischen den Wohnwagen, den gespannten Seilen, den Podesten für die Löwen, den angebundenen

Pferden und dem Tigerkäfig. Sein Atem ging wild und seine vor kurzem erst männlich gewordene Stimme bebte, als er, zurückgekommen und versteckt hinter dem schweren Vorhang, Luca zuzischte: »Komm Papa, du musst kommen. Es ist was passiert.«

Gleich nachdem die Luftakrobatiknummer anstelle von Barbaras Auftritt begonnen hatte und Lucas Abwesenheit den wenigen Zuschauern nicht auffallen konnte, rannten sie gemeinsam zum Wohnwagen. Sie stürzten hinein und sahen Barbara. Peter hatte ihr die Fesseln zuvor bereits gelöst und auch das zusammengeknotete, speichelgetränkte Tuch aus dem Mund genommen. Barbara saß noch immer reglos auf ihrem Sessel und starrte wie verrückt geworden auf den Tisch vor ihr. Ihre Bluse und ihr Rock waren blutig und zerrissen. Doch das bemerkten Luca und Peter nicht gleich. Sie starrten woanders hin. Sie starrten auf Barbaras Kopf. Als sie zu begreifen begannen, fuhr ihnen Barbaras Demut dicht unter die Haut. Dort gefror sie einen langen Atemzug später zu Schmerz und Zorn. Barbara war ihr Stolz genommen worden. Der Stolz jeder Jenischen. Barbara hatte keine Haare mehr. Sie war kahl geschoren. An manchen Stellen blutete ihre nackte Kopfhaut, an anderen Stellen zeichneten stehen gebliebene Stoppeln unregelmäßige Flecken. Ihr noch immer schön anzusehender, glänzender, langer, mit großer Sorgfalt geflochtener Zopf lag auf dem Tisch. Auf der Tischplatte stand mit schwarzer Ölfarbe geschmiert: »Scheiß Zigeuner! Raus aus Italien!«

Luca versuchte ruhig zu wirken und seine Stimme nicht zittern zu lassen. »Wer war das?«, fragte er und beugte sich zu seiner Cousine. Doch Barbara reagierte nicht. Sie schien Luca nicht einmal zu bemerken.

70

»Es waren Schwarzhemden, Papa«, antwortete Peter. »Ungefähr ein Dutzend. Ich habe sie gesehen, als sie sich davongemacht haben. Sie sind einfach weggegangen. Sie sind nicht einmal gelaufen. Sie taten, als ob sie das Recht gehabt hätten, Papa, das Recht uns anzutun, was immer ihnen auch einfällt.«

Stell dir das einmal vor, mein kleiner Fuchs: Der Anführer der Schwarzhemden, den Peter sogar wiedererkannte, hatte sich im Gehen kurz umgedreht, ihn verächtlich angesehen und ausgespuckt, als sei nicht er der Schuft, sondern Peter und die Seinen. Das hat deinen damals blutjungen Verwandten noch tiefer getroffen als das scheußliche Verbrechen selbst. Es war diese Selbstsicherheit, diese absonderliche Überheblichkeit, die ihn lähmte und die ihm in diesem Augenblick jeden Mut und alle Kraft nahm. Peter konnte sich noch genau an den Mann erinnern. Es war der Bauer gewesen, mit dem sein Vater nur zwei, drei Tage davor noch ein rasches Geschäft abgewickelt hatte, knapp bevor sie am Abend weitergezogen waren. Ein Geschäft, erinnerte sich Peter, das durchaus in beider Interesse gewesen war. Peter erzählte, dass er sich damals sogar gewundert hatte, weil sein Vater dem Bauern einen so guten Preis für das Pferdehaar gemacht hatte. Das sah seinem Vater nämlich gar nicht ähnlich, einem ahnungslosen Gadscho einen so guten Preis zu machen. Und ausgerechnet dieser Bauer führte den gehässigen Schlägertrupp Schwarzhemden gegen sie an.

Merk dir, mein kleiner, schlauer Fuchs: Es ist kein Verlass darauf, dass dir Menschen etwas zurückzahlen. Verlass ist nur darauf, dass sie dir etwas heimzahlen.

Barbara musste ihrem aufgewühlten Mann Fabio schwören, dass die Schwarzhemden sie nicht weiter angerührt hatten. Vor Wut und Verzweiflung und vor Ärger über seine Machtlosigkeit brüllte Fabio seine Frau an und holte aus, um sie zu schlagen. Er wollte Gewissheit haben, ob die Schwarzhemden Barbara nicht nur um ihr Haar gebracht hatten. Als er kurz davor war, seine fleischige Hand mit voller Wucht in ihr Gesicht zu schmeißen, brach er in Tränen aus, ging vor seiner Frau in die Knie und warf sich in ihren Schoß.

»Es ist alles gut, Fabio«, sagte Barbara und streichelte ihrem Mann über den Kopf.

»Ich verspreche dir, es ist alles gut, es ist sonst nichts passiert«, sagte sie.

Menschen können grausam und blind sein, mein kleiner schlauer Fuchs, sogar gegenüber ihren Liebsten. Sie schlagen zu, weil sie nicht den Mut haben zuzugeben, dass sie verzweifelt sind und schwach. Sie schlagen zu, weil sie nicht aussprechen können, dass sie sich nach Liebe sehnen, nach Sicherheit und Zärtlichkeit. Deshalb toben und prügeln sie. Heute kannst du das vielleicht noch nicht verstehen. Und ich wünsche dir, dass du es nie verstehen musst. Wenn du diese Qual aber einmal kennen lernst, dann hab die Kraft, mein kleiner Fuchs, und den wahren Stolz, aus deinem Herzen keine Mördergrube zu machen. Denn nichts tötet dich grausamer als Schmerz, den du deinen Liebsten zufügst.

Luca machte sich damals große Vorwürfe. Vermutlich, weil er sich als Anführer der Sippe für ihre Sicherheit verantwortlich fühlte.

»Ich bin schuld«, sagte er zu Barbara, nachdem Momente zwischen ihnen so aufwühlend vergangen waren wie das drohende Grollen eines aufziehenden Unwetters.

»Ich bin schuld«, sagte er noch einmal. Dann strich er ihr über die Wange und flüsterte: »Bitte verzeih mir.«

Jetzt erst sah Barbara auf. Sie nahm wortlos Lucas Hand und küsste sie. Peter erzählte, dass sie einander danach in die Augen gesehen und genickt haben, als ob sie einen geheimen Bund geschlossen hätten.

Gleich nach der Vorstellung trommelte Luca alle Leute zusammen. Er ließ sie noch in derselben Nacht das Zelt abbrechen und zusammenpacken. Anders als üblich packte auch er kräftig an. Er arbeitete so hart, dass ihm der Schweiß in den Hemdkragen kroch, über den Rücken rann und von der Stirn tropfte. Luca gönnte sich keine Pause, und als sich manche hin und wieder kurz hinhockten, um zu verschnaufen, fuhr sie Luca an, sofort weiter zu machen. In den frühen Morgenstunden, als sie endlich fertig waren, blickte Luca beim Aufbrechen anders als sonst nicht noch ein letztes Mal zum Lagerplatz zurück. Er hatte sich entschieden, seine Sippe auf dem schnellsten Weg nach Österreich zu führen. Und Barbara hatte sich entschieden, fortan eine Perücke zu tragen.

So verletzt, schwach und niedergeschlagen Barbara nach der gewaltsamen Entwürdigung war, so stark und selbstsicher zeigte sie sich bald darauf. Sie wuchs über sich hinaus. Und das tat sie nicht für sich. Sie tat es für ihr Kind, tat es für ihren Mann und für alle anderen in der Sippe. Sie hatte sich zum Ziel gesetzt, die anderen aus deren Schwermut und Nachdenklichkeit zu reißen. Und von Beginn an waren es nicht ihre Verwandten, die sie trösteten, das verbat Barbara ihnen. Nein, sie war es, die alle anderen aufmunterte. Und mit jedem ihrer wie leicht dahingeworfenen Scherze wurde sie glaubhafter. Für die anderen und für sich selbst. Barbara war eine starke Frau, mein kleiner Fuchs. So wie fast alle jenischen Frauen. Aber was bleibt ihnen auch anderes übrig.

Einmal, vielleicht half ihr dabei ja auch der Gfunkerte*, der in der Runde gereicht wurde, da riss sich Barbara die

Perücke vom Kopf und schrie »Was für ein Glück! Jetzt pass ich noch besser zu meinem wunder-wunderschönen Mann.« Dabei rieb sie Fabio energisch und liebevoll mit beiden Händen seine Glatze und schmatzte ihm einen Kuss darauf. Alle umsitzenden lachten aus vollem Herzen. Es war der letzte Scherz, der nötig gewesen war, um die Sache begraben zu können. Danach machte Barbara nie wieder Späße darüber. Schließlich hatte sie erreicht, was sie erreichen wollte: Die drückende Angst, die auf der Sippe gelastet hatte, war beinahe ebenso unbemerkt verflogen, wie sie gekommen war.

Österreich hatte gegenüber Italien für deine Ahnen einen Vorteil: Für die österreichischen Gadsche war Zirkus noch etwas Außergewöhnliches. Ihnen blieb der Mund offen vor Staunen über all die Attraktionen. Lowi freilich hatten sie auch nicht mehr als die Italiener. Das, mein kleiner Fuchs, verband zu dieser Zeit so ziemlich alle Menschen in Europa.

Umso lieber nahmen Burschen aus den Dörfern, die beim Aufbau des Zirkus geholfen hatten, die Einladung Lucas an, am Abend beim Funk mitzuessen. Die Einladung war allerdings nicht ganz uneigennützig: Die Burschen hatten, ohne es selbst so recht zu merken, die Aufgabe, deinen italienischen Ahnen Deutsch beizubringen. Die neue Sprache war schwieriger, als es Luca sich und seinen Leuten versprochen hatte. Denn bald stellte sich heraus, dass die Österreicher wider sicheres Erwarten gar nicht Deutsch redeten. Ganz und gar nicht. Vielmehr schien es deinen italienischen Vorfahren, als ob jedes Tal hier seine eigene Sprache habe: eine rauer und verknorxter als die andere. Aber mit der Zeit ging es ja dann doch. Und besonders die Jungen lernten rasch eine ganze Fülle von Tiroler Dialekten. Später, als sie weiter zogen, kam dann noch das Salzburgische und das Oberösterreichische dazu.

Die jungen, hungrigen Lehrer am Funkplatz* waren begeistert. Endlich bekamen sie wieder einmal was Warmes in den Bauch. Meistens sagte Luca den Burschen, es sei Hasen-, Reh- oder Hirschbraten. In Wahrheit war es freilich Tschugglbossert* oder Stachlingbraten*. Du weißt, mein kleiner, schlauer Fuchs: Beides wurde bei uns Jenischen im Laufe der Jahrhunderte aus purer Not und wegen quälendem Hunger zu köstlichen Spezialitäten. Du hast vor kurzem ja selbst miterlebt, dass besonders die Zubereitung des Stachlings* eine kleine Wissenschaft ist. Auch ich habe sie von meinem Bari* gelernt. Seit damals hat sich nichts am Rezept geändert. Schon er brannte dem erlegten Stachling mit einem glühenden Flacheisen die Stacheln weg, blies ihn mit einem dünnen Metallröhrchen wie einen Luftballon zu einer Kugel auf, verschloss ihn, packte ihn in eine Lehmschicht und legte ihn zum Garen in die Glut. Nach zwei Pfeifenlängen kannst du die Lehmschicht abklopfen und den herrlichen Stachling butten*.

Der Zirkus, mein kleiner Fuchs, war für deine italienischen Vorfahren Beruf und Zuhause, er war Tag und er war Nacht, er war Traum und Wirklichkeit, er war alles für sie. Er war tatsächlich ihre Welt. Es war eine Welt, die so unendlich war, dass es ein riesiges Zirkuszelt brauchte, um sie einzuhüllen. Und stand dieses Zelt erst einmal, dann gab es die andere Welt, die Welt da draußen, gar nicht mehr. Dann war die andere Welt nicht vergessen, sondern verschwunden.

Es war ein Leben voller Großartigkeiten und Magie, das deine Ahnen lebten. Ein Leben, das voll gestopft war mit exotischen Tieren, waghalsigen Trapezakten, unbegreiflichen Zaubereien, tollkühner Akrobatik, ein Leben voller Trommelwirbel und bebendem Atemanhalten. Für deine Verwandten war dieses Leben keine Vorstellung und auch keine Verstellung. Barbara schluckte Feuer und spürte die Hitze. Peter warf mit verbundenen Augen eiskalte Messer knapp neben den Körper und das Gesicht seiner Mutter. Und auch die Großmutter flunkerte nicht, wenn sie für Zirkusbesucher in ihrer Glaskugel nach der Zukunft Ausschau hielt. Sie fühlte, wie die Wahrheit ihren Tribut forderte und jedes Mal aufs Neue die Kraft aus ihr wich. Sie alle waren wahrhaftig, sie alle spürten sich. Und genau genommen war ihr phantastisches Treiben realer als das oft nur scheinbare, das oft bloß flach dahingelebte Leben der Fabrikanten, Beamten und höheren Büroangestellten, die in den Zirkus kamen, um sich, wie sie sagten, etwas Ablenkung und Unterhaltung zu gönnen.

Auch am Abend, wenn deine Verwandten beim Funk zusammenhockten, verließ ihre Welt sie nicht. Sie erzählten einander himmlische Geschichten über wirkliche Geister, sie lauschten wahren Märchen und unglaublichen Erlebnissen, die tatsächlich passiert sind. Und freilich dachten sie auch gemeinsam über Träume nach, die wahr geworden sind.

Mein kleiner, schlauer Fuchs, du weißt, dass das keineswegs Ablenkung war. Du weißt die Weisheiten, die in Märchen stecken, zu schätzen. Du verstehst es noch, auf die Stimmen des Flusses und des Waldes zu hören. Die wenigsten haben sich diese Gabe bewahrt. Für die meisten Menschen sprechen Steine, Pflanzen und Tiere nicht mehr. Und als sei es selbstverständlich, reden sie auch nicht mehr mit ihnen. Weil sie nie erfahren haben, wie lehrreich das ist. Viele Menschen sind heute weder mit sich noch mit der Natur verbunden. Sie haben das blinde Verständnis für natürliche Erscheinungen verloren und wundern sich, warum sie sich oft so alleine und unverstanden fühlen. Sie haben sich vom Leben abgesondert und jede lebendige Phantasie in sich sterben lassen. Sie wollen nichts mehr zulassen und sie leben, ohne es zu bemerken, in eingefahrenen Ritualen. Die Zukunft ist für sie nur noch die Wiederholung der Vergangenheit. Sie freuen sich über scheinbare Abwechslung und gehen im Kreis.

Das Einzige, was diesen Menschen geblieben ist, sind ihre Träume. Und nicht einmal deren Wert schätzen sie. Dabei sind Träume ein so wunderbares Geschenk. Sie zeigen uns unsere Natur, zeigen uns, dass Bäume und Steine sehr wohl leben, dass sie empfinden und uns Rat geben. Sie führen uns vor, dass Märchen Wirklichkeit sind. Aber nicht einmal diese einfachen Wahrheiten wollen die Menschen akzeptieren, nicht einmal die Symbole ihrer Träume wollen sie in ihr Leben lassen. Wenn heute jemand behauptet, er habe eine Vision gehabt, Stimmen gehört oder gar mit Gott gesprochen, wird er nicht als Seher oder Orakel genutzt, sondern für verrückt erklärt.

Früher, mein kleiner, schlauer Fuchs, da haben die Menschen an eine Unzahl von Göttern geglaubt. Später begnügten sie sich mit einem Gott und stellten dem dann doch noch den Teufel zur Seite. Heute nennen sie ihren Gott Vernunft oder Intelligenz. Und je konsequenter sie an diesen neuen Gott glauben, desto weniger merken sie, dass das ihre bisher größte Illusion ist. Und die bisher gefährlichste obendrein, da sie sich noch nie auf einen Gott so sehr verlassen haben wie auf diesen. Wenn er sie dann einmal im Stich lässt, so sehr im Stich lässt, dass sie es erkennen müssen, dann verzweifeln sie. Dann rufen sie nach ihren alten Gefühlen, ihrem alten Gott, und hadern mit sich und ihm, weil er nicht mehr zu ihnen spricht. Sie merken gar nicht, dass Gott sehr oft zu ihnen spricht, sie es aber sind, die nicht achten wollen – auf ihre Gefühle, ihre Träume und ihre Visionen.

Es ist schön für mich zu sehen, dass du bereits erfahren hast, wovon ich spreche, mein kleiner, schlauer Fuchs. Doch du bist nun in einem Alter, in dem die Eitelkeit und der Hochmut erwachen. Gib Acht, mein kleiner Fuchs, dass du weiterhin den Kern deines Lebens nie außerhalb von dir suchst. Die Quelle des Glücks liegt stets in dir und nur dort wirst du sie finden. Gib Acht, dass du sie nie woanders suchst, sonst entfernst du dich von ihr und damit auch von dir. Du bist in eine Welt geboren, mein kleiner Fuchs, deren Sinn der ewige Fortschritt und die Ablenkung zu sein scheint. Der Mensch erfindet stets neue Hilfsmittel zu seiner Unterhaltung und verliert dabei die Fähigkeit, sich mit sich selbst, seinem eigenen Ich, zu beschäftigen. Er hat sich auf immer mehr Bedürfnisse eingerichtet und ist sich selbst nicht mehr genug. Sein Verlangen nach mehr stillt er mit oberflächlicher Unterhaltung und Zerstreuung, der er Bedeutung zukommen lässt. Die Menschen plantschen im Seichten und vermissen den Sinn und die Tiefe in ihrem Leben.

Es liegt ausschließlich an dir, mein kleiner, schlauer Fuchs: Wenn du weißt, dass es Gott gibt, wird es ihn für dich geben. Wenn du weißt, dass der Bach, die Steine, die Pflanzen und die Tiere mit dir sprechen, werden sie mit dir sprechen und du wirst sie verstehen. Wenn du weißt, dass das Glück in dir ist, und nur in dir, wird es in dir sein. Es wird alles tatsächlich sein. Nicht nur in deinem Glauben, nicht nur in deiner Einbildung. Es wird wahr sein und du wirst es begreifen. Du wirst eins sein mit dem göttlichen Kosmos, dessen Teil du bist. Glaubst du aber nicht daran, weißt du es nicht, wird es nicht sein. Gehst du achtlos vorbei, suchst du dich außerhalb deiner selbst, wirst du dich nicht finden. Dann gibt es all das nicht. Dann träumst du nur davon.

6.

Der Eiswind fegte noch immer über die meterdicke Schneeschicht. Steinhart hatte er sie in den letzten Tagen und Nächten niedergewalzt. Lückenlos. Ohne Erbarmen. Der Eiswind rieb sich an allem, was sich ihm in den Weg stellte. Er knallte an Bäume und Häuser, riss und rüttelte an ihnen und wenn sie nicht nachgeben wollten, ummantelte er sie mit Frost. An Pflöcken und Ästen hatte er handbreite, waagrechte Schneekristalle hinterlassen, als gefrorenen Beweis seiner Kraft.

Lois gab Frida, seinen beiden Töchtern und seinen zwei Söhnen noch einen raschen Kuss, riss die Tür auf, drückte sie sofort hinter sich wieder zu, damit der Frost nur ja nicht in die Stube schlüpfen konnte, kletterte auf die hüfthoch aufgestaute, eisige Schneedecke und stapfte dann mit hochgezogenen Schultern und seinen Körper gegen den Wind stemmend Richtung Hügel. Unter seinen Sohlen knirschte der Schnee.

Über dem dichten Nebel schien es doch noch eine Sonne zu geben. Lois, seine Familie und alle anderen in Amaliendorf hatten sie schon Wochen nicht mehr zu Gesicht bekommen. Aber nun schimmerte zumindest vage ihr weiches Licht durch den unendlich scheinenden, weißgrauen Polster, der schon viel zu lange bedrohlich nah über ihnen hing und der unablässig Schnee und Eis spuckte, als hasse er die ganze Welt und wolle sie bestrafen. Noch war es nicht mehr als ein Hoffnungsschimmer, der weit weg schien und an dem man sich lieber nicht erfreuen mochte, aus Angst, doch wieder nur enttäuscht zu werden. Lois sah nach oben. Dann wandte er sich noch einmal zum Haus um. Er erriet gerade noch die schwach schimmernde Öllampe, die diffuse Strahlen durch das kleine Fenster warf. Der Frost hatte dicke Eisblumen auf die Scheibe geschichtet. Lois dachte an seine Familie, die im Haus fror. Und die Hunger hatte. Und für die er nun Nahrung besorgen wollte. Obwohl der beißende Wind sein Gesicht bearbeitete und auf ihn einschlug wie tausend Nadeln, spürte er keinen Schmerz. Auch auf seine Krämpfe, die gekommen waren, als er den Hunger überwunden hatte, achtete er nicht mehr.

Er war nur noch wenige Meter von der Stelle entfernt, an der er die Fasanfalle aufgestellt hatte. Das dritte Mal an diesem Tag wollte er nun nach ihr sehen. Bisher war er stets vergebens gekommen. Das Schlimmste war dann immer die Rückkehr ins Haus, die trostlose Rückkehr zu den Seinen: Die erwartungsvollen Gesichter der Kinder zu sehen, die, wenn sie den Vater mit leeren Händen hereinkommen sahen, versuchten, ihre Enttäuschung zu verbergen. Und Frida, die immer so tat, als würde sie gar nicht hersehen, als sei es gar nicht so wichtig, ob er Nahrung brachte oder nicht. Frida, die dann aufstand, ihn in die Arme nahm und stets ein Bündel Kräuter im Rock versteckt hielt, das sie in der warmen Jahreszeit gepflückt hatte und das sie nun in der Runde aufteilte, zusammen mit je einer Schnitte Brot. Damit alle zumindest etwas zu Kauen hatten, abgelenkt waren, Geschmack im Mund verspürten. Lois fürchtete sich vor dieser Heimkehr, diesem Schmerz, vor dieser Liebe. Er beschleunigte seine Schritte. Gleich würde das Gestrüpp den Blick auf die Falle freigeben. Gleich würde er sie sehen. Gleich würde er wissen, ob er seine Familie wieder enttäuschen musste. Sein Herz schlug wild. Lois rannte die letzten Meter. Dann sah er den Fasan im zugeklappten Käfig.

Er kniete nieder. Vor Freude und Dankbarkeit rannen Tränen aus seinen Augen und gefroren auf seiner Wange. Sein Herz fühlte sich nun schwer an und wohlig satt. Er öffnete die Klappe, griff in den hölzernen Verschlag, packte den ängstlichen, mit den Flügeln schlagenden Vogel am Kragen und zerrte ihn heraus. Dann hielt Lois kurz inne, sagte »Danke« und brach dem Tier mit einem Ruck das Genick. Explosionen fuhren durch den warmen Körper des Fasans. Seine letzte Lebensenergie entlud sich und wich mit rhythmischen Zuckungen aus ihm. Lois präparierte die Falle aufs Neue, legte ein Brotstückchen in die Mitte des Käfigs und richtete das Stöckchen, das die Klappe zum Zuschlagen bringen sollte, wieder auf. Dann packte er den Vogel an beiden Klauen und trug ihn kopfüber davon. So kam er den Hügel herab.

Der Fasan war erst vor kurzem in die Falle gegangen. Er war hungrig gewesen und hatte auf der verzweifelten Suche nach Nahrung das Stückchen Brot im Holzverschlag entdeckt. Er hatte bemerkt, dass hinter ihm die Klappe zugefallen war, nachdem er durch das Loch geschlüpft war. Doch damit wollte er sich vorerst nicht beschäftigen. Er hatte nur Gedanken für die gefundene Nahrung. Erst nachdem er sie verschlungen hatte, kam die Unruhe. Dann die Angst. Und dann die Panik.

Mit jedem Schritt, den Lois, mit der Beute in der Hand, seiner Familie näher entgegenging, stieg seine Stimmung. Als er den Schein der Öllampe durch den milchigen Bodennebel flimmern sah, begann er zu laufen. Er platzte fast vor Vorfreude. Als er in die Stube trat und die Gesichter seiner Familie sah, war er der glücklichste Mann des Dorfes.

Frida holte Schnee, um ihn im Topf auf dem Ofen zu schmelzen und damit den zerteilten Fasan zu kochen. Eine Stunde später legte sie allen vier Kindern, Lois und sich selbst ein gleich großes Stück auf die Teller. Darüber goss sie die Suppe, in der sie den Fasan gekocht hatte. Das Fleisch duftete nach Wacholderbeeren und Kraft, nach Thymian und Leben, nach Rosmarin und Glück.

»Versprich mir Papa, dass du das Pferd nicht schlachtest«, sagte Maria, das jüngere der beiden Mädchen, nachdem alle den letzten Tropfen Suppe aus ihren Tellern geschleckt hatten.

Lois lachte, als hätte er noch nie daran gedacht, ihr Pferd als letzte Reserve zu opfern, um seiner Familie Essen zu beschaffen. »Aber Maria, ich schlachte doch nicht unser Pferd! Wer sollte denn sonst unseren Wagen ziehen, wenn wir im Hitzling* wieder auf Reisen gehen!«

»Gut«, sagte Maria zufrieden, nickte und steckte ihre Stupsnase noch einmal in den blitzblanken Teller, um ihn erneut abzuschlecken.

»Teilen wir uns noch das letzte Stück Fasan?«, fragte Heinzi, ihr Jüngster, denn er hatte gesehen, dass seine Mutter ein großes Stück beiseite gelegt hatte.

»Nein, das letzte Stück heben wir für morgen auf«, antwortete Frida und klang dabei nicht streng, sondern liebevoll. »Weißt du, wir müssen vorsorgen. Weil immer kann man nicht so viel Glück haben, wie wir es heute hatten. Heute hat es der Herrgott besonders gut mit uns gemeint.«

»Aber du könntest es aufhängen«, sagte Lois zu Frida, nachdem die Kinder einsichtig genickt hatten und ein bisschen traurige Stille in der Luft lang.

»Ja, Mama!«, überschlugen sich die Kinder. »Häng es auf! Bitte häng es auf!«

Frida verdrehte Richtung Lois die Augen und musste dann doch lächeln. Sie nahm das zuvor eigens aufgehobene Stück Fasanfleisch, band es an ein Stück Spagat und befestigte das andere Ende der Schnur am Haken über dem Küchentisch. Darunter stellte sie einen Teller, damit das bisschen Saft, das womöglich hinuntertropfte, aufgefangen würde. Die Kinder wetzten auf ihren Holzsesseln hin und her, beugten sich über die Tischplatte und griffen gierig nach den dünnen Scheiben trockenen Brots, die ihnen Frida reichte. Dann drückten sie heruntergebrochene Brotstücke gegen das duftende Fleisch, um möglichst viel von dessen Geschmack abzubekommen. Das Besondere an dieser Art des Essens war, dass die Kinder stets einen zweiten Mitesser auf der anderen Seite des Tisches brauchten, um das Brot auch wirklich tief in das an der Schnur baumelnde Fleisch pressen zu können. Damit war sichergestellt, dass nicht eines der Geschwister mehr vom Saft bekam als ein anderes. Und es war auch eine kluge Methode, den Kindern Brüderlichkeit beizubringen. Denn ohne Mitesser auf der gegenüberliegenden Seite wich das an der Schnur hängende Fleisch sofort aus, gab nach, rollte zur Seite und ließ sich, wenn es angetupft wurde, kaum etwas von seinem Geschmack entziehen. Am besten funktionierte das Eintunken, wenn alle vier Geschwister gleichzeitig und von allen vier Seiten ihr Brot gegen das Fleisch drückten.

»Mama, warum geht es uns heute so gut?«, fragte Heinzi mit roten Backen, als sie alle vier gleichzeitig ihren letzten Bissen Brot gegen das Fleisch pressten. Frida sah Lois tief in die Augen, und auch sie spürte ein Ziehen ums Herz. Es tat ihnen so gut, ihre Kinder glücklich zu sehen. Wenn es auch nur Momente waren. Denn sie beide wussten um den Ernst der Lage. Die Essensvorräte würden den sich dahinschleppenden Winter über nicht reichen, der Brennstoff schon gar nicht. An Arbeit im Steinbruch war für Lois bei diesem Wetter nicht zu denken. Arbeitslosenunterstützung bekam er auch nicht mehr. Noch aber mussten Lois und Frida die Kinder mit ihren Sorgen nicht belasten. Wenngleich die beiden Älteren ihre Gedanken bereits teilten, ohne auch nur ein Wort darüber zu verlieren.

»Warum es uns so gut geht, willst du wissen«, lachte Frida und streichelte ihrem Kleinsten über sein struppiges, braunes Haar. »Wisst ihr, Kinder«, sagte Frida dann und beschrieb mit ihren Händen ganz langsam einen weiten Kreis: »Die große Glücksgöttin im Himmel über uns tanzt im Sternengewand auf ihrem großen Schicksalsrad. Was oben ist, rutscht so wieder hinunter, und was unten ist, kommt von neuem herauf. Wer seine guten Eigenschaften verliert, der kann sich niemals lange oben halten. Wer aber auf die Gesetze von Mutter Natur achtet, der wird wie von Feenhand ins Glück gehoben.«

✻ ✻ ✻

Die Weltwirtschaftskrise, ausgelöst durch den Börsenkrach in New York 1929, stürzte auch breite Teile der Bevölkerung in Österreich in Armut. Der Arbeitsmarkt war in der Folge des Zerfalls der Habsburger Monarchie ohnehin schon seit 1922 von chronischer Arbeitslosigkeit geprägt. Nun verschärfte sich die schwierige Situation weiter. Die Arbeitslosigkeit stieg bisweilen auf mehr als fünfundzwanzig Prozent. Erschwerend für die Menschen kam hinzu, dass nur gut die Hälfte der unselbständig Beschäftigten arbeitslosenversichert war. Jene im Waldviertler Ort Amaliendorf mussten sich zweimal wöchentlich in der fünfzehn Kilometer entfernten Bezirksstadt Gmünd melden. Den Weg legten die meisten zu Fuß zurück. Sie bekamen eine Arbeitslosenunterstützung von fünf Schilling pro Woche. Ein Laib Brot kostete damals siebenundsechzig Groschen.

1932, zum Höhepunkt der weltweiten Rezession, bezeichnete »Das Kleine Blatt« Amaliendorf am 15. Juni als »das

Dorf des Grauens«: »900 Menschen vor dem Nichts. Lehrer, Arzt, Pfarrer und Totengräber arbeiten noch ...«

Zur wirtschaftlichen Not kamen widrigste Witterungsbedingungen. So wurden etwa im Winter 1928/1929 in Amaliendorf minus 36 Grad Celsius gemessen. Der Schnee stand meterhoch.

✻ ✻ ✻

Habe ich dir schon einmal erzählt, warum früher alle Jenischen zur selben Zeit Geburtstag hatten, mein kleiner, schlauer Fuchs? Ganz einfach. Früher waren die Winter viel härter und länger als heute. Nahrung und Heizmaterial waren Mangelware. Krankheiten gab es dafür im Überfluss. Wer von unseren Leuten dennoch den Winter überstand, der hatte Geburtstag. Deshalb, mein kleiner Fuchs, deshalb hatten früher alle Jenischen zur selben Zeit Geburtstag. Und um ehrlich zu sein: Auch viele Gadsche hatten zur selben Zeit Geburtstag. Sie wussten es nur nicht.

Deine Urgroßmutter Frida und ich haben viele harte Winter überstanden. Wir haben uns, nachdem wir auf jenische Art geheiratet hatten, ein kleines Holzhaus am Waldrand gebaut. Gleich in der Nähe von Fridas Verwandten. Der Boden unseres Hauses war aus Lehm, und die Fugen zwischen den Balken haben wir mit Moos ausgestopft. Es war ein schönes Haus, gerade groß genug für uns und unsere Kinder, die bald aus dem Schoß deiner Urgroßmutter ins Leben fielen. Ich weiß bis heute nicht, wie Frida das gemacht hat, aber wir bekamen exakt alle zwei Jahre ein Kind. Eines nach dem anderen. In geordneter Regelmäßigkeit. Vier wunderbare Kinder. Und wie zum Beweis, dass sie nicht nur den Zeitpunkt der Befruchtung auf den Tag genau bestimmen konnte, gebar

Frida in schöner Ausgewogenheit zwei Buben und zwei Mädchen. Als erstes dachte sie natürlich an sich. Und so gebar Frida zu allererst ein Mädchen. Zwei Jahre später dachte Frida an mich und schenkte mir einen Buben, um danach wieder ein Mädchen auf die Welt zu bringen. Und dann, wieder genau zwei Jahre später, noch einen Buben: Heinzi. Er sollte unser jüngstes Kind bleiben. Denn Frida hatte beschlossen, kein neues Leben mehr auf die Welt zu bringen. Ja, mein kleiner Fuchs. So sind die Frauen. Sie beschließen so etwas ganz einfach. Ohne uns zu fragen. Sie meinen es nicht böse. Für sie ist es ganz selbstverständlich. Sie betrachten es als ihre Sache und nur als die ihre, ganz gleich, was sie uns Männern erzählen. Die meisten Frauen fassen derartige Beschlüsse im Geheimen. Oft wissen sie selbst nichts davon. Dann beschließt ihr Inneres, nicht zu gebären. Und so ist es dann auch.

Frida und ich liebten und vereinten uns weiterhin. Aber als ich zwei Jahre nach der Geburt von Heinzi darauf wartete, dass eine weitere Tochter auf die Welt kommt, kam nichts. Ich fragte deine Urgroßmutter, wo denn das Mädchen bleibe. Und sie sagte: »Wir haben genug Kinder.« Das war alles. Ja, mein kleiner Fuchs. Das war alles. Mehr sagte sie nicht. Mehr musste sie auch nicht sagen. Sie hatte ja Recht. Unser Haus war mit Frida, mir und den vier Kindern schon eng genug und wir konnten beileibe kein weiteres hungriges Maul mehr durchfüttern. Sie sagte also »Wir haben genug Kinder«. Und ich nickte. Das war's. Das war ihr Beschluss. Fridas Körper und ich hielten uns daran.

Frida und ich wussten immer, welchen Winter wir zu erwarten hatten. Schon im Herbst hatten wir Gewissheit, ob der Schnee lange den Boden versiegeln würde, ob ich beim Jagen Eiszapfen im Bart haben würde oder ob warme

Winde vom Süden her das Gesicht des Winters zum Weinen bringen würden. Wir fühlten es an der Wolle der Schafe, rochen es am Morgenwind, sahen es am Abendhimmel, erkannten es an der Sammelwut der Eichkatzerln* und am Wuchs der Haselnüsse. Einmal, an einem wunderschönen, sonnigen Tag, da zeigte Frida nach oben auf die Krone der Erle vor unserem Haus und sagte »Wir müssen noch mehr Holz sammeln gehen«. Ich sah nach oben und antwortete: »Dass der Biberling* uns heuer so wenig Zeit lässt!« Die Gadsche im Ort hielten uns für verrückt, weil wir beim wunderbarsten Herbstwetter, das so vielversprechend schien, Unmengen an dürren Ästen aus dem Wald zerrten. Im nahen Winter darauf sind einige Gadsche, aber auch Jenische, gestorben. Es war der längste und härteste Frost, den wir je erlebt haben. Noch dazu kam er so zeitig wie noch nie. Frida und ich waren vorgewarnt gewesen: Die Stare in der Erle vorm Haus hatten es uns angezeigt, weil sie sich viel früher als sonst zum Abflug gesammelt hatten.

Dieser Winter war schlimmer als alle anderen zuvor. In der ganzen Gegend konnten die Fuhrwerke nicht ausfahren. Wege und Straßen waren teils mannshoch vom Schnee begraben. Und weil das Viehfutter, das im Hitzling eingebracht worden war, nicht ausreichte, mussten die Bauern ihre Tiere notschlachten. Die Menschen litten Hunger, weil fast niemand hier heroben Arbeit hatte. Der Frost und der Hunger machten die Menschen schwach wie dürres Gras. Die geringste Krankheit knickte sie. Viele raffte dieser Winter dahin. Und wenn Frida nicht so oft mit ihren Heilkräutern ausgeholfen hätte, wären sicher noch viel mehr gestorben.

Obwohl wir viel Torf und Holz gehortet hatten, stellte es sich als zu wenig heraus. Deshalb ging Frida mit den

Mädchen in den Wald, um Holz zu besorgen. Im ganzen Wald gab es keinen Ast, keinen Zweig und keinen Zapfen mehr, der am Boden lag. Die frierenden Menschen hatten den Wald leer geräumt. Es war mit Sicherheit der sauberste Wald, den es je weit und breit gegeben hat. Bäume zu fällen war bei Strafe verboten. Auch das Jagen von Wild war nicht erlaubt. Sogar betteln wurde verboten. Mit hundert Schilling Strafe wurde es geahndet. Stell dir vor, jene, denen es am schlechtesten gegangen ist, mussten dafür auch noch Strafe zahlen. Aber in Wirklichkeit betraf das ohnehin nur die Stadt. Denn bei uns heraußen gab es sowieso niemanden mehr, der etwas hätte geben können. Bei wem hätte man da betteln sollen?

Frida fand natürlich einen Weg, zu Holz zu kommen. Gemeinsam mit den Mädchen grub sie Wurzelstöcke abgeschnittener Bäume aus dem schneebedeckten Waldboden. Hast du schon einmal versucht, auch nur einen kleinen Wurzelstock auszugraben, mein kleiner Fuchs? Es ist eine der kraftraubendsten und anstrengendsten Arbeiten. Manche Männer sind daran verzweifelt und gescheitert. Deine Urgroßmutter nicht. Frida grub diesen Winter gemeinsam mit unseren Töchtern Dutzende Wurzelstöcke aus dem eiskalten Boden. Einmal ist ihr dabei der kleine Finger ihrer linken Hand vor Kälte lahm geworden. Sie hat es mir nicht erzählt und wollte es auch nicht zugeben, als ich sie eines Abends darauf ansprach. Ich bemerkte es an der Art wie sie einen Fasan zerlegte, den ich heimgebracht hatte. Sie packte nicht zu wie sonst. Ein paar Tage später hat sich deine Urgroßmutter den abgestorbenen Finger selbst mit einer Hacke abgeschlagen. Sie wollte nicht, dass ich es mache. »Das geht dich nichts an«, sagte sie und gab mir einen Kuss, bevor sie im Schupfen verschwand.

»Ein Wurzelstock ist das wärmste Holz der Welt«, sagte Maria, die ganz ihrer Mutter nachgeriet, und die schon anpackte wie eine Erwachsene, obwohl sie noch ein zierliches Mädchen war. »Dieses Holz wärmt uns nämlich drei Mal«, ergänzte sie in einer beinahe großmütterlichen Art und machte dabei ein Gesicht, als ob sie schon unendlich viel Lebenserfahrung auf dem Buckel hätte. »Drei Mal«, wiederholte sie. »Einmal wärmt es beim Wurzelstockgraben, dann wärmt es beim Auseinandersägen der Wurzelstränge und am Schluss wärmt es den Ofen.«

In der wärmeren Jahreszeit nahm Frida die Mädchen auch mit, wenn sie in den Wald und ins Moor ging, um Schwammerl, Beeren und Kräuter zu sammeln. Mich und die Buben wollte sie nie dabeihaben. »Das ist Frauensache«, sagte sie nur, drehte sich um, sodass ihr langer bunter Rock flog und marschierte mit dem Korb im Arm davon, rechts und links von ihr die beiden Mädchen. Obwohl der Vorrat an getrockneten Schwammerln, Beeren und Kräutern nie groß genug sein konnte, ließ deine Urgroßmutter manch reife Himbeere am Strauch, manch prächtigen Steinpilz im feuchten Boden und manch heilendes Kraut weiter wachsen. Maria erzählte, dass ihre Mutter sie gelehrt hatte, mit den Pflanzen zu sprechen, um so herauszufinden, ob sie bereit wären, mitgenommen zu werden. Frida und unsere beiden Töchter schwebten in kreisrunden, tanzenden Bewegungen über den Pflanzen, berührten sie sanft im Vorübergleiten, stiegen elfengleich über sie, sangen, flüsterten mit ihnen und beteten im Stillen. Gewisse Wurzeln zogen sie ausschließlich bei Mondschein aus dem Boden. Manche Pflanzen wiederum nahmen sie nur, wenn noch der Morgentau an ihnen haftete. Du hast gut lächeln, mein kleiner, schlauer Fuchs, weil du als jüngster unserer Sippe von deiner Urgroßmutter in diese Geheimnisse bereits eingeweiht wurdest. Ich aber hatte nie die Ehre, den genauen Sinn ihrer Handlungen erklärt zu bekommen. Frida und meine Töchter sagten mir nur, dass alle Pflanzen gut zu den Menschen seien, sogar die giftigen. Dass sie Rat geben würden, wie mit ihnen umzugehen ist. Und dass man die Gewächse der Natur nie nehmen sollte, wenn sie einem davon abraten; ganz gleich, wie groß die Versuchung ist. Ich bin froh, mein kleiner, schlauer Fuchs, denn ich sehe in deinen Augen, dass auch du deine Handlungen mit großem Respekt gegenüber der Natur setzt. Frida hat selbst mir oft gepredigt, dass die Früchte des Waldes und des Moores ein großes Geschenk von Mutter Natur an die Menschen sind. »Nur gegen den Tod ist kein Kraut gewachsen«, sagte sie gerne, wenn sie Kräuter kochte und sie anschließend zu Brei rieb, wenn sie Pflanzen trocknete und im steinernen Mörser stampfte, oder wenn sie sie hackte und mahlte. Während dieser Arbeiten sagte sie manchmal wie zu sich selbst: »Nur wenn du die Kräuter achtest und sie nach dem Pflücken richtig behandelst, erkennst du, welche Wunder in allen Dingen eingeschlossen sind.«

Während die Frauen also Holz sammelten oder Beeren, Schwammerl und Kräuter, ging ich mit den Buben auf Jagd. Wenn wir vom Glück geküsst wurden, und mit einem Reh nach Hause kamen, rächten wir uns an den Frauen – dann waren wir es, die unser Geheimnis nicht preisgaben, dann war es an uns, nicht zu verraten, wie wir das Tier ohne Schusswaffe erlegt hatten. Heinzi schwindelte etwa, dass wir auf Bäume geklettert waren und uns auf das Rudel Rehe fallen hätten lassen, als es unter uns durchlief. In Wirklichkeit hatten wir freilich an einem Rehpfad eine Drahtschlinge im Laub versteckt, aus der sich das Tier nicht mehr befreien konnte. Fische fingen wir mit selbst geschnitzten Angelruten oder mit Schlingen, die wir ins Wasser hielten und dann ruckartig nach oben zogen, wenn eine Forelle oder ein Karpfen hindurchschwamm. Stachlinge erwischten wir mit Fallen. Eichkatzerln schossen wir mit der Steinschleuder von den Bäumen und Wildschweine erlegten wir tatsächlich so, wie Heinzi es bei den Rehen vorgab: Wir sprangen ihnen mit einem scharfen Messer in der Hand aufs Kreuz. Am einfallsreichsten aber waren wir bei den Rebhendln. Sie waren besonders im Winter eine begehrte Beute, weil die anderen Tiere im Schnee schwer zu fangen waren. Beim Rebhendl war das anders. Es verlangte fast danach, im Schnee gefangen zu werden.

Weißt du noch, wie wir eines vor ein paar Wintern gefangen haben, kleiner, schlauer Fuchs? Wir haben uns zum Entsetzen deiner Urgroßmutter für ein paar Stunden ihr Ofenrohr ausgeborgt. Sie hat es erst bemerkt, als sie in aller Früh den Küchenofen angeheizt hat und der Rauch das ganze Zimmer verqualmt hat. Aber da waren wir ja schon weit genug weg. Kannst du dich erinnern? Wir haben das Ofenrohr auf den Boden gelegt und es rund herum mit weichem Schnee ganz fest eingegraben. Dann haben wir das Ofenrohr herausgezogen. Den Schneetunnel, der so entstanden ist, haben wir auf einer Seite verschlossen. Auf der anderen Seite haben wir kleine Brotstückchen vor das Loch gestreut und auch in den Tunnel hineingeworfen. Dann versteckten wir uns hinter einem Steinhaufen und legten uns auf die Lauer. Ich weiß noch ganz genau, so, als ob es gestern gewesen wäre, wie ich auf meine alten Tage im Schnee gefroren habe. Wir haben schon geglaubt, dass kein Rebhendl daherkommt, weil wir uns durch das laute Klappern unserer Zähne verraten. Aber es gibt schönes und es gibt furchtbares Frieren, mein kleiner Fuchs. Dieses Frieren war schön. Denn wir hatten es selbst gewählt. Und die Kälte, die uns mit der Zeit bis in die Knochen kroch, machte die Sache noch bedeutender für uns.

Das Rebhendl kam natürlich erst, als wir nicht mehr an die Jagd dachten, uns nicht mehr ausmalten, wie gut es schmecken würde und wie wir es würzen sollten, sondern erst, als wir nur noch mit unserm Schlottern beschäftigt waren. Wir wollten gerade aufbrechen und nach Hause gehen, da hast du es bemerkt. Ja, du warst es, nicht ich. Du hast gerade noch den Schwanz des Tieres in unserem Schneetunnel verschwinden gesehen. Als wir rasch und doch leise aufspringen wollten, um den Eingang des Tunnels zu verschließen, konnten wir uns vor Kälte kaum rühren. Auch in diesem Moment warst du es, der das Entscheidende tat. Na ja, allzu stolz brauchst du darauf auch nicht zu sein. Schließlich sind deine Glieder ein paar Winter jünger als die meinen. Auf jeden Fall hast du den Eingang verschlossen, den Tunnel Handbreite für Handbreite eingedrückt, und als ich es endlich geschafft hatte, auf meine tauben Beine zu kommen, hattest du dem Vogel schon das Genick gebrochen und hast ihn mir grinsend wie eine Trophäe entgegengehalten.

Weißt du noch? Deine Urgroßmutter wusste unsere Jagd gar nicht richtig zu schätzen. Als wir mit dem Rebhendl und dem Ofenrohr nach Haus gekommen sind, hat sie unsere Beute mit keinem Blick gewürdigt. Sie hat mir nur mit bösem Gesicht, und als ob wir Unsinn getrieben hätten, das Ofenrohr aus der Hand genommen. Frauen, mein kleiner Fuchs! Frauen haben keine Ahnung vom Jagen. Aber wenigstens war es wenig später schön warm in der Küche.

7

Ohne sie anzuschauen fasste Lois Frida an der Hand.
Dann zeigte er mit gestrecktem Arm auf zwei kleine Erdhaufen am rechten Straßenrand. Er straffte die Zügel und
rief nach hinten zu den Kindern, die im Inneren des Pla-
chenwagens saßen: »Heinzi, schau einmal. Weißt du, was
die beiden Maulwurfshügel da am Straßenrand bedeu-
ten?« Heinzi reckte den Hals. Dann schüttelte er den
Kopf und sah seinen Vater mitleidig an. »Papa«, seufzte
er, »sicher weiß ich das. Es ist ein geheimer Wegweiser zu
Fahrenden, die hier in der Gegend Lager machen. Und
weil es zwei Erdhaufen sind und auf der rechten Straßenseite, müssen wir beim zweiten Weg rechts einbiegen.«
Lois lächelte seinen Jüngsten stolz an. Beim zweiten Weg
bogen sie rechts ab.

Wenig später bemerkten sie am linken Wegrand drei
Erdhaufen. »Jetzt links abbiegen«, sagte Heinzi, der zu
seinen Eltern auf den Kutschbock noch vorn gerutscht
war, als sie bei der dritten Abzweigung angelangt waren.
»Und da vorne gleich wieder rechts«, rief Heinzi, als er
den Erdhaufen bemerkt hatte. Zwei Erdklumpen weiter, sie waren mittlerweile durch dichten Wald gefahren
und dann auf einem Weg dahingeholpert, der mit hohem
Gras verwachsen war, sahen sie plötzlich Zebras im Gebüsch.

Sie alle sahen die Zebras. Und sie alle dachten, jeder für
sich, dass da etwas anderes dahinter stecken müsse. Be-
malte Pferde womöglich. Es kam ihnen vor wie ein Rätsel,
das es zu lösen galt. Hier Zebras? Das konnte nicht sein.

Wie so oft würde die Wahrheit ganz simpel sein, dachten sie, wenn man der Sache nur näher käme. Und so war es auch: Es waren tatsächlich Zebras.

»Ihr müsst geglaubt haben, ihr spinnt«, lachte Luca Resulatti später, als sie gemeinsam am Lagerfeuer saßen. »Zebras sind ja nicht gerade das, was man sich mitten in Oberösterreich erwartet.«

»Stimmt«, sagte Lois. »Und als wir dann auch noch einen Löwen brüllen hörten, glaubten wir, dass es uns wie durch ein Wunder in eine andere Weltgegend verschlagen hat.«

»Das stimmt ja beinahe auch«, antwortete Luca. »Noch mehr: Ihr seid sogar in einer völlig anderen Welt gelandet. In der Welt des Zirkus.«

»Aber wie kommt es«, fragte Frida, »dass ihr am abgelegensten Wald euer Lager aufgeschlagen habt? Ich dachte immer, ein Zirkus hält nur dort, wo Vorstellungen gegeben werden, in Dörfern und Städten.«

»Da hast du schon Recht«, antwortete Lucas Frau Anna. »Aber das Zirkusgeschäft geht so schlecht, dass es sich nicht mehr lohnt, in jedem Dorf das Zelt aufzuschlagen. Wir geben nur noch in den größeren Städten Vorstellungen. Deshalb sind wir auch so weit bis hierher gekommen. Ihr müsst wissen, ursprünglich sind wir aus Italien, und zuletzt haben wir in Tirol unseren Platz für den Biberling gefunden.«

»Uns geht es ähnlich. Wir sind Waldviertler, von ganz oben, nahe der böhmischen Grenze. Aber die Menschen bei uns haben so wenig Lowi im Hosensack, dass wir beschlossen haben, diesmal weiter zu ziehen als sonst. So hat es uns hierher getrieben.«

»Ist aber auch nicht besser hier, oder?«, reagierte Luca, stocherte im Feuer herum und sah Lois dann mit einem schelmisch herausfordernden Blick an.

»Nein«, platzte Lois heraus. »Ist auch nicht besser da«, lachte er und prostete Luca zu.

»Ist auch nicht besser da«, wiederholte Luca laut, nachdem er einen kräftigen Schluck genommen hatte, »ist nicht wirklich besser da, oooh nein«, betonte er noch einmal, und dann brachen alle in Gelächter aus. Die beiden jenischen Familien lachten aus ganzem Herzen. Sie lachten und klopften sich auf die Schenkel. Manche konnten gar nicht mehr aufhören. Es drückte ihnen schon Tränen aus den Augen vor lauter Lachen. Sie lachten, weil es nichts zu lachen gab außer das Lachen. Sie lachten ihr jenisches Lachen.

Nur zwei lachten nicht. Obwohl sie genauso in der Runde hockten wie alle anderen, hatten sie den Dialog der beiden Familienoberhäupter gar nicht richtig mitbekommen: Maria und Peter. Sie waren viel zu sehr damit beschäftigt, einander in die Augen zu sehen.

Peter hatte schon allerlei Bekanntschaften mit Mädchen und jungen Frauen gemacht, keine Liebschaft hatte er ausgelassen. In jedem Ort, in dem ihr Zirkus Station machte, hatte er sein Techtelmechtel. Peter war mit jeder Eroberung gelassener, sicherer, lässiger geworden – und damit für die Weiblichkeit noch unwiderstehlicher. Sie liebten sein südländisches Aussehen, sein schulterlanges, gewelltes, rabenschwarzes Haar, sehnten sich nach seinen ebenmäßigen Gesichtszügen, versanken in seinen leidenschaftlichen Augen. Sie konnten gar nicht anders, als Peter zu verfallen. Sie waren wie überreife Früchte, die zu berühren sich keiner getraut hatte, aus Vorsicht und Scham, und die nur darauf warteten, endlich von einer entschlossenen Hand gepflückt zu werden. Peter genoss sie nach Leibeskräften. Er stillte seinen Appetit, und je öfter und wahlloser er zugriff, desto mehr verschwand sein Hunger, desto weniger schätzte er, was er bekam. Irgendwie war ihm alles einerlei geworden, und immer öfter blieb danach nur ein merkwürdig schaler Geschmack.

Als ihm Maria zum ersten Mal erschien, wurde ihm schwindlig. Ihr erster Wimpernschlag löste in ihm ein Beben aus. Dieses Beben war so gnadenlos, dass Peter seine Gemütslandschaft nicht wiedererkannte, nachdem sich der aufgewirbelte Herzensstaub gelegt hatte. Als ihm Maria kurz danach gegenüberstand, ganz nahe gegenüberstand, brachte Peter kein Wort heraus, er kramte in seinen Hosensäcken, starrte sie kurz an und senkte dann den Blick. Abermals glaubte er, den Boden unter den Füßen zu verlieren, glaubte, sich niedersetzen zu müssen, das Gleichgewicht nicht halten zu können. Das Nachbeben hatte ihn mit voller Wucht erwischt. Diese zierliche, blutjunge Frau, dieses von den meisten anderen kaum beachtete Mädchen mit der Stupsnase und den Sommersprossen, diese Jenische aus dem Waldviertel, hatte Peter, den starken Peter, den stolzen Frauenheld, den stets souveränen Südländer, völlig aus der Bahn geworfen.

Maria spürte ihre Wirkung auf den hübschen, zurückhaltenden Burschen. Sie fühlte sich ihm nahe, und wegen seiner Schüchternheit, unter der er scheinbar litt und die ihm sichtlich peinlich war, tat er ihr ein wenig Leid. Deshalb machte Maria etwas, was sie noch nie zuvor getan hatte, weil Frauen das nicht zusteht, und jenischen schon gar nicht. Sie entschied sich eigentlich auch nicht dafür es zu tun, vielmehr bemerkte Maria ihr Handeln erst, nachdem sie es getan hatte, nachdem sie den auf den Boden starrenden Peter sanft an der Hand berührt hatte. Peter durchfuhr ein Schauer, der, gleich einem Blitz, von der berührten Hand nach oben in seinen Nacken fuhr und von da über seinen Kopf auf Schläfen und Stirn übergriff. Es fühlte sich an, als sei sein ganzer Körper von einer Gänsehaut überzogen. Peter sah kurz auf und versuchte Maria anzulächeln. Dann drehte er sich um und beeilte sich, Feuer zu machen. Maria schmunzelte und ging barfuß davon.

Die beiden Familien saßen an diesem Abend lange ums Feuer. Sie erzählten einander von ihrer Herkunft, ihren Ahnen. Sie sprachen über die Macht der guten und der bösen Totengeister, und sie lauschten gemeinsam der Musik der Winde und des Waldes. Nachdem sie gegessen hatten, prusteten sie je einen Mundvoll Schnaps in alle vier Himmelsrichtungen. Schon ihre Väter und Vorväter hatten es so gehalten, um der Natur ihren Respekt zu zeigen.

Auch den Kindern war die freundschaftliche Verbindung mit der Natur schon in Fleisch und Blut übergegangen. Sie schätzten all ihre Geschöpfe und hatten gelernt, sie als Lehrer zu achten. Sie fühlten sich wohl in ihrer Schule, die den Himmel als Dach hatte und der sie nie entwachsen würden, weil sie unendlich groß war – was schließlich auch notwendig war, um all den Weisheiten ausreichend Platz zu bieten.

Als Lois Geschichten über Waldviertler Hexen, Waldteufel, Nachtgeister und Teichmädchen erzählte, aus deren Schicksal, Treiben, Flüchen und Verwünschungen jeder seine eigene Lehre ziehen konnte, fragte Peter, woher Lois nur all diese Geschichten habe. Doch Peters Vater ließ keine Antwort zu: »Frag nicht«, sagte Luca, »diese Geschichten sind dreimal so alt wie Berg und Wald.« Die beiden Familienoberhäupter sahen einander verschwörerisch an und dann nickte Lois Luca zu. Schließlich sagte er in die Runde: »Ihr Jungen tut gut daran, euch auf die ewigen Wahrheiten in diesen uralten Geschichten zu besinnen. Das bringt euch den größten Nutzen für euren künftigen Weg.«

So spät es auch wurde, zwei schienen in dieser Nacht nicht müde zu werden. Auch als sich die anderen bereits gähnend zurückgezogen hatten, kamen sie nicht zur Ruhe. Etwas war mit Peter und Maria geschehen, etwas in ihnen hielt sie munter. Es war etwas Unbedingtes. Es war die erwachte Neugier nach Liebe. Peters Urgroßmutter, die sich am nächsten zum Feuer gebettet hatte und deren Schlaf des Nachts Pausen einlegte, hörte die beiden Jungen noch bis in die Morgenstunden miteinander flüstern und im flackernden Licht des Feuers schien es ihr, als ob sie mit jedem Ruf der Eule näher zusammenrückten.

Am nächsten Morgen brachen die Familien zusammen auf. Sie hatten beschlossen, bis auf weiteres gemeinsam ihr Glück zu versuchen. Schließlich könne Lois' Familie ihren Wagen gleich neben dem Zelt aufstellen und an die Zirkusbesucher ihre Waren verscherbeln. Umgekehrt würden die Tandler womöglich zusätzliche Zirkusbesucher anlocken. Der tatsächlich entscheidende Grund aber, warum sie fortan ihre Spur gemeinsam durch diesen Sommer ziehen wollten, war, ohne dass es irgendjemand ausgesprochen hätte, dass Luca und Lois ineinander Seelenverwandte gefunden hatten.

Die Hoffnung, darüber hinaus voneinander zu profitieren, wurde bald enttäuscht. Besonders der Zirkus war so schlecht besucht wie noch nie. Luca beschloss daher, eine neue Attraktion anzupreisen, etwas, das die Leute einfach sehen mussten, etwas noch nie da Gewesenes. Etwas Nervenzerfetzendes. Nach langem Abwägen und Gesprächen mit seiner Frau Anna war es dann schließlich so weit: Es stand die Vorstellung bevor, während der Anna zum ersten Mal ihren Kopf in einen Löwenrachen stecken sollte.

Anna hatte Angst. Sie vertraute ihrem Mann. Dem Löwen aber vertraute sie nicht. Luca versicherte ihr, dass er das Tier im Griff habe, ja sogar seine Gedanken lesen könne. Anna müsse nur eines beachten, und das sei entscheidend: Sie müsse dem Löwen Gelassenheit und Stärke demonstrieren und nicht einmal einen Anflug von Angst zulassen. Dann würde das mächtige Tier Anna nicht als Opfer sehen, sondern sie als Herrin akzeptieren.

Als Lois vom Vorhaben der beiden erfuhr, fragte er Luca, ob er alleine mit dessen Frau sprechen dürfe. Er wisse einen Weg, versicherte er, um Anna jede Angst zu nehmen. Nachdem sich Luca die Prozedur von Lois beschreiben hatte lassen, willigte er ein. Noch mehr: Er bat Lois, auch seinen Sohn Peter zu unterrichten. Und so lehrte Lois Anna und Peter das Zeichen der Sonne.

Lois zeigte Anna, wie sie die Faust schließen und den Daumen zwischen Mittel- und Ringfinger fest einzwicken müsse. Er riet ihr, die Muskeln ihrer Hand anzuspannen, so lange und so fest, bis der stechende Schmerz ganz bei ihr sei. Wenn sie diesen Griff schon machen würde bevor sie in die Arena trat, würde ihre Hand zu einem sicheren und permanenten Fixpunkt. »Dann wirst du spüren«, sagte Lois bedächtig und nahm Annas Faust in seine Hände, »dass das Zeichen der Schlüssel ist, der Schlüssel, der das Schloss zur völligen Ruhe öffnet. So wirst du deine Angst besiegen. Restlos und vollständig. Unterstützen wird dich dabei das Wissen um meine geistige Begleitung. Ich werde die ganze Zeit über bei dir sein«, sagte Lois ohne auch nur einen Moment den Blickkontakt mit Anna zu verlieren. »Vergiss aber nicht, das Zeichen der Sonne muss in aller Ruhe und schon eine halbe Pfeifenlänge vor deinem Weg zum Löwen ausgeführt werden.« Lois atmete durch, entspannte seine Schultern und fuhr fort: »Wenn sich unsere Wege nach diesem Hitzling trennen, wird dein Sohn Peter meine Rolle einnehmen. Er ist stark genug und besitzt das natürliche Verständnis.« Lois wandte sich zu Peter. »Damit das Zeichen der Sonne sicher wirkt, musst du in die Gedanken deiner Mutter steigen. Geh ganz langsam und behutsam hinein, wie in das Bett eines ruhigen Flusses. Mit jedem Schritt wirst du deine Mutter stärker fühlen, so wie der Schwimmer das Prickeln des Wassers. Deine Mutter wird dich ebenfalls spüren, sie wird dich wahrnehmen, wie der Fluss den Schwimmer. Durch dieses gemeinsame Gefühl wird der Bann der Angst vollkommen sein. Es genügt, wenn ihr einander vor der Löwennummer fest in die Augen seht. Wenn ihr schließlich Übung habt und das Zeichen einige Male erfolgreich angewendet wurde, und erfolgreich wird es jedes Mal sein, das versichere ich euch, dann würde es sogar wirken, wenn ihr voneinander getrennt wärt und jeder an einem anderen Ende der Welt.«

Eine Woche später war es so weit. Nach der Raubkatzendressur befahl Luca den immer wieder fauchenden und ihre Pranken hebenden Löwen, im Kreis auf ihren Podesten zu sitzen. Dann kündigte er, unterbrochen von Trommelwirbel, die neue Sensation des Zirkus Resulatti an, die Weltpremiere, den Höhepunkt des Abends: die Frau, die ihren Kopf tief in den Rachen eines mächtigen Löwen halten werde.

Anna betrat unter Beifall die Manege. Sie winkte dem Publikum zu. Niemand bemerkte den sonderbaren Griff ihrer linken Faust. Sie strahlte in die Menge. Und dann schlüpfte sie zum ersten Mal in ihrem Leben in das Innere des drei Meter hohen Rundgitters, das die Zuschauer vor den Raubkatzen schützte. Luca empfing sie im Inneren der Arena. Gemeinsam gingen sie in die Mitte der Manege, wo der mächtigste Löwe des Zirkus auf einem niedrigen Podest saß. Als Anna in ihrem glitzernden Kostüm, mit dem Gesicht zum Publikum und seitwärts ausgestreckten Armen, dem Löwen den Rücken kehrte und dicht vor ihm niederkniete, war es so leise im Zelt, dass man nur noch das Schnauben der Löwen hörte.

Ein letztes Mal brauste Trommelwirbel auf, und dann geschah es rascher, als alle erwartet hatten, dann warf Anna ihren Kopf nach hinten und der Kiefer des Löwen umfasste ihn bis zu ihren schmalen Schultern.

In diesem Moment blieb für Anna die Zeit stehen. Alles in und um sie war still, war taub. Es war ihr, als sei sie in einen dunklen Trichter gefallen, als sei sie von einer alles lähmenden Spirale eingesogen worden. Nichts in ihr bewegte sich, konnte auch nicht, wollte auch nicht, dachte gar nicht daran, dachte an nichts. Nichts. Es war nichts. Endloses Nichts, ohne Zeit und Raum. Schwebend. Schwebend wie ein Körnchen Staub im Universum.

Anna erwachte, als der Applaus über sie kam, als die Zuschauer wieder atmeten und ihre Anspannung durch Trampeln auf den Bretterboden entluden. Anna erwachte, als Luca sie bei der Hand nahm und küsste. Sie drehte sich um und sah in die ruhigen Augen eines Löwen.

* * *

Neben ihrer Sprache sowie geheimen Handzeichen kommunizieren die Fahrenden über Symbolzeichen miteinander. Dabei kann es sich um Erdklumpen, Stecken oder abgeknickte Zweige am Straßenrand handeln, die als Wegweiser dienen. Zur Nachrichtenübermittlung und um anderen Fahrenden geheime Hinweise, Warnungen und Ratschläge zu geben, werden so genannte Zinken verwendet. Dabei handelt es sich um Symbole und Zeichen, die etwa in der Nähe von Hauseingängen angebracht werden. Mit einem ins Holz geschnitzten breiten »U« zum Beispiel rät man künftigen Vorbeikommen-

den, hier Rast zu machen. Eine Katzenabbildung bedeutet
»hier wohnt eine weichherzige Frau« und ein mit der Spitze
nach unten zeigendes Dreieck warnt vor verseuchtem Wasser.

✳ ✳ ✳

Hab ich dir schon einmal die Geschichte vom Waldviertler Teichmädchen erzählt, mein kleiner, schlauer Fuchs?
Hör gut zu, es ist eine sehr lehrreiche Geschichte, obgleich erst wenige klüger durch sie geworden sind.

Tief drinnen, versteckt im Litschauer Wald, liegt ein
dunkler, ein ganz besonderer Teich. In diesem Teich lebte
ein Teichmädchen. Es war wunderschön. Ihr Körper war
strahlend weiß, beinahe durchsichtig, wie die Lust. Ihre
nackten Brüste und ihre Scham wurden nur von ihrem
langen, blonden Haar bedeckt. Ihre Lippen waren sinnlich und feucht vom Wasser, das sie mit der hohlen Hand
behutsam aus dem Teich schöpfte. Ihre Augen schimmer-
ten zart blau, wie die Unschuld des Himmels, der sich
tagsüber in ihrem dunklen Teich spiegelte.

Alle Männer in der Gegend kannten sie, von ihren Träumen und vom Hörensagen. Einige hatten sie auch schon
gesehen, hatten sie gespürt und sich ihr hingegeben. Sie
waren des Nachts nach draußen geschlichen, hatten sich,
in Gedanken schon ganz bei ihr, warm blutende Wunden
zugezogen, als sie im Licht des Halbmonds durchs Unterholz krochen, teils auf allen vieren und keuchend wie verrückt. Wenn sie der Mut dann nicht verließ, stießen sie das
kleine Ruderboot vom Ufer ab und ließen es durch den
Bodennebel gleiten, der den Blick auf den Teich versagte.
Keiner dieser Männer, kein einziger, kam je wieder zu den
Seinen zurück. Stets fand man das leere Boot am Tag danach in der Mitte des Teiches treiben, ohne jeden weiteren
Hinweis auf den Verschollenen, fernab jeden Ufers.

Es hieß, nur ein junger, durch und durch unschuldiger Bursche könnte das Teichmädchen zähmen, ihren tödlichen Umarmungen, ihrem verheerenden Liebestreiben ein Ende setzen. Überall wurde deshalb nach so einem Burschen Ausschau gehalten. Denn auch jene Männer, die der Versuchung bisher widerstanden hatten, fanden keine Ruhe. Immer wieder wurden sie nachts vom zärtlichen Rufen des Teichmädchens geweckt, immer wieder wachten sie schweißgebadet auf, neben ihren guten Frauen.

Eines Tages fanden die Männer endlich einen unschuldigen Burschen. Er hatte bisher nicht einmal im Traum daran gedacht, sich in der Nacht zum Teich zu schleichen. Weil er aber ein guter Kerl war und ohne Grund zur Furcht, ließ er sich dazu überreden. In der Nacht, in der es geschehen sollte und in der sich der unschuldige Bursch aufgemacht hatte zum Teichmädchen, in dieser Nacht sahen die Männer Wetterleuchten über dem Wald. So mancher Blitz fuhr nieder, schaurig und schön, wohl in der Gegend des Teichs. Als der junge Bursche noch nicht zurückgekehrt war, obwohl schon der Morgen dämmerte, begannen sich die Männer, die am Waldrand beieinander hockten, Vorwürfe zu machen.

Da knackte es plötzlich im nahen Gebüsch und Momente später stand der Bursche vor ihnen. Er gähnte und streckte sich und dann begrüßte er die Runde. Nichts sei gewesen, rein gar nichts, versicherte er den Männern, die dem Burschen nur Glauben schenkten, weil er noch niemals gelogen hatte. Er habe sich zuerst am Rand des Teiches niedergelassen, erzählt er. Als ihm das zu langweilig geworden war, sei er mit dem Boot in die Mitte des Teiches gerudert, so wie sie es ihm angeschafft hätten. Dort habe er lange nach dem Teichmädchen Ausschau gehalten, aber es habe sich nicht blicken lassen. Schließlich wurde er wohl von der Müdigkeit übermannt. Er sei im

Boot eingenickt und habe bis zum Morgengrauen gut und fest durchgeschlafen.

Ob das Gewitter, das Donnergrollen, die Blitze und der Regen ihn denn nicht geweckt hätten, wollten die Männer wissen. Doch der Bursche konnte sich nicht erinnern, auch nur einen Regentropfen gespürt zu haben. Es sei die ruhigste und schönste Nacht gewesen, die er je erlebt habe.

Erst als der Bursche heimwärts schritt und die ratlosen Männer hinter sich ließ, bemerkte er, um sein Handgelenk geschlungen, ein langes, glänzend blondes Haar. Er streifte es ab, als sei es bedeutungslos.

Diese Geschichte, mein kleiner, schlauer Fuchs, ist schon sehr, sehr alt. Sie ist dreimal so alt wie Berg und Wald. Das Teichmädchen, mein schlauer Fuchs, das Teichmädchen aber gibt es immer noch. Es lebt ewiglich.

Ich erinnere mich, dass ich diese Geschichte auch erzählt habe, als meine Familie zum ersten Mal die Resulatti-Sippe getroffen hat. Wir hatten unser Lager auf einer Waldlichtung aufgeschlagen und saßen gemeinsam rund um den Funk. Es war der Tag, an dem ich Luca kennen gelernt habe. Luca und ich haben uns schon verstanden, als wir noch gar nichts miteinander geredet haben. Als wir uns zum ersten Mal, noch von weit weg, in die Scheinling* gesehen haben, erkannten wir uns wieder. Mit jedem Schritt des Näherkommens spürten wir stärker, wie sehr wir aufeinander gewartet hatten. Schließlich standen wir uns gegenüber und reichten einander die Hand. Es war ein unsagbar schöner Augenblick. Und ich wünsche dir, mein kleiner Fuchs, dass auch du einmal den Menschen deiner Entsprechung triffst. Denn jeder sehnt sich danach, obgleich nicht jeder sich dessen bewusst ist.

Wenn du den Menschen deiner Entsprechung triffst,

siehst du dich in ihm in einem unbekannten Licht. Es zeigt dir mehr als nur dein Äußeres. Erstmals lässt es dich deine Gedanken begreifen, gibt es dir klaren Einblick in deine Seele, lässt dich erkennen, wie andere dich sehen. Es löst die Schatten um deine Gefühle auf, zeigt dir den Ursprung deiner Freude und deiner Angst, beleuchtet Ecken, die bisher im Dunkeln lagen. Wenn du tatsächlich das Geschenk bekommst, den Menschen deiner Entsprechung zu treffen, triffst du dich erstmals selbst. Und deinem Gegenüber geht es ebenso.

Frida fragte mich damals nach dem Grund meiner plötzlichen Heiterkeit. Ich wusste nicht recht, was ich ihr antworten sollte. Alles was mir einfiel, war, Luca anzusehen. Und der antwortete für mich, indem er sagte: »Lois hat bemerkt, froh zu sein, mit sich und seinem Leben.« Deine Urgroßmutter verstand, denn sie war eine sehr kluge Frau.

Aber nicht nur Luca und ich erlebten damals einen besonderen Hitzling. Unsere Tochter Maria und Peter, der Stolz der Resulattis, verliebten sich Hals über Kopf ineinander. Anna wiederum, Lucas Frau, machte die Erfahrung, ihren Kopf in den Rachen eines Löwen zu stecken. Ja, du vermutest richtig, sie machte es ganz ruhig und sicher, weil ich ihr das Zeichen der Sonne beigebracht hatte. Das wirklich Spannende daran aber war nicht sie, sondern die Gedanken des Löwen. Luca hatte gelernt, den Geist der Tiere zu lesen. In jenen der Menschen einzudringen sei ihm auch gelungen, erzählte er mir, aber das habe ihn rasch an den Rand des Wahnsinns geführt, weil sich Menschen nie nur einem Gedanken hingeben. Ihr Geist springe nervös hin und her, gönne sich keine Rast, sei unentwegt in Bewegung, beschäftige sich gleichzeitig mit einem Dutzend von Nebensächlichkeiten, schichte Überlegungen unter- und übereinander, sortiere um, verwerfe. Kurzum, der menschliche Geist scheine nur eine Priorität zu kennen, nämlich das Chaos. Deshalb sei es kein Wunder, dass die Welt aussehe, wie sie aussehe. Wie gnadenlos selbstzerstörerisch auch sein eigener Geist sei, erzählte mir Luca mit echtem Entsetzen, das sei ihm erst bewusst geworden, als er in die Köpfe anderer Menschen Einblick genommen hatte.

Der Geist der Tiere hingegen, sagte Luca ruhig, der sei einfach und ehrlich, sei klar und eindeutig, sei kein wildes Durcheinander, sondern ein geordnetes Hintereinander, und genüge sich selbst. Das allein mache es ihm erträglich, in ihn einzutauchen. Und das sei auch der Grund, warum Tiere wie selbstverständlich in sich ruhten, Menschen hingegen allzu oft außer sich seien.

Der Löwe, den Luca für den Auftritt mit Anna ausgewählt und vorbereitet hatte, war das Oberhaupt des Rudels, das älteste und mächtigste Tier. Luca verriet mir, was der Löwe dachte, als er Annas Kopf mit seinem Kiefer umgab: Er dachte beinahe nichts. Und das war gut so. Er dachte nicht an Hunger. Er dachte nicht an Kampf. Er dachte auch nicht an Hass oder Angst, nicht an Herausforderung oder Demut, nicht an sein Rudel und nicht an Anna. Ganz sanft tauchte in ihm lediglich der Gedanke auf, dass es ganz angenehm war, einen warmen Menschenkopf im Maul zu haben. Als er knapp davor war, schlucken zu müssen, bekam er von Luca das Zeichen, Annas Kopf wieder frei zu geben. Also tat er es. Und dann schluckte er. Das Schlucken war schön.

Sosehr die Nummer mit Anna und dem Löwen beklatscht und bejubelt wurde, letztlich kamen trotzdem immer weniger Zuschauer. Die Situation war bald so schlimm, dass

Luca einige Tiere schlachten musste, um andere füttern zu können.

»Es hat keinen Sinn mehr«, sagte Luca eines Abends resignierend zu mir, als wir fernab von den anderen unter einer Linde saßen und Pfeife rauchten. Ich spürte, dass Luca bereits aufgegeben hatte und dass er traurig und gebrochen war. Gleich darauf sagte er: »Wir werden den Zirkus aufgeben müssen. Ich und die anderen Männer werden versuchen, in Tirol Arbeit am Bau zu finden. Und die Frauen sollen Fetzen zusammennähen und hausieren gehen, so wie die Deinen es tun.« Und dann, mein kleiner, schlauer Fuchs, in dieser Niedergeschlagenheit, da sagte Luca etwas, das die Lebenslust von uns Fahrenden zeigt. Luca sah mich an und sagte: »Die Leute haben einfach kein Lowi mehr für den Zirkus. Sie kommen nicht, wenn meine Frau ihren hübschen Kopf zwischen die Reißzähne eines ausgewachsenen, mächtigen Löwen legt und ich sag dir«, betonte er und sah plötzlich spitzbübisch drein, »sie würden auch nicht kommen, wenn ich meinen Kopf bis zum Anschlag in den Arsch des Löwen schiebe.«

»Gib nicht auf«, grinste ich ihn an. »Probier es einfach einmal.« Luca fiel die Pfeife aus dem Mund vor Lachen. Wir kippten vor Gelächter zur Seite und kugelten unter der alten Linde herum wie zwei Lausbuben. Wir waren so unbeschwert, mein kleiner Fuchs, so unbeschwert und brauchten nur einander und keinen weiteren Grund dazu.

Kaum hatten wir uns erfangen, kamen unsere Kinder von der Lichtung her gelaufen, Hand in Hand, Maria und Peter. Knapp vor uns blieben sie keuchend stehen und dann sagten sie gleichzeitig, als hätten sie es eingeübt wie eine gut einstudierte Zirkusnummer: »Papa, wir werden heute Abend gemeinsam übern Funk springen.« Dabei sah meine Tochter Maria nicht mir und Lucas Sohn nicht ihm in die Augen, sondern umgekehrt. Als sie in unseren Augen die Freude über ihre Verlobung blitzen sahen, küssten sie uns beide auf die Wange und liefen jauchzend davon. Ihre nackten Fersen flogen über die kniehohe Blumenwiese und ihr Haar sprang übermütig auf und nieder.

Wir sahen den beiden lange nach. Es war schön. Und nichts musste gesagt werden. Als Maria und Peter hinter den Zirkuswagen verschwunden waren, sah mich Luca an und blies mit einem langen, weichen Atemzug den Pfeifenrauch aus seinem Mund.

»Ja, du hast Recht«, sagte ich leise und auch mein Herz war übervoll. »Das Leben ist wunderschön.«

8.

Die erste Kugel durchfuhr Lucas Magen. Die zweite drang tief in seine Leber ein. Weil er sich noch immer auflehnte, feuerte der SS-Mann ein drittes Mal. Diese Kugel zerriss Lucas Gesicht.

Luca hatte die Tür des Wohnwagens geöffnet, nachdem im Morgengrauen wild darauf eingeschlagen worden war. Er wurde aus einem Traum gerissen. Er hatte sein Leben geträumt. Knapp bevor er aufwachte, roch er den wundervollen Mexikaner*, den die Frauen vergangenen Sommer zu Ehren von Maria und Peter und deren Verlobung gekocht hatten. Er sah seinen Sohn Peter mit Maria, der Tochter seines Freundes Lois. Sie waren glücklich, sie lachten und sie sprangen bloßfüßig mehrmals Hand in Hand übers Feuer. Sie taten es ihretwillen, und um damit allen anderen ihre Liebe zu zeigen, die nun eine ewige sein würde. Das fühlte sich gut an für Luca. Er träumte auch von der Liebe zu seiner Frau Anna und wärmte sich daran. Er fühlte den süßen Wein auf seinen Lippen und die Freude seiner Seele.

Als er öffnete, war er schlaftrunken. Vor ihm standen ein knappes Dutzend SS-Männer. Allesamt in ihren schwarzen Uniformen. Einer schnauzte ihn an: »Sofort zusammenpacken! Jeder nur einen Koffer! In fünf Minuten angetreten!«

Luca war nun hellwach. Er sah in den Kopf des groß gewachsenen Mannes. Als er in dessen Geist eingedrungen war, zwang Lucas Schrecken seine Knie kurz nachzugeben. Doch Luca fing sich. Er konzentrierte sich. Er bemühte sich, einen Ausweg zu finden. Es musste eine andere Zukunft für seine Familie geben als jene, die er im Kopf dieses Mannes gesehen hatte. Ich muss mich geirrt haben, ja, geirrt, hoffte Luca. Denn das war der einzige Ausweg, den er für sich und seine Familie fand. Dann las Luca noch einmal in den Gedanken des Mannes: Zeitvergeudung, Gesindel, dreckiges, abschlachten, auf der Stelle, auf die Weiber bin ich gespannt, Zigeunerhuren, gleich alle erschießen, kalt ist es, grausig feuchter Nebel, schnell erledigen, dann einen Schnaps im Warmen, weg mit denen, nicht lang herumfackeln, Scheiß-Gesindel, ab ins Lager, stinkendes Pack, ins Lager zum Krepieren.

Luca war nicht mehr bei sich. Er war nun in einem anderen Traum, einem neuen, ganz anderen. Er nickte, er drehte sich um, er ging ins Innere des Wohnwagens, er kam wieder und schoss dem Gruppenführer ein schweres Wurfmesser zwischen die Augen. Zweites Messer, zweiter Mann. Zwischen die Augen. Drittes Messer, dritter Mann. Zwischen die Augen. Viertes Messer. Da durchbohrte die erste Kugel Lucas Bauchdecke. Vierter Mann. Zwischen die Augen. Dann drang die zweite Kugel in Luca ein. Er spürte nichts, gar nichts. Fünftes Messer. Fünfter Mann. Zwischen die Augen. Dritte Kugel. In Lucas Gesicht. Luca sah einen Blitz. Dann fiel er zu Boden. Aus seiner linken Hand fielen drei Messer.

Die SS-Männer brüllten wie wild, sie schrien »Scheiße« und dann stürmten sie mit gezogenen Pistolen in den Wohnwagen. Sie zerrten die Frauen und Mädchen, die nur mit Nachtkleidern aus grobem Leinen bekleidet waren, an den Haaren aus dem Wohnwagen. Sie rissen sie in den kalten, aufgewühlten Novembermatsch. Dabei fielen sie auf die toten SS-Männer. Ihre Glieder und ihre Leiber wurden von den Füßen der Männer mit Stiefeln getreten. Je mehr sie auszuweichen suchten und sich krümmten, desto mehr vermischte sich der Schlamm mit ihrem und dem Blut der toten SS-Männer. Erst jetzt bemerkte Anna ihren neben sich liegenden Mann Luca. In diesem Moment zersprang etwas in ihrem Herzen.

Auch die anderen Wohnwagen der Sippe wurden gestürmt. Anna sah, wie SS-Männer mit Gewehrkolbenschlägen Peters Kopf bearbeiteten, sie sah, wie sie auf Barbara eindroschen und auf Fabio. Sie hatten keine Möglichkeit, sich zu wehren. Auch der kräftige Fabio wehrte sich nicht, er war nackt. Sie prügelten auf alle ein, auf Männer, Frauen, Kinder und auch auf die ganz Alten, sie stießen alle nieder, in den Dreck.

»Sollen wir sie gleich hier abknallen?«, schrie einer der Männer. Sein Kopf war rot und seine Lippen zitterten.

»Nein«, sagte ein anderer und gab Barbara einen zweiten Tritt in die Seite, »das Gesindel soll sich lieber im Lager zu Tode rackern, das bringt mehr.«

Also wurden sie in den geschlossenen Viehwagen gepfercht. Mit groben Schnüren wurden ihnen die Hände verknotet, die Füße verschnürt. Die Großmutter war die letzte, die Richtung Wagen gestoßen wurde. Dabei rutschte sie aus und schlug mit dem Kopf an die Ladeklappe des Transporters. Ihre seidene Haut platzte auf und dünnes Blut rann über ihr Gesicht. Es rann über ihren Hals und versickerte in ihrem geblumten Schlafgewand. Als die Großmutter taumelnd versuchte, auf die Ladefläche zu klettern, riss sie einer der SS-Männer an ihrem grauen, sorgfältig geflochtenen Zopf nach hinten. Sie stolperte. Sie fiel zu Boden. Dabei gab die im Stoffsaum eingenähte Tasche ihre Glaskugel frei. Sie plumpste heraus und blieb in der aufgedunsenen Erde stecken. Die Großmutter hörte, wie eine Schar Krähen kreischend über den Platz flog. Es müssen zwei Dutzend gewesen sein. In der Kugel der Großmutter spiegelte sich aber nur eine einzige Krähe. Eine einzige Krähe, die nach Osten flog.

Großmutter schloss die Augen und dann schoss ihr der SS-Mann zwei Mal in die Brust. Gleich darauf wischte er sich die Handinnenseite an seiner Hose ab. Ganz schnell rieb er seine Hand am Hosenbein, auf und ab, auf und ab. Es schien ihn zu ekeln beim Gedanken, das Haar der Großmutter mit seiner bloßen Hand berührt zu haben.

Im Viehwagen zitterten, weinten, schrien Menschen.

Die SS-Männer ahnten nicht, dass sie mit der Ermordung von Luca und der Großmutter der ganzen Sippe das Rückgrat gebrochen hatten. Sie hatten ihnen das Oberhaupt und die Älteste genommen. Ihren Verstand und ihr Herz. Das Heute und das Morgen.

* * *

In der nationalsozialistischen Diktatur (1933–1945) wurden in den Konzentrationslagern anfangs politische Gegner inhaftiert. Ab 1935, unter der Herrschaft der Schutzstaffel (SS), einer der brutalsten Sonderformation der Nationalsozialistischen Deutschen Arbeiterpartei (NSDAP), wurden auch Menschen gefangen genommen, die aus rassistischen, religiösen oder sozialen Gründen zu »Volksschädlingen« erklärt wurden. Konkret waren das Juden, Sinti, Roma, Geistliche, Homosexuelle, geistig oder körperlich Behinderte sowie die Gruppe der »Arbeitsscheuen«, »Nichtwohnhaften«, »Kleinkriminellen« und »Asozialen«, zu denen auch die Jenischen gezählt wurden. Die Nationalsozialisten ordneten die Jenischen aufgrund ihrer zumeist hellen Hautfarbe sowie ihrer ungewissen Herkunft (keltisch, heimisch, von den Roma abstammend oder eine Mischung all dessen) nicht den Zigeunern zu. Daher gehörten die Jenischen nicht zu den von Anfang an systematisch Verfolgten. Allerdings galten die Jenischen als vogelfrei. So wurden sie willkürlich ihrer Freiheit beraubt, in Lager gesperrt, gequält, sterilisiert und ermordet.

Bis zum Ende des Zweiten Weltkriegs starben etwa sechs Millionen Juden und zumindest fünfhunderttausend Menschen nichtjüdischer Herkunft in Konzentrations- und Vernichtungslagern durch Vergasen, Erschießungen, Überanstrengung bei der Zwangsarbeit oder durch Unterversorgung und Krankheit in der Gefangenschaft. Viele starben auch infolge von medizinischen Versuchen, die an ihnen durchgeführt wurden. Im März 1944 gab es zweiundzwanzig Konzentrationslager mit 165 angeschlossenen Arbeitslagern. Daneben bestanden zudem zahlreiche kleinere Lager, eines etwa in Reichenau bei Innsbruck.

* * *

Es war das ausgelassenste und üppigste Fest, das ich je gefeiert habe, mein kleiner Fuchs. Unsere beiden Sippen aßen, tranken, rauchten, tanzten und lachten, als ob es kein Morgen geben würde. Das Fest dauerte ganze drei Tage, drei volle Nächte.

Luca schickte seinen Schwager Fabio mit drei Männern in den nächsten Ort. Sie sollten für die Verlobung von Peter und Maria einkaufen. Luca trug ihnen auf, so viele Tiere zu verkaufen, wie nötig war, um für alle Pflam*, Korlass*, Gfunkerten, Tabak und Essen zu besorgen. Er schärfte Fabio mehr als nur einmal ein, nicht sparsam zu sein. Ein prächtiges Fest würden sie feiern und niemandem solle es auch nur an irgendetwas fehlen.

Fabio nahm seine Aufgabe ernst. Sehr ernst. Kein einziges Tier, das ihm Luca mitgegeben hatte, brachte er wieder. Er kam mit einer Wagenladung Verpflegung zurück, für die er die gesamte Zebraherde verscherbelt hatte. Er hatte von allem nur das Beste gekauft: den feinsten Korlass, den besten Schinken, den edelsten Tabak, und von allem in Hülle und Fülle.

Es war ein Fest ohne Anfang und ohne Ende. Wir tanzten noch im Morgengrauen. Wir schliefen, als die Sonne am Zenit stand. Schon vor der Dämmerung sprangen wir wieder zu Geigen- und Ziehharmonikaklängen ums Feuer, wild, als würde uns der Beng* reiten. Es war herrlich! Das Leben durchdrang uns. Wir ließen es durch uns strömen, wie eine mächtige Buche den Sommerregen durch ihre glitzernde Krone. Wir fielen von einem Genuss in den nächsten. Unsere Nüstern atmeten den fleischigen Rauch des Funks, unsere Münder schmeckten die Liebe und unsere Fingerspitzen fühlten den Sommerwind. Unsere Frauen waren üppig wie saftige Zuckermelonen und unsere Melodien priesen das Leben. Wir jagten hintereinander her, als seien wir Kinder, wir glitten über die Blumenwiese, als würden wir von Flügeln getragen, wir wanderten in die tiefsten unserer Täler und entdeckten immer wieder Licht.

Dass unsere Körper diese drei Tage Saus und Braus überstanden haben, hat wohl zwei Gründe. Der erste ist, dass unsere Frauen so klug waren, stets etwas Asche vom Laubholz ins Essen zu geben. Ohne diese Medizin, die alle üppigen Speisen verträglicher macht, hätten wir wohl schon den ersten Abend nicht wohlbehalten überlebt. Wahrscheinlich wären unsere Bäuche geplatzt. Ganz sicher aber wären unsere Köpfe zersprungen, wenn wir nicht jeden Morgen unser Katergetränk bekommen hätten: pechschwarzen Kaffee mit viel Salz und dem Saft einer halben Zitrone. Ich verspreche dir, mein kleiner Fuchs, danach bist du bereit für die nächste wunderbare Dummheit.

Als sich unsere Sippen wenige Wochen später trennten, um, jede für sich, die eine in Tirol, die andere im Waldviertel, das

Quartier für den Biberling vorzubereiten, waren wir schwermütig und traurig. Wir fühlten uns, als ob wir etwas Unwiederbringliches verlieren würden, verlieren aus eigener Schuld, ohne dass uns jemand dazu zwingt. Wir wollten uns nicht trennen. Niemand wollte es. Aber keiner sagte es, niemand verhinderte die Trennung. Trübsinnig sagten wir nur, dass wir nun aufbrechen müssten, weil ja doch der Biberling bevorstand. Wir taten, als wäre unsere Trennung notwendig, unabwendbar, und deshalb die selbstverständlichste Sache der Welt. Es kam uns nicht in den Sinn, dass es nur unsere Gewohnheit war, die uns so denken ließ. Nicht unser Selbstverständnis, sondern nur abstumpfende Gewohnheit. Wir waren so dumm! Als ob es für die Resulattis auch nur irgendeinen Unterschied gemacht hätte, einfach mit uns zu kommen. Ich hätte Luca nur sagen müssen: »Luca, im Waldviertel ist es um diese Jahreszeit ganz genauso unmöglich, eine Arbeit zu finden wie in Tirol. Wo ist also das Problem?« Luca hätte daraufhin gelacht. Und dann hätten wir schon gesehen, wie wir uns gemeinsam durchschlagen.

Aber nein. Beide brachten wir das Maul nicht auf. Statt dessen handelten wir wie Gadsche, mein kleiner Fuchs: Wir hörten nicht auf unser Inneres, nutzten nicht die Gelegenheit, die sich uns bot. Weißt du, was mit uns los war? Ich sag es dir: Wir waren gedanklich taub und so ließen wir uns treiben wie totes Holz im trägen Strom.

Das Erste, was ich tat, als wir in Amaliendorf angekommen waren, war, einen Brief an Luca zu schreiben. Ich schrieb, wie blöd ich es fand, dass wir nicht zusammengeblieben waren, wo das Leben uns doch nicht mehr hätte schenken können. Ich schrieb ihm, wie traurig und ungehalten mich das machte.

Einen Tag später bekam ich von Luca einen beinahe

wortwörtlich gleichen Brief. Er hatte ihn wohl einige Tage vor mir geschrieben. Auch er ärgerte sich über unsere Dummheit. Auch er konnte nicht glauben, wie schemenhaft wir uns hatten lenken lassen.

Im nächsten Brief versicherten wir einander noch einmal unserer Trottelhaftigkeit und schworen uns, im nächsten Hitzling gemeinsam auf Reise zu gehen und danach unsere Sippen für immer zusammenzuführen, egal was da komme. Wir freuten uns darauf. Aber irgendwie blieb trotzdem ein Gefühl der Bitterkeit zurück. Ein Gefühl, etwas Wichtiges nicht getan zu haben und dafür nur sehr unwichtige Gründe gehabt zu haben. Und es blieb eine Ahnung zurück. Eine Ahnung, so durchdringend kalt wie der Novemberwind.

Wenn du jemals das Gefühl hast, mein kleiner, schlauer Fuchs, etwas tun zu müssen, gleich wie ungewohnt es ist, dann tu es. Tu es unbedingt, mein kleiner, schlauer Fuchs. Denn manche Möglichkeiten kommen nie wieder. Nie wieder im Leben.

Maria und Peter schrieben einander keine Briefe. Sie waren sich einig, dass Briefe ihren Trennungsschmerz nur verschlimmern würden. Sie wollten ihrer quälenden Sehnsucht nicht Brief für Brief neue Nahrung geben. Und sie wussten, dass ihre Liebe stark war und keine Briefe brauchte, um bestehen zu bleiben.

Beim Abschied hatte Peter Maria versprochen, zu ihr zu kommen, sobald seine Familie den Höhepunkt des Biberling heil überstanden habe. Er werde aufbrechen, sobald die Sonne stärker sei als der Schnee. Er wolle nur seinem Vater noch helfen, den Zirkus aufzulösen, die letzten Geschäfte abzuwickeln. Dann, gleich dann, werde er zu ihr kommen, für immer.

Als die Blätter den Bäumen keine Kraft mehr geben konnten, fielen sie zu Boden, um dort der Erde Kraft zu geben. Der Regen und der Bodennebel beschleunigten ihren scheinbaren Tod, und nachdem die Schneedecke auf den zerfallenden Blättern rasch dicker wurde, dachte bald niemand mehr an sie. In dieser Zeit bekam ich wieder einen Brief von meinem Freund Luca. Er begann sein Schreiben mit den Worten: »Großmutter hat unser Ende gesehen.« In ihrer Glaskugel habe sie das Ende der Familie gesehen, die Vernichtung der ganzen Sippe habe sich darin abgezeichnet, der grausame Tod aller. Vögel habe sie gesehen. Viele schwarze Vögel in einem Käfig. Die Vögel seien eingesperrt gewesen und hätten mit den Flügeln geschlagen, aus Angst und Zorn. Und mit jedem Flügelschlag sei einer von ihnen gestorben. Einer nach dem anderen. »Lieber Lois«, hat mir Luca geschrieben, »wenn diesem Brief nicht bald ein zweiter folgt, hatte Großmutter Recht. Dann werden wir uns nicht mehr wieder sehen. Sollte es so sein, sei nicht verzweifelt. Denn du weißt, der Tod ist nur unsere Rückkehr in den Schoß der Natur. Du weißt, dass ich von dort wieder zu dir komme, als Wind, als Wasser, als Erde und als Feuer. Fürchte dich nicht, mein Freund. Ich werde immer bei dir sein.«

Dieser Brief, mein kleiner Fuchs, dieser Brief von meinem Freund Luca, war der letzte, den er geschrieben hat.

9.

Vier Wochen hatte Lois zugewartet, bevor er Frida den Brief zeigte. Den Brief, in dem sein Freund Luca den nahen Tod der ganzen Familie vorausgesagt hatte. Wortlos hatte er seiner Frau das Blatt über den Tisch geschoben und seinen rechten Zeigefinger neben das alte Datum gelegt. Sie las, und dann sagte Frida, um ihre Tränen zu unterdrücken: »Wenn sie Hitler nicht aufhalten, wird man auch uns bald holen kommen.« Lois nickte.

Minuten vergingen, dann beendete Frida das Schweigen: »Du musst es ihr sagen.«

»Bist du sicher?«, zögerte Lois. »Glaubst du, dass es das Beste für Maria ist?«

»Wenn Peter tot ist«, sagte Frida leise aber bestimmt, »hat sie es sowieso schon gespürt. Und wenn nicht, wird sie dem Brief keine Bedeutung geben.«

»Warum soll ich es ihr dann überhaupt sagen?«, fragte Lois.

»Nicht ihretwegen musst du es ihr sagen«, antwortete Frida und legte ihre Hand auf die seine. »Du musst es ihr deinetwegen sagen. Dein Schmerz zerfrisst dich sonst.«

Am nächsten Abend saß Lois am Tisch und rauchte Pfeife. Maria stand beim Ofen. Sie schnitt Erdäpfel und ließ sie in den Topf mit dem Wasser fallen, den sie aufs Feuer gestellt hatte. Lois sog tief an seiner Pfeife und stieß den Rauch mit einem Stoß aus. Der Qualm glitt über die Tischplatte, wälzte sich an der Petroleumlampe vorbei, rollte über die Tischkante, schien dahinter nach unten zu kippen, fing sich aber dann, wie von unsichtbarer Hand gestützt, und löste sich schließlich in der Stube auf.

»Na sag schon«, forderte ihn Maria auf und drehte dabei ihren hübschen Kopf über die Schulter.

»Wieso glaubst du, dass ich dir was sagen will«, fragte Lois.

»Wenn du mir nichts sagen wolltest, würdest du irgendetwas sagen«, lachte Maria. »Außerdem verschluckst du gleich deine Pfeife. Leg sie lieber auf die Seite, sonst fängt neben deinem Kopf auch ihrer noch zu glühen an.«

Lois strich mit seinen Fingern über den heißen Pfeifenkopf.

»Luca hat mir einen Brief geschrieben«, begann er ruckartig. Die Worte fielen aus ihm, als wären sie ebenso aus Granit wie die Steine, die er tagsüber behauen hatte. Lois stockte. Und dann, dann erzählte er seiner Tochter, was er ihr erzählen musste. Was in dem Brief stand, erzählte er. Und wie lange es her war, dass er ihn bekommen hatte. Nicht mehr. Kein Wort mehr. Jetzt über Ungewisses zu spekulieren habe doch keinen Sinn, quälte er sich, als er vergeblich nach tröstenden Worten für etwas suchte, das ja vielleicht gar nicht passiert war. Zumindest hoffentlich nicht passiert war. Und wenn es tatsächlich geschehen ist, überlegte Lois, dann wären weitere Worte doch noch unnützer, denn für so etwas gäbe es dann ja überhaupt keinen Trost, nein, dafür gäbe es keinen Trost, sogar wenn ihm einer einfiele. In jedem Fall, merkte Lois, könne er nun nichts mehr sagen. Also steckte er sich wieder seine Pfeife in den Mundwinkel und schielte zu Maria. Sie hatte sich die ganze Zeit über nicht gerührt, stand noch immer mit dem Rücken zu ihrem Vater beim Ofen und schnitt Erdäpfel in den Topf.

In der Stube war nur das Blubbern des kochenden Wassers zu hören. Und das satte Geräusch vom Schneiden der Erdäpfel, die vom Messer direkt ins Wasser plumpsten.

Auf einmal sagte Maria: »Peter hat versprochen, zu kommen, sobald die Sonne stärker ist als der Schnee. Er hat es mir versprochen. Mein Mann hat es mir versprochen. Und deshalb wird er kommen. Er wird kommen, sobald die Sonne stärker ist als der Schnee.«

Als sie das sagte, klang es glaubhaft und einleuchtend. Sie sagte es energisch, mit fester Stimme. Und wie zur Bestätigung, dass ausschließlich sie es war, die die Wahrheit kannte, zerschnitt sie den letzten Erdapfel nicht, sondern warf ihn mit Wucht als ganzes in den Topf. Heißes Wasser schwappte nach oben und klatschte an die Wand. Maria wandte sich ab und ging mit hartem, konzentriertem Gesichtsausdruck nach draußen. Sie nahm weder den Mantel vom Haken, noch zog sie die Holzschuhe an. Sie lief barfuss nach draußen und verschwand im verschneiten Wald.

Frida hatte mit den anderen im Nebenzimmer gewartet. Nun kam sie in die Stube und sah Lois fragend an.

»Peter lebt und er wird kommen, sobald die Sonne stärker ist als der Schnee«, sagte Lois.

»Dann wird es so sein«, sagte Frida nach kurzem Zögern und ging zum Ofen. Im Topf sah sie die Erdäpfel. Sie kochten in rotem Wasser. Daneben lag das Messer, mit dem Maria die Erdäpfel geschnitten hatte. Die Klinge war blutverschmiert.

Nur Tage später traf Lois im Wirtshaus auf den NSDAP-Ortsgruppenleiter. »Servus«, sagte Lois, worauf der Ortsgruppenleiter mit dem rechten Fuß auf den Boden stampfte wie ein zorniges Kind. »Ich hab es dir schon hundert Mal gesagt«, tobte er, »und eins schwör ich dir:

Wenn du noch ein einziges Mal den Hitlergruß nicht ordentlich machst, bist du dran. Und mit dir deine ganze Sippe.« Lois reagierte nicht, er überlegte.

»Weißt eh«, setzte der Ortsgruppenleiter fort und hob dabei sein Doppelkinn, »derweil haben wir noch alle Hände voll mit den Juden zu tun. Drum habt ihr noch eine Galgenfrist. Aber spiel dich nicht, eine Sicherungsverwahrung für dich und deine Leute ist schnell erledigt.« Schließlich gebe es, erklärte der Ortsgruppenleiter mit erhobener Stimme, damit es auch bestimmt alle in der Wirtsstube hörten, und steckte dabei seine Daumen zwischen Bauch und Hosenträger, als würde das seine Autorität unterstreichen, schließlich gebe es »das Gesetz zum Schutze des deutschen Blutes und der deutschen Ehre«.

»Jawohl!«, setzte er brüllend nach, weil noch immer keiner der Umstehenden ausreichend Respekt zeigte, und untermauerte seine Entschlossenheit, indem er den rechten Zeigefinger drohend nach oben in die stickige Wirtshausluft hielt.

Lois nahm eine stramme Haltung an, salutierte und sagte ohne auch nur einen Anflug von Grimasse: »Jawohl, Herr Ortsgruppenleiter Tschukal!« Dann ließ er wieder seine Schultern hängen, nahm den Ortsgruppenleiter beiseite und flüsterte Tschukal verschwörerisch zu: »Aber du als Ortsgruppenführer kennst ja sicher das Berliner Sondergesetz betreffend die Grußvorschriften für Angehörige von fahrenden Verbänden?«

»Sicher, sicher kenn ich das«, antwortete Tschukal und tat so, als ob er etwas in seiner Rocktasche suchen würde.

»Na dann weißt du ja, dass unsereiner in der Öffentlichkeit nicht den Hitlergruß verwenden darf, weil wir herumziehenden Jenischen damit ja der Ehre des deutschen Volkes schaden würden.«

»Hm«, brummte Tschukal.

»Aber ich schlag dir was vor, Herr Ortsgruppenleiter Tschukal«, setzte Lois fort und legte Tschukal die Hand auf die Schulter. »Als Beweis, dass ich kein Volksschädling bin, kannst du ja heut Abend bei uns durchs Fenster schauen. Dann wirst du sehen, dass unsere ganze Familie linientreu ist.«

»Nein, passt schon«, sagte Tschukal, legte ein paar Münzen auf die Schank und wuchtete sich in seinen schwarzen, beinahe knöchellangen Ledermantel. »Ich glaub dir eh. Pfiat Gott. Heil Hitler!«

»Pfiat Gott!«, sagte Lois.

Tschukal drehte noch eine Inspektionsrunde im Ort. »Pflicht ist Pflicht«, sagte er sich. Danach legte sich der Ortsgruppenleiter mit einem Feldstecher vor dem Holzhäuschen von Lois auf die Lauer, »rein dienstlich, für Führer, Volk und Vaterland«, wie er sich leise murmelnd selbst bestätigte.

Tschukal hatte sozusagen das Glück des Tüchtigen. Denn kurz darauf kam Lois vom Wirtshaus heim. Tschukal sah ihn, wie er die Stube betrat und – die rechte Hand zum Hitlergruß hob. Er sah, wie rund um Lois seine Frau Frida und seine Kinder zu Lois traten und ebenfalls die Hand zum Hitlergruß in die Höhe rissen. Lois blieb dabei stramm stehen, den rechten Arm vorbildhaft durchgestreckt.

»Nicht schlecht«, dachte sich Tschukal, verpackte seinen Feldstecher ordentlich in die Schutztasche, wie es sich gehörte, und machte sich wieder auf, Richtung Wirtshaus.

Wenn Tschukal die Kunst des Lippenlesens beherrscht hätte, wäre ihm nicht verborgen geblieben, dass Lois seine

Familie mit den Worten »Heil dem Idioten Tschukal« begrüßt hatte. Frida hatte mit »Heil nur dem Heiland« reagiert, worauf Lois in Richtung seines Sohnes Heinzi, freilich nach wie vor mit gestrecktem Arm, »Es lebe Österreich!« gerufen hatte, und der ebenso energisch mit »Ja! Es lebe Österreich!« geantwortet hatte. Darauf folgte von Maria ein herzhaftes »Scheiß auf die Nazis« und von ihrer Mutter ein inbrünstiges »Verflucht sei das Arschloch Hitler!«

✻ ✻ ✻

Zitiert aus dem Heft »Ortsgeschichte von Amaliendorf«:
»Der ›Umbruch‹, d.h. der politische Wandel, ging 1938 in unserem Heimatort ohne jedes Aufsehen und vollkommen ruhig vor sich. Der 13. März 1938 war schulfrei. Viele Lastautos mit Soldaten fuhren durch Amaliendorf, und die Kinder standen am Straßenrand und probierten den ›Deutschen Gruß‹. Die wirtschaftliche Situation besserte sich schlagartig, denn es gab wieder Arbeit in den Steinbrüchen und in den Fabriken in Amaliendorf, Heidenreichstein und Schrems. Bürgermeister wurde der Gastwirt Josef A., und Oberlehrer Adolf K. wurde Ortsgruppenleiter der NSDAP.«*

✻ ✻ ✻

Wir hatten schreckliche Angst damals. Aber nicht nur wir Jenischen hatten Angst, mein kleiner Fuchs. Nicht nur die Juden, die Roma, die Sinti und die Regimegegner hatten Angst. Bis auf die Nazis hatten alle Angst. Denn ein falsches Wort genügte und du wurdest denunziert, verprügelt und verhaftet. Das halbe Land hatte Angst.

Angst ist gefährlich. Weißt du warum, mein kleiner, schlauer Fuchs? Angst macht gefügig, feige und blind.

Und Angst beanstandet nichts, obwohl gerade sie Berechtigung dazu hätte. Ich wünsche dir so sehr, mein kleiner Fuchs, dass deine Generation niemals solche Angst durchleben muss wie wir damals. Ja, es war die eisig kalte Zeit der Angst und der Angstmacher. Und freilich war es auch die Zeit, in der man rascher als sonst erkannte, was hinter den Fassaden der Menschen steckt.

Die Bevölkerung war dreigeteilt damals. Es gab die einen, die schon immer einmal wichtig und laut sein wollten und die nun wichtig taten und laut waren. Es gab die anderen, die auch noch Herz und Rückgrat bewiesen, als sie damit nichts mehr gewinnen, aber viel verlieren konnten. Und dann gab es noch jene, und das war die Mehrzahl, die wussten nicht, wie ihnen geschah, als sie sich drehten wie der Hahn im Wind.

In Amaliendorf war das nicht anders als überall sonst, und das, obwohl ein großer Teil der Bevölkerung fahrenden Ursprungs war. Ja, mein kleiner, schlauer Fuchs: Einer Minderheit anzugehören schützt vor Dummheit nicht.

Der Pfad, auf dem ich selbst meine Entscheidungen zu treffen und meine Handlungen zu setzen hatte, war so schmal, dass mir schwindelig wurde, sobald ich das Haus verließ. Ich wollte mir treu bleiben und Herz beweisen, wollte aber nicht blindlings damit ins Messer rennen. Du hast mich schon oft gefragt, warum viele von uns Jenischen noch heute nicht aus dem Haus gehen, warum viele von uns sich heute noch nicht den Mund aufzumachen trauen. Es ist ganz einfach, mein kleiner Fuchs: Sie wollen unsichtbar bleiben. Sie wollen sich nicht als Jenische preisgeben und verwundbar machen gegenüber den Gadsche, denen sie noch immer nicht trauen. Gleichzeitig wollen sie aber auch ihr Ureigenes nicht verraten, wollen ihr Jenisch-Sein nicht verraten, und haben es deshalb privatisiert.

Damit wären wir wieder bei der Angst, mein kleiner, schlauer Fuchs: Die Nazis und ihre ideologischen Nachfahren haben es geschafft, dass wir heute noch Angst haben, wir Alten zumindest. Das ist auch der Grund, warum die Welt da draußen von uns noch immer nichts gehört hat. Ich hab dir ja schon gesagt: Angst beanstandet nichts, obwohl gerade sie so sehr Berechtigung dazu hätte.

Die Einzige, die damals überhaupt keine Angst hatte, war deine Urgroßmutter Frida. Ihre Furchtlosigkeit strahlte auf uns alle ab. Zum Beispiel auf unsere Tochter Maria. Ich hab dir ja von Lucas Brief erzählt, in dem er uns den Tod seiner Sippe anvertraut hat, und damit auch den Tod von Marias versprochenem Mann, von Peter. Weißt du, wie Maria reagiert hat, als ich ihr von dem Brief erzählt habe? Sie hat sich alles angehört, ist dann barfuß auf und davon in den knöchelhoch verschneiten Wald gelaufen und kam erst eine Pfeifenlänge später wieder, als ich sie gerade suchen gehen wollte. Sie riss die Tür auf, fegte gemeinsam mit dem Eiswind in die Stube, wehte mit energischen, nackten Schritten auf mich zu, beugte sich über den Tisch, schlug mit ihrer Faust darauf, dass die dicke Holzplatte vibrierte und dann donnerte sie: »Peter wird kommen. Er wird kommen, sobald die Sonne stärker ist als der Schnee!«

Ich schwöre dir, mein kleiner Fuchs: Ich war davor und auch danach nie wieder von etwas so überzeugt, wie in diesem Moment. In diesem Moment, als mir meine Tochter sagte, dass ihr Mann zu ihr kommen werde.

10.

Der Viehwagen bog über eine morsche Brücke nach rechts ab. Eine Reihe von Holzbaracken tauchte auf, ein Schlagbaum hob sich und der Wagen rollte ins Lager Reichenau. Als Peter aus seiner Ohnmacht erwachte, musste er erbrechen. Ihm war schwindelig. Seine Haare waren blutverklebt und sein Schädel dröhnte so sehr, dass er sich wünschte, wieder das Bewusstsein zu verlieren. Gleich darauf kippte er zur Seite. Doch nur ein Sekundenschlaf war ihm gegönnt. Er erwachte, als ein SS-Mann die Tür des Wagens aufriss und schrie: »Raus mit euch, ihr Schweine!«

Sein Schwager Fabio half Peter aus dem Wagen. »Wie hoch ist der Zaun?«, flüsterte Peter auf Italienisch.

»Zwei Meter Holzpfeiler«, sagte Fabio, nachdem er sich umgeblickt hatte, »darüber ein Meter Stacheldrahtzaun«.

»Gut«, sagte Peter, dann gaben seine Knie nach und er fiel wieder in Ohnmacht.

Sie wurden ins Büro gebracht. Ein Zivilist und ein junger Bursche in Halbuniform machten sich daran, die Personalien aufzunehmen.

»Wer von euch Zigeuner Katzelmachern* ist der Anführer?«, fragte der Zivilist.

Als niemand antwortete, sah sich Peter um. Noch immer drehte sich alles rund um ihn.

»Wo ist Papa?«, fragte er.

Je länger das Schweigen dauerte, desto langsamer drehte und bewegte sich das Zimmer, die Einrichtung und die

Menschen rund um Peter. Als er die Welt endlich zum Stillstand gebracht hatte, sagte Peters Mutter Anna, ohne ihren starren Blick Richtung Fenster zu lösen: »Sie haben ihn umgebracht, Peter. Sie haben Papa umgebracht.«

»Also kein Anführer«, sagte der Zivilist wie beiläufig und spitzte seinen Bleistift.

Peter hielt seine Tränen zurück. Er richtete sich auf, sodass er gerade auf dem Sessel saß, sah den Zivilisten mit festem Blick an und dann sagte er: »Ich bin das Familienoberhaupt.«

Der Zivilist schürzte die Lippen, nickte nachdenklich, stand gemächlich auf und schlug Peter vier Mal ins Gesicht. Peter verzog keine Miene.

»Ab sofort bin ich euer Familienoberhaupt!«, schrie der Zivilist. Er stolzierte wieder zu seinem Schreibtisch zurück. Im Umdrehen plärrte er: »Und ihr seid meine Würmer!«

Daraufhin stand Anna auf. Sie schien völlig ruhig. Langsam erhob sie sich, griff ihrem Sohn zärtlich auf die Schulter, machte noch drei Schritte bis sie vor dem Zivilisten stand und stieß ihm Zeige- und Mittelfinger in die Augen. Der Zivilist schrie vor Schmerzen auf und der Bursche in Halbuniform brüllte nach den Männern in Uniform.

Sie steckten Anna in die Arrestzelle, die sie Bunker nannten. Der Bunker war so klein, dass Anna sich darin nicht liegend ausstrecken konnte. Nur zum Stehen oder Sitzen reichte es. Die Zelle war kahl und kalt, der Boden betoniert. Fenster gab es keines, nur Luftschlitze oben und unten an der Tür. Anna war dankbar für diese Luftschlitze. Durch sie wirbelte der Wind Schneeflocken in die Zelle. Glitzernd weiche Schneeflocken, die Anna umtanzten, um sich dann an sie zu schmiegen und auf ihr, ganz langsam, zu schmelzen. Nach einer Woche waren Annas nackte

Füße erfroren, Blasen hatten sich gebildet. In dieser Zeit passierte es, dass die Schneeflocken mit Anna zu sprechen begannen. Sie wirbelten um Annas kahlgeschorenen Kopf, zuckten im Luftzug lustig auf und ab, sprangen herum wie ausgelassene Kinder und sangen Anna ein Lied:

Himmelan geht unsere Bahn,
die Liebsten sehen sich wieder irgendwann.
Denn wir sind Gäste nur auf Erden,
bis wir einst nach Kanaan durch die Wüste kommen
  werden.

In der zweiten Woche begannen Annas Zehen abzusterben.

Der dreizehnjährige Giorgio wurde vom Zivilisten als alt und kräftig genug befunden, um mit den Männern Tag für Tag zu den Arbeitseinsätzen auszurücken. Barbara bat den Zivilisten, ihren Sohn bei ihr zu lassen und ihn gemeinsam mit den Frauen für den Küchen- und Lagerdienst einzusetzen. »Wieso?«, schnauzte der Zivilist sie an. »Zum Betteln und Herumtreiben war er ja auch schon alt genug.«

Dann wurde allen eine Glatze geschoren; auch Barbara, der zum zweiten Mal in ihrem Leben ihr Zopf abgeschnitten wurde, der zum zweiten Mal in ihrem Leben ihr Stolz genommen wurde, und die Haare rasiert bis zur Kopfhaut.

Die Männer in der Baracke Nummer achtzehn wurden morgens um fünf Uhr geweckt und in die Waschräume getrieben. Wenige Minuten später hieß es »Anziehen!«. Die meisten Gefangenen wickelten sich Fetzen um die Füße. Denn Kleidung hatten sie nicht bekommen. Jeder hatte das Gewand an, in dem er ins Lager gebracht worden war, oder das, was ihm andere Häftlinge gegeben hatten. Als Schuhwerk waren Holländer verteilt worden, einfache Holzpantoffeln. Es gab Eichelkaffee und eine Scheibe trockenes Brot. Gleich darauf folgte der Morgenappell. Aufgerufen wurden die Gefangenen nicht mit ihren Namen, sondern mit Nummern. Peter war Nummer 4189, sein Schwager Fabio 4190 und der kleine Giorgio war Nummer 4191.

Als alle sechzig Männer des Arbeitstrupps durchgezählt waren, marschierten sie ab Richtung Inn. Sie sollten aus dem Fluss Kies abbauen. Drei SS-Männer bewachten sie. Bewaffnet waren sie mit Sturmgewehren. Und mit Peitschen, von denen sie ausgiebig Gebrauch machten, etwa wenn sie meinten, ein Gefangener würde zu wenig hart arbeiten, oder einfach dann, wenn ihnen langweilig war. Nach einer Woche Arbeitseinsatz war Giorgio krank, abgemagert und sein Körper von Peitschenspuren gezeichnet. Sein Vater Fabio war tot. Ein SS-Mann hatte ihm in den Kopf geschossen, als Fabio brüllend auf ihn losgerannt war, nachdem der Wachmann seinen Sohn wieder einmal mit der Peitsche malträtiert hatte.

Als Giorgio Lungenentzündung bekam, befand der Zivilist, dass der Bub nun nicht mehr stark genug sei für die Arbeitseinsätze.

Am Abend lag Giorgio in Peters Armen. Die Wachleute hatten sie nach ihrem zwölfstündigen Arbeitseinsatz gemeinsam mit den anderen Gefangenen wie immer um neunzehn Uhr in der Baracke eingesperrt und die massiven Fensterläden fest von außen verriegelt, damit auch nicht der dünnste Strahl Leben in die Unterkünfte fallen konnte, weder Sonnenlicht noch Mondschein.

»Peter?«

»Ja, Giorgio?«

»Weißt du noch, als wir im Hitzling alle gemeinsam am Funk gesessen sind und dein Papa, Onkel Luca, hat uns vom Paradies erzählt?«

»Ja, Giorgio, ich kann mich erinnern.«

»Onkel Luca hat damals gesagt, dass das Paradies oft um uns ist, wir es aber nicht sehen, weil wir unsere Augen nicht öffnen.«

»Ja, das hat er gesagt.«

»Aber jetzt, Peter. Jetzt ist kein Paradies. Auch nicht, wenn ich mich noch so sehr anstrenge. Oder?«

»Nein, Giorgio.«

»Glaubst du Peter, glaubst du, dass wir irgendwann einmal wieder ins Paradies kommen? Glaubst du, Peter?«

Peter atmete tief durch. Er drückte Giorgio an sich und streichelte ihm über seine nasse, heiße Stirn.

»Ich kann dir etwas versprechen, Giorgio«, sagte Peter. »Du wirst bald wieder im Paradies sein dürfen. Du wirst mit deinem Papa und Oma und all deinen anderen Lieben um den Funk sitzen und hinauf zu den funkelnden Sternen schauen. Du wirst den Schrei der Eule hören und den Duft des Feuers einatmen. Ihr werdet ein Festtagsmahl zubereiten, zu dem ihr deine Mama, meine Mama und auch mich einladen werdet. Und wir werden eurer Einladung gerne folgen. Auch wir werden zu euch kommen. Dann werden wir alle wieder vereint sein und alles wird gut sein. Und wir werden feiern und glücklich sein im Paradies.«

»Ja«, seufzte Giorgio erleichtert.

»Ja, Giorgio«, flüsterte Peter. Er drehte sich mit Giorgio im Arm auf ihrem Strohsack zur Seite, sodass sie nun verschlungen nebeneinander lagen. Dann sagte er: »Möchtest du, dass wir gemeinsam zum großen Geist beten, Giorgio?«

Giorgio nickte. »Mhm.«

»Gut. Sprich mir also nach«, sagte Peter.

Und dann sprachen sie hintereinander, Satz für Satz, zuerst Peter, dann Giorgio, leise und langsam ihr Gebet:

> *Oh großer Geist, dessen Stimme ich im Wind höre und dessen Atem der Welt das Leben gab, höre mich.*
> *Ich komme zu dir als eines deiner vielen Kinder.*
> *Ich bin klein und schwach.*
> *Ich brauche deine Kraft und deine Weisheit.*
> *Möge ich in Schönheit gehen, um das zu verstehen.*
> *Lass meine Augen immer den roten und purpurnen Sonnenuntergang bewahren.*
> *Lass meine Hände die Dinge, die du gemacht hast, respektieren und öffne meine Ohren, um deine Stimme zu hören.*
> *Mache mich weise, damit ich verstehe, was du deine Kinder gelehrt hast.*
> *Damit ich die Lehren, die in jedem Blatt und in jedem Stein verborgen sind, verstehe.*
> *Mache mich stark, nicht um meinen Bruder zu beherrschen, sondern um meinen größten Feind zu bekämpfen, mich selbst.*
> *Lass mich bereit sein, um mit offenem Blick vor dich zu treten.*
> *Wenn das Leben sich neigt wie die untergehende Sonne, möge meine Seele ohne Schande zu dir kommen.«*

»Wenn das Leben sich neigt wie die untergehende Sonne, möge meine Seele ohne Schande zu dir kommen«, wiederholte der kleine Giorgio.

»Gut«, sagte Peter.

»Gut«, sagte Giorgio.

Am nächsten Tag beim Morgenappell brach Giorgio zusammen. Der Zivilist befand, dass es nun an der Zeit sei, ihn in die Krankenstation zu bringen.

An diesem Tag gingen wieder Fliegerbomben auf Innsbruck nieder. Peter und die anderen Zwangsarbeiter hörten die Bomber kommen, als sie noch weit weg waren. Während sich die SS-Männer beim dröhnenden Herannahen der Flugzeuge instinktiv zusammenstellten und ihre Schultern hoben, als würden sie frösteln, empfanden Peter und die anderen das Motorengeräusch am Himmel als befreiend. Und wenn sie dann die Bomben aufschlagen hörten, überkam sie ein Gefühl, als würden ihre Fäuste tief in die Gesichter der SS-Wachen fahren.

In der Viertelstunde Mittagspause gab es dann wie immer einen Topf dünne Suppe. Diesmal nicht mit gekochten Steckrüben, sondern mit gekochten Erdäpfeln. Die Männer hatten ihr Essen fast hinuntergeschlungen, da bog ein offener Lkw um die Kurve. Auf der Ladefläche standen im eisigen Fahrtwind zitternde, kahlköpfige Menschen. Lagerinsassen. Die Entschärfungstruppe für die Blindgänger. »Das Himmelfahrtskommando«, wie es die SS-Wachen mit einem kalten, schadenfrohen Grinsen nannten, wenn sie Häftlinge für diese Arbeit auswählten. Meistens traf es Juden und politische Gefangene.

Peter beobachtete den näher kommenden Lkw. Die Häftlinge standen dicht an dicht gedrängt auf dem Wagen. Niemand schien zu reden. Die meisten ließen matt den Kopf hängen. Plötzlich hob sich eine Hand in der Menge. Eine Hand, die winkte. Peter konzentrierte seinen Blick auf das Gesicht des Häftlings. Zuerst glaubte er, es nicht zu erkennen. Erst als der Wagen dicht an ihnen vorbeifuhr, sah er seine Mutter: Anna winkte ihm zu. Sie stand ganz außen, hielt sich mit einer Hand an der Bretterwand des Lkw und winkte ihrem Sohn mit der anderen zu. Ihr Gesicht war eingefallen, ihre Augen dunkel als wären sie ins Nichts gerutscht. Aber ihr Mund, ihr Mund lächelte. Anna lächelte ihrem Sohn zu. Sie freute sich, ihn zu sehen, ihn zum ersten Mal nach zwei Wochen Bunkerhaft wieder zu sehen. Er lebte. Peter lebte. Anna winkte. Sie winkte ihrem Sohn so heftig und lebendig zu, als würde sie einen netten Ausflug ins Grüne machen, als gäbe es etwas zu feiern.

Der Wagen entfernte sich. Peter hob seinen Arm.

Peter konzentrierte sich. Er war im Geiste ganz bei ihr. Er war bei seiner Mutter. Er war bei der Frau, die keine Angst gehabt hatte, wenn sie während der Zirkusvorstellung ihren Kopf in den Rachen des Löwen steckte. Er sandte ihr Kraft, Mut und Gelassenheit.

In den folgenden Stunden vernahm Peter sieben Detonationen. Sieben Blindgänger waren beim Versuch, sie wegzubringen, explodiert.

Als der Wagen zurückkam und an den Zwangsarbeitern vorbeirollte, bot sich für die am Fluss Arbeitenden dasselbe Bild: Die Häftlinge standen dich an dicht auf der Ladefläche. Kraftlos ließen sie ihre Köpfe hängen und niemand sprach ein Wort. Peter reckte seinen Hals. Sein Blick durchkämmte die Menschen auf der Ladefläche. Der Wagen fuhr nun dicht an ihm vorbei. Peters Herz schlug wie wild. Peter schrie: »Mama!« Aus der Menge hob sich keine Hand.

Nach dem Marsch zurück ins Lager wurden alle Männer außer Peter in den Waschraum geschickt und dann wie immer in ihre Baracke gesperrt.

»Du bekommst heute eine Sonderbehandlung, Nummer 4189«, sagte der Zivilist zu Peter, der von zwei Wachmännern an den Armen festgehalten wurde. »Ich habe gehört«, fuhr der Zivilist fort und bemühte sich, das »R« rollen zu lassen wie Hitler in seinen Ansprachen, »ich habe gehört, dass du heute den ganzen Nachmittag nur geträumt hast. Das werde ich dir austreiben! Ab mit ihm zum Kaltbaden!«, befahl er und streckte seinen Arm aus Richtung Ausgang.

Die beiden SS-Männer führten Peter in den verschneiten Hof. Dort musste er sich nackt ausziehen. Dann bespritzten die Wachen ihn aus einem dicken Schlauch mit eiskaltem Wasser und hatten Spaß daran, besonders auf seine Genitalien zu zielen. Peter krümmte sich nicht, wie es viele vor ihm getan hatten, die dieser Tortur ausgesetzt worden waren. Er stand mit dem Rücken zur Barackenwand, hatte die Augen geschlossen, den Kopf gesenkt und versuchte, seine Genitalien mit den Händen zu schützen. Vielleicht weil Peter seinen Schmerz nicht zeigte, verloren die beiden SS-Männer bald das Interesse an ihm.

»Hören wir auf und gehen rein«, sagte der eine. »Ist ohnehin viel zu kalt hier draußen.«

»Gut«, antwortete der andere. »Sperren wir die nasse Sau in den Stall.«

Sie traten Peter in den Bunker.

Peter wusste, dass er sterben würde, wenn er sich nun auf den Betonboden setzte. Mit raschen Handbewegungen rieb er sich das Wasser vom Leib und dann begann er, auf der Stelle zu laufen. Rasch beugte er seine Knie, schlug mit den Armen auf seinen Körper, bewegte die Finger, schnitt Grimassen. Nach etwa einer Stunde ermüdete er zusehends. Also begann er zu beten und hörte dabei nicht auf, von einem Bein auf das andere zu steigen und mit den Armen seine Brust, seine Schenkel, seine Waden, sein Gesäß und seinen Rücken zu reiben. Er sprach das Gebet, das ihn seine Mutter gelehrt hatte, als er noch ein Kleinkind gewesen war. Er sprach das Gebet an Mutter Erde. Aufgrund seiner schnellen Körperbewegungen sprach er es so rasch wie noch nie. Und er sprach es so oft hintereinander wie noch nie. Am Morgen sollte er es etliche hundert Mal gebetet haben:

> *Du Ernährerin all deiner Kinder, mache mich hörend für deine Lehren.*
>
> *Öffne meine Augen, um all deine Wahrheit zu sehen und daraus zu lernen.*
>
> *Öffne mein Herz, um deine allumfassende Liebe zu empfangen.*
>
> *Gib mir die Kraft, deine alles heilende Liebe deinen Kindern weiter zu schenken.*
>
> *Weise mir den Weg zu all deinen Geheimnissen.*
>
> *Und lasse deine heilenden Kräfte mich heilen und durch meine Hände wirken.«*

Als das erste diffuse Licht der aufgehenden Sonne durch die Türschlitze in die Arrestzelle fiel, wusste Peter, dass er überleben würde. Und dann bemerkte er die Buchstaben im unteren linken Winkel der Zelle, gleich neben der Tür. Die Zeilen waren offenbar mit einem Finger geschrieben worden und die Schrift war aus Blut. Als er begriffen hatte, weinte Peter. Seine Mutter hatte ihm eine Nachricht hinterlassen: »Wenn du nicht mehr weißt, wohin du sollst, erinnere dich, woher du kommst.«

Peter las zuerst nicht den Inhalt der Botschaft. Er las nur die traurige Liebe darin. Und das machte ihn weinen. Das ließ all die Tränen aus ihm stürzen, die er so lange in sich gesperrt hatte. Die Tränen, in denen sich das Leid und der Schmerz seiner Familie widerspiegelte. Die Tränen, die er zurückgehalten hatte, weil sie heilig waren und niemanden etwas angingen außer ihn und die Seinen. Nun befreite er sich von ihnen, restlos und ganz.

Und dann las er noch einmal die Nachricht seiner Mutter. Nun waren die Zeilen frei von seinem Kummer. Und deshalb erkannte er diesmal, was die Botschaft bedeutete:

»Wenn du nicht mehr weißt, wohin du sollst, erinnere dich, woher du kommst.«

Peter hatte bisher nicht an Flucht gedacht, weil er das Familienoberhaupt war. Er hatte sich verantwortlich gefühlt und wollte seine Leute nicht im Stich lassen. Doch nun war das anders: »Jetzt gibt es nur noch Barbara und mich«, dachte Peter, »um sie muss ich mich noch kümmern.« An einem der nächsten Abende, gleich wenn er und die anderen Männer nach dem Arbeitseinsatz ins Lager kämen, wollte er es riskieren: Dann wollte er sich zur Baracke schleichen, in der seine Tante Barbara ihren Küchendienst versah, und mit ihr die Flucht besprechen. Er würde Barbara Springwurzeln mitbringen, die er heimlich sammeln würde. Barbara müsste die Wurzeln dann ins Essen der Wachmannschaft mischen. Wenig später würden sich die SS-Männer aus allen Öffnungen entleeren. Denn, wie hatte es Peters Urgroßmutter immer so treffend formuliert: »Die Springwurzel öffnet jedes Schloss.« Ja, und letztlich würde die Springwurzel auch das Schloss ihres Gefängnisses öffnen, hoffte Peter. Denn wenn die Wachleute mit sich und ihren überschäumenden Magensäften beschäftigt wären, könnten Barbara und er – und sicher auch viele andere Gefangene – aus dem Lager fliehen.

Doch es kam nicht so weit. Und das lag daran, dass Peter das Interesse des Zivilisten geweckt hatte, weil er nach dem »Kaltbaden« nicht krepiert war. Peter war nicht einmal erkrankt, so wie all die anderen, die nach dieser Tortur an Lungenentzündung gestorben waren. Jetzt wollte es der Zivilist wissen. Jetzt wollte er herausfinden, was dran war an dem Gerede im Volk, dass diese Jenischen so widerstandsfähig seien gegen Kälte und Schmerz. Von entsprechenden wissenschaftlichen Forschungen auf dem

Gebiet der Rassenlehre hatte er schon gehört. Womöglich würde er ja noch berühmt werden, dachte der Zivilist.

Noch am selben Tag ließ er Peter vom Lagerarzt gründlich untersuchen und dessen Tante Barbara ließ er zu Testzwecken ebenfalls »Kaltbaden« und über Nacht in den »Bunker« stecken.

Das Experiment des Zivilisten führte zum vorläufigen Ergebnis, dass Peter, wie praktisch alle anderen Insassen des Lagers auch, unterernährt war. Aber das sei kaum der Rede wert, versicherte der Lagerarzt dem Zivilisten. Gut, der Gefangene habe auch leichte Erfrierungserscheinungen an den Füßen und Anzeichen einer vor längerem erlittenen Gehirnerschütterung samt den dazugehörigen Schwellungen und Blutergüssen. Aber davon und den leicht eiternden Peitschensträhnen abgesehen, bestätigte der Lagerarzt dem darob zufriedenen Zivilisten, sei der Häftling 4189 überraschend gesund. Bei Barbara allerdings musste der Lagerarzt am Morgen nach dem »Kaltbaden« und der »Bunkerhaft«, so Leid es ihm auch täte, Herzstillstand feststellen.

Der Zivilist war enttäuscht.

✳ ✳ ✳

1941 wurde am östlichen Stadtrand von Innsbruck das »Auffang- und Arbeitserziehungslager« Reichenau in Betrieb genommen. Konzipiert als strenges Erziehungslager für »Elemente mit mangelnder Arbeitsmoral«, entwickelte sich das Lager bald zu einem multifunktionalen KZ der Gestapo. Gefangene des Lagers waren Juden, Priester, politische Häftlinge, italienische Gastarbeiter, die daran gehindert wurden, in ihre Heimat zurückzukehren und Menschen, denen von Unternehmern oder Behörden zu laxe Arbeitsmo-

ral vorgeworfen wurde – unter ihnen viele Jenische. Ob-
wohl die Haft offiziell höchstens acht Wochen dauern sollte,
wurden viele Häftlinge mehrere Monate, mitunter bis zu
einem Jahr, festgehalten. Das Lager war durchschnittlich mit
vierhundert bis sechshundert Gefangenen belegt. Die Ge-
samtzahl der Häftlinge betrug zumindest achttausendsechs-
hundert. Hunderte Häftlinge wurden in Vernichtungslager
weiter deportiert. Im Lager selbst fanden Exekutionen durch
den Strang, Erschießungen sowie Folterungen und Quäle-
reien statt. Dokumentiert sind unter anderem Essensentzug,
Prügelstrafen, »Kaltbaden«, Rundenlaufen mit Schlägen,
»Bunkerstrafe« und das Peinigen durch Hunde. Neben der-
artigen Grausamkeiten führte bei vielen Gefangenen chro-
nische Unterernährung, verbunden mit schwerster körper-
licher Arbeit, zum leidvollen Tod.

✳ ✳ ✳

Es wurde Weihnachten und wir hatten noch immer kein
Lebenszeichen von Peter und seiner Familie bekommen.
In dieser Zeit, als unsere Gedanken bei ihnen waren und
unsere Gebete ihnen Kraft sandten, beobachtete ich Frida
von weitem, wie sie vom Hügel her auf mich zugelaufen
kam. Aus der Ferne konnte ich ihr Gesicht noch nicht
deutlich erkennen, aber ihre Bewegungen reichten, um
mich traurig zu machen.

Sie bewegte sich nicht fließend und leicht wie sonst.
Ihre Füße stelzten durch den Schnee und ihr Körper
schien bei jedem Sprung vornüber zu fallen. Ihr Kopf war
willenlos, wie aufgegeben kippte er mit jedem Satz hin
und her. Und ihre Hände, ihre Hände schienen nach etwas zu greifen, das nicht mehr war.

Als sie endlich vor mir stand, waren unsere Augen feucht.
Das war wegen ihres Schmerzes. Ein endloser Tränenstrom

war ihre Verzweiflung. Eine tiefe Leere ihre Trauer. Ihr Körper zuckte leise in meiner Umarmung. Schwer, ganz schwer hing sie an mir, als sei jede Kraft in ihr gestorben. Sie wollte mir etwas sagen, aber ihre Stimme versagte. Sie setzte an, aber die Stimme meiner mutigen, meiner stets starken Frida versagte. Sie bemühte sich immer wieder vergebens. Und dann stürzte ein Satz aus ihr: »Sie haben ihn geholt!«

Frida war zu spät gekommen. Sie hatte ihren Vater besuchen wollen, der während des Biberlings hinter dem Hügel lebte, gleich neben den Holzhütten von Fridas Geschwistern. Als das Häuschen hinter den schneeschweren Stauden in Fridas Blickwinkel geriet, sah sie, wie der Lkw gerade losrollte. Auf der Ladefläche bemerkte sie ihren Vater. Wie ein Tier war er hinter Holzlatten gesperrt. An denen hielt er sich an, um nicht umzufallen. Frida sah ihren Vater, wie er sich an die Latten klammerte und durch die Spalten hindurchschaute; hindurchschaute mit einem Blick, als sei sein Abtransport voraussehbar gewesen, irgendwie selbstverständlich und ebenso hinzunehmen wie der von Schlachtvieh.

Frida holte den im Schneematsch dahinrutschenden Wagen beinahe ein, rannte ihm hinterher, einige hundert Meter weit. Sie sah das traurigmüde Gesicht ihres Vaters. Sie spürte, dass ihr aussichtsloses Hinterherlaufen seinen Schmerz noch vergrößerte und als dieser Schmerz für sie beide unerträglich wurde, sah sie, wie ihr Vater das tat, was er schon während Fridas Kindheit getan hatte. Er riss sich ein Nasenhaar aus. Wie damals. Das Nasenhaar, diese falsche Wimper, die jeden Wunsch erfüllt, wenn man nur fest genug daran glaubt und sie auch kräftig mit einem Stoß davonbläst. Doch diesesmal konnte ihr Vater nicht überrascht tun und sagen »do schpaun au, a Wimper!«. Dieses Mal konnte er die Wimper nicht zum Vergnügen seiner Tochter auf deren Zeigefinger setzen, auf dass Frida sie wegblies und ihr Wunsch in Erfüllung ging. Dieses Mal setzte er die Wimper auf seinen eigenen Finger. Und dann blies er sie mit einem kräftigen Stoß davon, seiner Tochter entgegen.

Frida war, als würde sie die Flugbahn der Wimper erkennen. Ihr war, als würde die Wimper durch den Wind wirbeln, auf sie zufliegen, auf und ab und dennoch ganz sicher zu ihr. Frida spürte, wie das kleine Etwas tief in ihrem Herzen landete, und in diesem Moment wusste sie, was sich ihr Vater wünschte. Also blieb sie stehen. Das machte ihren Vater lächeln. Er schickte ihr noch einen Kuss.

Ich brachte Frida ins Haus und machte mich dann gleich auf den Weg zum NSDAP-Ortsgruppenleiter Tschukal. Ich wusste, wo ich ihn finden würde: im Wirtshaus.

Er und der Bürgermeister hockten am Stammtisch und stanken beim Reden aus dem Mund. Ich brauche ihm gar nicht blöd zu kommen, hat der Tschukal zu mir gesagt, als ich nach dem Grund für die Abholung von Fridas Vater fragte. Der Alte sei schon selber schuld, sagte Tschukal, es sei ja nur eine Frage der Zeit gewesen, bis eine Beschwerde kommen würde über sein dauerndes gezinktes Kartenspielen.

»Die Beschwerde ist sicher von dir gekommen«, hab ich zum Bürgermeister gesagt, weil ich gewusst hab, dass er einen Haufen Schulden bei Fridas Vater hatte.

»Na ja«, hat der Bürgermeister geantwortet, »irgendwie muss man sich ja wehren gegen so einen Haderlumpen.«

Ich wollte dem Bürgermeister sagen, dass Fridas Vater nie falsch gegen ihn gespielt hat, weil es gegen einen solchen Oberdeppen gar nicht nötig gewesen sei. Aber das hab ich dann gelassen, weil es sowieso zu nichts geführt hätte. Also hab ich zum Ortsgruppenleiter Tschukal gesagt, dass er sich schämen soll, einen alten unschuldigen Mann wegzubringen und dass er ihn bitte wieder freilassen soll.

»Ich hab nur meine Pflicht getan«, hat sich der Tschukal abgeputzt. Dann hat er die Arme gehoben wie ein scheinheiliger Pfarrer in der Kirche und hat gesagt: »Alles, was jetzt mit ihm passiert, liegt nicht mehr in meiner Verantwortung.«

»Dort wo er jetzt hinkommt, geht es ihm eh gut«, hat dann der Bürgermeister gesagt und den Ortsgruppenleiter angegrinst, »dort kann er Karten spielen bis zur Vergasung.«

»Ja, genau, bis zur Vergasung!«, hat der Tschukal vor Lachen gebrüllt und mit der Hand ein paar Mal auf den Tisch geschlagen. »Und um deine anderen Leute brauchst du dir auch keine Sorgen machen«, hat dann der Bürgermeister gejauchzt vor lauter Vorfreude auf seinen dreckigen Witz, »die werden schon nicht durch den Rost fallen!«

Dass ich die beiden damals nicht auf der Stelle erschlagen habe, darauf bin ich heut noch stolz, mein kleiner Fuchs. Denn hätte ich es getan, wäre es das Todesurteil für meine Familie gewesen. Als ich aufgestanden bin, hat der NSDAP-Ortsgruppenleiter Tschukal dann zum Bürgermeister, der ja auch der Dorfwirt war, gesagt: »Geh, gib dem Karner* ein Achtel von dem Liter Wein. Weißt, eh, der Liter, den du mir schuldest für den Spielschuldenerlass des Alten.«

Ich glaube, mein kleiner Fuchs, diese Menschen waren so dumm und dumpf, dass sie die Tragweite ihrer Taten gar nicht begriffen haben. Ihre Seichtheit war so uferlos, dass ihnen tiefe Gefühle unmöglich waren. Selbständige Gedanken, über den plumpen Egoismus hinaus, waren ihnen fremd. Halte dich stets fern von solchen Menschen, mein kleiner, schlauer Fuchs, denn sie verschwenden deine Zeit und vergiften dein Gemüt.

Gefährlich wird es in Zeiten, in denen viele dieser Menschen von der Hand der Macht gefüttert werden. Wenn eine solche Konstellation eintritt, mein kleiner, schlauer Fuchs, dann ziehe deine Schlüsse und wappne dich. Und tu es rasch.

Wir haben damals noch am selben Abend begonnen, einen Tunnel zu graben. Wenn sie auch zu uns kommen sollten, um uns in ein Lager zu stecken, wollte ich vorbereitet sein. Der Tunnel war nötig, weil unser kleines Holzhaus an der Rückseite kein Fenster hatte, aus dem wir hätten flüchten können. Ich war damals sogar froh darüber, denn gäbe es ein Fenster nach hinten, hab ich mir damals überlegt, würden sie sicher das Haus umstellen, wenn sie uns holen kommen.

Den Tunnel haben wir vom hinteren Zimmer aus gegraben, gleich neben der Wand haben wir angefangen. Es war ja nur ein Durchschlupf nach draußen nötig. Die Erde haben wir in der Nacht kübelweise in den Wald getragen und den Ausgang mit Wiesenbüscheln getarnt, wobei das gar nicht notwendig gewesen wäre, weil es damals ohnehin geschneit hat.

Frida hat ihren Schwestern und ihren Brüdern geraten, sich und ihre Familien ebenso auf das Schlimmste vorzubereiten. Auch unsere zwei ältesten Kinder, die bereits eigene Familien hatten, baten wir, Vorkehrungen zu treffen. Aber keiner hielt es für notwendig, schließlich hätten sie ja nichts angestellt, sagten sie. Die Männer von Fridas Schwestern waren zu stolz, den Rat anzunehmen, weil die Idee, einen Tunnel zu bauen, nicht von ihnen selbst kam. Und Fridas Brüder protzten, dass die Nazis nur kommen sollten, dann würden sie ihr blaues Wunder erleben, dann würden sie geprügelt, dass ihnen Hören und Sehen vergehe. Schlagringe und gehärtete Hühnerkrallen lägen schon bereit, stachelten sie sich gegenseitig auf und tranken noch mehr von ihrem billigen Gfunkerten. Ja, und den Vater würden sie auch rächen. Die Gadsche würden sich noch schön anschauen, wetterten sie. Jetzt sei Schluss mit dem ständigen Kuschen und Nachgeben. Jetzt reiche es. Jetzt würden sie die Jenischen kennen lernen.

Ihre Wut, ihr Schmerz und zuletzt auch der Rausch hatten ihren Verstand betäubt.

Wir brauchten gut eine Woche, um unseren Tunnel zu graben und den Ausgang zu tarnen. Für den Fall, dass jemand anklopft, vereinbarten wir, dass ab sofort nur noch ich die Tür öffnen würde. Wenn es die Nazis wären, würde ich sagen: »Kinder, packt zusammen, wir machen einen Ausflug.« Dann wüsste jeder, was er zu tun hat.

II.

Fridas Brüder fühlten sich mutig und stark, als sie die Schlagringe über die Finger schoben und sich die Gesichter mit Kohle schwärzten. Sie fühlten, das einzig Richtige zu tun, als sie dem Ortsgruppenleiter hinterm Wirtshaus auflauerten. Sie fühlten sich im Recht, als sie auf ihn eindroschen bis er Blut spuckte und schließlich am Boden liegen blieb. Sie fühlten sich befreit, als sie dann auch noch auf ihn spuckten und die Ehre der Familie wiederhergestellt war.

Fridas Brüder tranken bis zum Morgengrauen. So lange, bis ihr Feuer sie verschluckte, so lange, bis sie endlich lauter waren als die Trauer um den Vater. So lange, bis sie schwer und müde wurden. So lange, bis Lois die Tür öffnete. So lange, bis die SS-Männer zu Lois sagten: »Sofort zusammenpacken. Jeder einen Koffer. Ihr habt zehn Minuten Zeit.« So lange, bis sie dann endlich einschlafen konnten.

Als der Ortsgruppenleiter schwer verletzt und entstellt gefunden worden war, konnte man ihn kaum verstehen. Er verlangte nach dem Bürgermeister. Der kniete nieder, als er bei ihm war. Dann hörte er, wie Tschukal flüsterte: »Ruft die SS an. Die sollen das Gesindel beseitigen. Die ganze Sippe. Alle.«

»Wo bringen Sie uns hin?«, fragte Lois den SS-Mann, der sich vor ihm aufgebaut hatte.

»Keine Fragen! Sofort zusammenpacken!«, reagierte der Gruppenführer schroff. Hinter ihm standen vier weitere SS-Männer, sie hielten Maschinenpistolen im Anschlag.

»Jawohl«, entgegnete Lois ernst und rief über die Schulter: »Kinder, packt zusammen, wir machen einen Ausflug.«

Dem SS-Mann entkam ein kurzes, kaltes Lächeln.

»Ich weiß, Sie wollen keine Fragen«, begann Lois wieder, um Zeit zu schinden, »aber dürfen wir mitnehmen, was wir wollen, oder sind manche Dinge verboten?«

»Was ihr wollt. Aber jeder nur einen Koffer«, sagte der SS-Gruppenführer.

»Jawohl«, sagte Lois, sah auf den Lkw, der bereitstand, und erfand seine nächste Frage.

»Wenn sie andere im Dorf auch noch umsiedeln wollen«, sagte Lois in unterwürfigem Ton und senkte ganz leicht seinen Kopf, »dann kann ich gern meinen Sohn vorausschicken. Der könnte allen sagen, dass sie zusammenpacken sollen. So würden Sie viel Zeit sparen.«

»Sehr witzig«, sagte der SS-Mann und schien plötzlich tatsächlich erheitert. »Aber die Umsiedlung, wie du so schön sagst, die Umsiedlung organisieren wir schon selbst.«

»Wie Sie meinen. Natürlich. Selbstverständlich«, tat Lois umständlich.

»Und jetzt schau, dass du endlich auch deinen eigenen Koffer packst«, lachte der SS-Mann, dem es gefiel, einen so untertänigen Tölpel vor sich zu haben.

»Jawohl. Selbstverständlich. Sofort. Wie Sie wünschen«, sagte Lois. »Ich gehe schon. Ich gehe und packe meinen Koffer. Ich komme sofort. Jawohl. Vielen Dank.« Lois drehte sich um, nicht ohne noch ein paar Verbeugungen zu machen, und dann verschwand er im hinteren Zimmer.

Das Zimmer war leer. Frida und die Kinder waren längst durch das Loch im Boden geschlüpft, waren durch den kurzen Tunnel gekrochen und auf der anderen Seite ins Freie gelangt. Danach hatten sie sich leise und dennoch rasch, so wie es ihnen Lois immer und immer wieder eingeprägt hatte, Richtung Wald davongemacht. Dabei hatten sie den Umweg über die Moorwiese genommen. Das hohe Gras sollte ihre Fußspuren schlucken.

Lois zog sich seine festen Schuhe und seinen Hirschpelzmantel an. Er schnallte sich den Gürtel mit dem Fisch- und dem Jagdmesser um, rief »Wir sind gleich fertig!« nach draußen und schlüpfte durch das Loch.

»Habt ihr die Rückseite der Hütte ordentlich kontrolliert?«, fragte der SS-Gruppenführer und sah die anderen an.

»Das Gesindel hat auf der Rückseite nicht einmal ein Fenster«, spottete einer der Männer.

»Na schön. Dann werden wir dem Pack einmal Beine machen«, sagte der Gruppenführer, zog den Kopf ein, um eintreten zu können, sagte »na, wie lange dauert denn das noch?« und stieß mit dem Fuß die Tür zum hinteren Zimmer auf.

Im leeren Raum lag ein Zettel auf dem Boden: VERFOLGT UNS NICHT, SONST SINKT IHR NOCH TIEFER.

»Scheiße, sie sind weg!«, schrie der Gruppenführer und stürzte aus dem Haus. »Holt sie mir!«

Als die Männer ums Haus liefen, konnten sie nur noch die Konturen von Lois' Körper erkennen. Wie ein Schatten huschte er im Morgengrauen über die verschneite Moorwiese, rechter Hand vorbei am dunklen Wald, in den er längst hätte eintauchen können.

»Na los! Fasst ihn!«, schrie der Gruppenführer.

Seine Männer rannten los. Sie spürten die weiche Wiese unter ihren Sohlen, denn zuletzt hatte es zwar geschneit, aber die Temperaturen waren außergewöhnlich mild gewesen und der Boden nicht gefroren. Mit einem Mal ragte büschelweise hohes Gras vor den SS-Männern aus dem Schnee. Sie verloren darüber keinen Gedanken, rannten weiter und dann – als wären ihre Füße in Fallstricke geraten – fielen sie kopfüber nieder. Mit gestrecktem Körper klatschten sie flach auf den Boden, wie schwere Sandsäcke, die von weit oben auf feuchten, tiefen Boden geworfen werden. Lois hatte seine Verfolger in die Moorwiese gelockt. Plötzlich hatten die SS-Männer keinen festen Grund mehr unter den Füßen gehabt, ihre Beine waren knietief ohne Vorwarnung eingesaugt und vom zähen Schlamm festgehalten worden.

Die Moorwiese rülpste und schmatzte und ließ sich kneten von den SS-Männern, die sich ungeschickt aufrafften, um wieder auf die Beine zu kommen. Mit rudernden Bewegungen versuchten sie vorwärts zu kommen. Doch je weiter sie wateten, desto schwerer wurden ihre Schritte und desto tiefer das Moor. Bald steckten sie bis zu den Oberschenkeln im kalten Morast. Und noch immer trieb sie der hinter ihnen plärrende Gruppenführer voran. Vor sich sahen sie nur noch eine Ahnung von Lois. Er huschte dahin und schien immer schneller zu werden. Tatsächlich berührte er den Moorboden kaum. Er glitt darüber, indem er seine Schritte flink aber gezielt auf die festen Grasbüschel und Moospulte setzte, die aus dem Moor ragten wie Steine aus einem Fluss.

»Verdammt!«, schrie der SS-Gruppenführer. Vor sich sah er seine Männer. Sie steckten hilflos bis zur Hüfte im Moor.

✳ ✳ ✳

Das nördliche Waldviertel ist reich an Sumpfwiesen, Tümpeln, stehenden Wasserflächen, Teichen und Mooren. Erhalten blieben diese Biotope dank des rauen Klimas und der Lage des Landes auf einem durchschnittlich fünfhundert bis

sechshundert Meter hohen Granitplateau. Dessen Einbuch-
tungen schufen jene Wannen, in denen sich Niederschlags-
wasser sammeln konnte. Feine Sedimente sorgten schließlich
für die Abdichtung der Wasserreservoire nach unten, kalte
Witterung und hohe Luftfeuchtigkeit verhinderten die Wasser-
verdunstung nach oben hin.

Einst war das Waldviertel Teil eines mächtigen Hoch-
lands, des Variskischen Gebirges, von dem Geologen anneh-
men, dass es die höchste Erhebung war, die es je auf der Erde
gab. Vor Millionen von Jahren begann sich dieses Hochland
zu senken. Dauerregen und Verwitterung trugen Erdschich-
ten ab, woraufhin markante Felsformationen übrig blieben –
und die für die Gegend typischen Restlinge: aus der Erde ra-
gende und vom Wetter abgerundete Reste der unterirdischen
Granitmassen.

✳ ✳ ✳

Vor der Restlinggrube*, die ich als Versteck gewählt hatte,
sah ich im Schnee die Spuren meiner Familie. Kannst du
dir vorstellen, mein kleiner Fuchs, welchen Satz mein
Herz in diesem Moment gemacht hat? Ich war gerade den
Nazis entkommen, und die frischen Spuren im Schnee
zeigten mir, dass meine Familie am vereinbarten Ort
schon auf mich wartete. Kaum hatte die Freude meine
Anspannung verdrängt, kaum hatte sie mein Inneres auf-
gelockert wie ein Sieb schwere, nasse Erde, überkam mich
wieder die Angst. Ich hatte den Meinen mehrfach einge-
schärft, nur ja darauf zu achten, keine Abdrücke zu
hinterlassen. Unsere Verfolger sollten nicht die Spur einer
Ahnung haben, wo wir uns versteckten. Und nun sah ich
Fußtritte so klar und deutlich vor mir wie frisch gesetzte
Wegweiser. Wenigstens war es nur eine einzige Fußspur:
jene von Frida. Sie war mit großen Schritten vorangegan-
gen. In ihren Abdruck hatten meine Tochter Maria und

mein Sohn Heinzi ihre Sohlen gesetzt. So musste es für Fährtenleser wenigstens so aussehen, als ob nur eine schwere Person hier entlanggegangen sei. Und nach einer Person suchten die Nazis ja nicht, sondern nach vier. Nach uns vier. Nach meiner Familie.

Ich atmete durch und dann folgte ich den Spuren Fridas. Weißt du, in welche Richtung ich den Spuren folgte, mein kleiner, schlauer Fuchs? Weißt du, welchen Weg ich einschlug? Ganz genau, mein kleiner, schlauer Fuchs: Ich ging zurück. Ich ging nicht Richtung Versteck. Ich ging zurück, unseren Verfolgern entgegen. Erst als ich am Waldrand angekommen war, machte ich Halt. Hier auf der Wiese und erst recht danach, im Moor, würde der Wind und der frische Schnee, auf den ich hoffte, die Spuren der Meinen rasch unkenntlich machen. Gefährlich aber waren die Abdrücke im Wald. Hier nämlich würden sie Bestand haben. Zu lange Bestand haben.

Ich hielt kurz Ausschau, ob mir die Nazis gefolgt waren. Doch weit und breit war niemand zu sehen. Also richtete ich mir die drei Zweige zurecht, die ich vom Stamm einer Fichte geschnitten hatte, als ich in den Wald eingetaucht war. Die weichen Spitzen hatte ich entfernt, denn der Schnee war wegen des warmen Wetters nass und so brauchte es feste Zweige, um die Spuren zu verwischen.

Nun ging ich rückwärts. Meine Füße setzte ich gewissenhaft immer in die Spur meiner Frida. Es war ein schönes Gefühl. Mit jedem Schritt kam ich ihr und meinen Kindern näher. Beruhigend war es auch, unsere Spuren zu verwischen. Es war wie ein heiliger Akt. Ich weiß, dass du mich verstehst, wenn ich dir erzähle, dass ich mir damals, als ich mit den Fichtenästen unsere Spuren löschte, vorkam wie ein Schamane, der etwas Heiliges tut. Ein Schamane, der den Weg zu einem heiligen Ort bereitet. Einem Ort, der Ungläubigen verboten ist.

Als ich unser Versteck nur noch dreißig Schritte entfernt wusste, hielt ich im Unterholz inne. Ich hatte es nicht vorgehabt und es mir auch nicht überlegt. Aber als ich wusste, dass ich nun daheim war, ging ich in die Knie, setzte mich auf meine Fersen, ließ die Fichtenäste auf den Boden sinken und dann tat ich das, was mein Großvater mich gelehrt hatte. Ich tat es, obwohl ich meine Lebzeit lang nie daran geglaubt hatte: Ich pfiff dem Wind.

Ich tat es genau in der Art, wie mein Großvater es mir oft vorgemacht hatte: In hohen, langgezogenen Pfiffen rief ich den Wind und vom ersten Pfiff an spürte ich ihn. Ich spürte, wie er stärker und stärker wurde in mir, glaubte zu bemerken, wie er sich am Himmel sammelte und verdichtete, um mit Schneeflocken im Gepäck unsere Spuren zu ebnen, sie zuzudecken wie ein fürsorglicher Vater seine Kinder bei Nacht. In diesem Moment erfuhr ich, was mein Großvater gefühlt hatte, als er mich lehrte, dem Wind zu pfeifen. »Der Wind ist unser Freund«, hatte mein Großvater gesagt, »er trägt unsere Gebete zu den Göttern.«

Auch du wirst es noch erleben, mein kleiner Fuchs: In der Not misst du unglaublicher Magie, die du zuvor milde belächelt hast, plötzlich Bedeutung zu. Als ich mein Pfeifen beendet hatte, sah ich nach oben. Die Wipfel über mir hatten begonnen, sich rhythmisch hin und her zu bewegen. Wind war aufgekommen. Wind, der kurz darauf frische Schneeflocken übers Land verteilte.

Als ich bei der Restlinggrube angekommen war, sah ich endlich Frida, Maria und Heinzi. Ich war überglücklich. Aber ich ging nicht auf sie zu, um sie zu küssen. Ich begrüßte sie nicht einmal. Ich sagte nur vorwurfsvoll zu Frida: »Warum hast du eure Spuren nicht verwischt? Was wäre gewesen, wenn sie mich gefangen hätten? Dann hätten sie euch folgen können!«

Frida lächelte mich an. Ihre Augen glänzten so tief, dass ich ihre Liebe sehen konnte. Und da hatte ich Gewissheit über das, was ich ohnehin schon geahnt hatte: Frida hatte die Spuren nicht verwischt, weil sie ohne mich nicht weiter leben wollte. Und: Weil sie das Bedürfnis gehabt hatte, mir den Weg zu weisen.

Ich lachte Frida an. Dann fielen wir uns alle in die Arme.

Schon die Tage zuvor hatten wir mit Rucksäcken Proviant, Decken, Spagat, Gewand, eine Hacke, eine Säge und einen großen Kochtopf in die Restlinggrube gebracht. Du kennst den Platz ja, mein kleiner, schlauer Fuchs. Viele sternenklare Nächte haben wir an diesem geheimen Ort schon verbracht. Du hast von den Erdäpfeln nie genug bekommen, die wir dort am Funk gebraten haben. Schon der süßlich herbe Geruch der verkohlten Schalen hat dich verrückt gemacht. Noch am nächsten Morgen, als du und ich wieder ins Dorf zurückgekehrt sind, konnte jeder sehen, was wir gegessen hatten, weil unsere Münder über und über schwarz waren wie die in der Glut verkrusteten Schalen der Erdäpfel. Ich sehe dich noch vor mir, wie deine Augen geleuchtet haben vor Begeisterung und Hochachtung, als du den Platz zum ersten Mal betreten hast, ihn für dich entdeckt hast, versteckt im dichten Wald, und mitten darin der schwere Restling, der wie ein mächtiger, langer Brotlaib über der zimmergroßen Aushöhlung liegt.

Ich hatte dir nichts über den Platz erzählt, nichts über seine Geheimnisse, nichts über seine Geschichte. Aber du hast sofort gefühlt, dass das kein gewöhnliches Versteck war. Du bist näher gegangen mit leicht erhobenen Armen, weil du die Kraft gespürt hast, die von diesem Platz ausgeht. Du hast Stein um Stein umkreist, ganz behutsam hast du das gemacht. Und dann bist du auf den Restling zugegangen, hast deine Hände auf ihn gelegt und deine Stirn. Du hast ihn betastet, hast ihn gerochen und ihn aufgenommen. Es brauchte kein einziges Wort von mir. Du hattest alles verstanden.

Erst danach erzählte ich dir von der Magie dieses Platzes. Erst danach erfuhrst du, dass sich hier schon seit ewigen Zeiten Jenische niedergelassen oder versteckt hatten. Ich erzählte dir, dass es ein seit Hunderten von Jahren geschätzter Funkplatz war. Hier hatten Alte ihre letzte Nacht verbracht, bevor sie in die Anderswelt übergingen. Hier waren aber auch Kinder geboren worden. Es war der Platz, und ist es auch heute noch, an dem innegehalten wird, geträumt und geweissagt; der Platz, an dem die wichtigsten Geheimnisse von der ältesten an die jüngste Generation weitergegeben werden; der Platz, an dem gebetet und geopfert wird. Es war und es ist ein heiliger Platz von uns Jenischen.

Nachdem Frida, die Kinder und ich durchgeatmet hatten, ließen wir uns Zeit. Nach und nach wich die angstnasse Aufregung aus uns, diese nervöse Unruhe, deren Existenz wir voreinander nicht zugegeben hatten, die aber Tag um Tag mehr Macht über uns erlangt hatte, und die da war und in uns wühlte, noch bevor die Nazis an unsere Tür geklopft hatten, um uns in eines ihrer Lager zu stecken. Jetzt war das quälende Warten endlich vorbei. Endlich hatten wir Gewissheit. Endlich wussten wir, dass wir auf ihrer Liste standen. Das war keine warme Sicherheit, aber es war eine Sicherheit. Sie brachte uns die Ruhe zurück. Wir begannen, unser neues Zuhause einzurichten.

Den Spalt an den Rändern, zwischen dem Restling und dem Boden, haben wir mit Fichtenästen wind- und schneedicht gemacht. In der Mitte, dort, wo der Spalt zum Hindurchschlüpfen in die Grube am breitesten war, flochten wir aus Ästen eine Eingangstür, die einfach zu- und aufklappbar war. An einem Ende der Höhle legten wir uns ein kleines Holzlager an. Dürre Bäume und heruntergefallene Äste fanden sich in unmittelbarer Nähe mehr als genug, denn der Wald war hier besonders dicht gewachsen, ungepflegt und voller Geäst. In der anderen Ecke der Restlinggrube richteten wir unser Proviantlager ein. Hauptsächlich bestand es aus Erdäpfeln und Eingemachtem. Etwa in der Mitte war der Funkplatz, das war schon seit ewigen Zeiten so gewesen, so lange, wie die Erinnerung deiner Ahnen zurückreicht. Rund um die Feuerstelle bauten wir unsere Betten: Kniehoch stapelten wir Fichtenzweige übereinander, zu unterst die größten und dicksten Zweige, und dann nach oben hin immer feingliedrigere. Für die oberste Schicht verwendeten wir nur die weichen Enden der Zweige. Darüber kam dann als Leintuch eine einfache Decke. Fertig waren unsere federweichen Himmelbetten.

Das Feuer hielten wir tagsüber auf kleiner Flamme. Schließlich sollte der aufsteigende Rauch nicht unser Versteck verraten. Nur bei Nebel und in der Nacht legten wir ordentlich Holz in die Glut. Oder wenn der Wind stark genug blies und vom Rauch am Himmel nicht mehr übrig blieb als diffus verwehte Zeichen unserer Lebenskraft. Niemand hätte sie als solche zu deuten vermocht. Wenn unser Feuer wild prasselte, züngelte es bis an unser steinernes Dach, und der Rauch glitt am Restling entlang nach draußen, als hätten wir einen richtigen Kamin.

Wenn Frida uns eine Freude bereiten wollte, opferte sie ein wenig von dem mitgebrachten Mehl, nahm eines der kostbaren Eier und etwas Salz, vermengte alles mit Wasser und klatschte den gekneteten Fladen mit einer raschen Handbewegung gegen den heißen Stein über dem Funk. Beim Beobachten des am Restling pickenden Teigs trauten wir uns kaum zu atmen. Wie gebannt starrten wir, im Kreis sitzend, auf den Fladen und warteten darauf, dass ihn das Feuer vom Stein löst. Am gelassensten war deine Urgroßmutter. Frida machte uns glauben, es sei die normalste Sache der Welt, in einer Steinhöhle zu hocken und kopfüber am Felsen Brot zu backen. Sie tat so, als ob sie nicht einmal hinsehen würde. Erst nach einer Weile setzte sie sich dichter ans Feuer, aufrecht und konzentriert. Es dauerte nicht lange und der Fladen fiel vom Stein – in Fridas Hände, die sie flink übers Feuer streckte und gleich wieder einzog.

Auch unsere Kinder Maria und Heinzi passten sich rasch an die neuen Umstände an. Wäsche waschen gingen sie zum Waldbach. Im eisigen Flussbett rieben und klopften sie mit flachen Steinen den gröbsten Schmutz aus unseren Kleidern. Dann breiteten sie das Gewand im Bachbett aus, damit die Strömung auch ausgiebig jede Pore durchspülen konnte, und beschwerten die Sachen an den Zipfeln mit großen Steinen. Am nächsten Morgen hatte der Bach seine Arbeit getan. Der Waschvorgang war abgeschlossen. Maria und Heinzi fischten die Kleidungsstücke aus dem Wasser, wrangen sie aus und hingen sie über Äste vor der Restlinggrube. Rasch waren unsere Hosen und Hemden vom Frost steif wie verrostetes Blech. Die Kinder nahmen die Kleider von den Bäumen wie große, buntgefrorene Vögel, die vergessen hatten, ihre Flügel einzuziehen. Dann schlugen sie das Gewand gegen einen Baumstamm, bis der letzte Eiskristall davongeflogen war. Der Funk machte die Hemden, Hosen und Socken schließlich so warm, dass wir uns wie neu geboren fühlten, wenn wir in die frischen Kleider schlüpften.

Der Höhepunkt der Kultiviertheit unter freiem Himmel war jeden Morgen und jeden Abend das Zähneputzen. Wir rieben erkaltete Asche mit dem Zeigefinger gegen unsere Zähne und unseren Gaumen. Es gibt nichts Gesünderes, mein kleiner, schlauer Fuchs. Danach spülten wir unsere Münder mit frischem, winterkaltem Bachwasser aus und wuschen unsere Gesichter. Ich verspreche dir, mein kleiner Fuchs: Danach bist du wahrhaft munter. Am Abend wuschen und rieben wir unsere Körper mit nassen Lappen ab. Das Wasser hatten wir im Topf über dem Funk ordentlich heiß gemacht.

Nachdem wir uns länger als eine halbe Mondphase versteckt gehalten hatten, plagten uns drei Gedanken immer mehr: die Sorge um unsere Verwandten im Dorf, die bedrohlich kleiner werdenden Lebensmittelvorräte und die Frage, wie lange wir uns noch versteckt halten müssen vor den Nazis. Weil wir Jenische praktische Menschen sind, beschlossen wir, alle drei Ungewissheiten mit einer einzigen Maßnahme zu beseitigen: Im Schutz der Dunkelheit wollte ich mich ins Dorf schleichen.

Heinzi bestand darauf, mit mir zu kommen. Er war damals nicht viel jünger als du jetzt, mein kleiner Fuchs. Zum Bleiben konnte ich ihn nur überreden, weil ich ihm gesagt habe: »Heinzi, zwei Männer entdecken die Gadsche doppelt so leicht wie nur einen Mann. Außerdem bist du jetzt dreizehn, also alt genug, um mich zu vertreten und die Frauen zu verteidigen, wenn ich nicht da bin.« Heinzi war damals erwachsen genug, um das erste Argument zu verstehen und eitel genug, um das zweite Argument als das wichtigere zu erachten.

Ich machte mich auf, nachdem der sichelförmige Mond begonnen hatte, durch die Baumwipfel zu scheinen. Ich war zufrieden, denn sein Licht schien ausreichend stark, um mir meinen Weg durch den Wald zu weisen und war doch schwach genug, um mich auf den schneebedeckten, hellen Wiesen und Feldern nicht zu verraten. Ein bisschen fror ich, als ich mich durch das Dickicht drängte. Denn ich hatte keine dicke Jacke angezogen, sondern nur ein Flanellhemd. Ich wollte beweglich sein und wusste, dass ich spätestens auf dem Rückweg ins Schwitzen kommen würde. Denn auf den Rücken und auf die Brust hatte ich Rucksäcke geschnallt, in der Hoffnung, sie prall gefüllt mit Lebensmitteln wieder zurückzubringen.

Ich war flott unterwegs und bald überdeckte meine Nervosität die Kälte. Kaum war ich in der Nähe des Dorfes, überkam mich ein komisches Gefühl. Irgendetwas stimmte nicht. Irgendetwas war anders.

Ich hatte mich über den Waldteich genähert, um das Dorf von jener Seite zu erreichen, wo Fridas Geschwister mit ihren Familien die Holzhütten hatten und wo auch unsere älteren Kinder mit ihren Familien lebten. Im Mondlicht sah ich zu meiner Rechten den Buckel des Hügels. Hinter ihm wusste ich unser Haus. Ich erkannte die Erlen und die Linde zu meiner Linken. Ich konnte nichts Ungewöhnliches erkennen, aber irgendetwas war faul. Mit jedem Schritt vorwärts wurde mir mulmiger. Als ich weiter ging, zeichnete sich auch die Silhouette der Dorfkapelle ab. Immer mehr fand ich mich zurecht, immer mehr war ich daheim. Und immer weniger konnte ich mich darüber hinwegtäuschen, was mich irritierte – bis ich schließlich davor stand, bis ich schließlich knöchelhoch in Asche stand und der Geruch von nasser, kalter Kohle in meine Nase stieg.

Sie hatten keine einzige Hütte verschont. Alle hatten sie niedergebrannt. Alle Hütten von Fridas Geschwistern. Und auch die beiden Hütten unserer ältesten Kinder und von deren Familien. Nichts war mehr übrig. Nichts, außer Erinnerungen. Erinnerungen, die in mich fuhren und die kälter waren als Schnee, und heißer als Feuer.

Ich muss die Zeit übersehen haben, denn plötzlich schreckte mich das Bellen eines Hundes auf. Instinktiv duckte ich mich, aber es war niemand zu sehen. Das Bellen kam von weiter weg, es kam aus der Richtung des Wirtshauses. Die umliegenden Häuser blieben im Dunkeln, nirgendwo brannte Licht. Ich erhob mich und lief über den Hügel. Ich lief, als würde ich es noch nicht wissen, als sei ich nicht sicher, ob die Nazis auch unser Haus niedergebrannt hatten. Erst als ich über die Kuppe kam und sah, dass es auch unser Haus nicht mehr gab, begann ich zu verstehen. Deshalb musste ich weinen. Ich weinte nicht um unseren Besitz, ich weinte auch nicht um das, was wir verloren hatten. Ich weinte um unsere Zukunft.

Wie sollten wir uns hier jemals wieder ein Quartier für den Biberling bauen, hier, umgeben von Nazis und gemeinen Menschen. Wie sollten wir woanders hin, wo es doch überall genauso sein würde. Wie sollten wir jemals wieder auf Reise gehen, wo das »Herumzigeunern«, wie es die Gadsche verächtlich nannten, uns doch als »asoziales, arbeitsscheues Gesindel« verraten würde. Weißt du, mein kleiner, schlauer Fuchs: Die Nazis hatten damals nicht nur den größten Teil unserer Sippe verschleppt und uns unser Haus genommen. Sie hatten uns auch jeden Mut für das Morgen genommen.

Was mich in diesem Moment rettete, war die Liebe zu den Meinen. Ich richtete mich wieder auf und marschierte quer übers Feld, schnurstracks auf den abseits vom Hof gelegenen Erdäpfelschuppen unseres Nachbarn zu. Ich zog die Strohballen zur Seite, die er zum Schutz vor dem Frost davor gestapelt hatte, kippte den Riegel um, trat ein und füllte meine beiden Rucksäcke bis oben hin mit Erdäpfeln. Vor Wut machte ich es wie die Gadsche: Ich war so gierig, dass ich die Riemen beinahe nicht mehr zubekam und unter der Last der Rucksäcke schwankte. Der Rucksack vor meiner Brust war so prall gefüllt, dass ich beim Auf-den-Boden-Schauen meine Füße nicht mehr sehen konnte. Erst als ich wegen der schweren Last und meinem riesigen Erdäpfelbauch beim Hinausgehen stolperte und hinfiel, kam ich wieder zur Besinnung. Ich leerte ein Drittel der Erdäpfel wieder aus, sperrte die Holztür hinter mir zu, stapelte die Ballen übereinander, so wie ich sie vorgefunden hatte, drehte mich um, und da stand der Bauer vor mir und hielt mir seine Mistgabel direkt vors Gesicht. Wir schreckten uns beide. »Ah, du bist es«, sagte er und ließ die Mistgabel zu Boden sinken.

Gerhard war ein anständiger Kerl. Das hatte ich immer schon gedacht, aber jetzt hatte ich Sicherheit. Gerhard war der Beweis, dass nicht immer der Standort die Sichtweise bestimmt. In dem Moment, als er die Mistgabel zu Boden senkte, säte dieser Bauer, säte dieser Gadscho, eine zu jener Zeit allzu seltene Pflanze: Er säte Hoffnung. Es gibt nicht viele Menschen wie ihn, mein kleiner, schlauer Fuchs, aber das Wichtige ist: Es gibt sie; Menschen, die die Größe haben, weiter zu sehen. Über den Horizont hinaus.

Gerhard erzählte mir, dass die Gestapo alle unsere Leute weggebracht hatte, in irgendwelche Konzentrationslager. Wohin wisse niemand, auch nicht der Bürgermeister oder der NSDAP-Ortsgruppenleiter. »Aber lang kann der Wahnsinn nicht mehr dauern«, hat Gerhard dann gemeint, weil der Hitler verliere jede Schlacht und die Russen würden immer näher kommen. Bis zum Frühjahr müssten wir noch durchhalten, hat Gerhard gemeint. Und dann hat er mir angeboten, bei der Kapelle einen Maibaum aufzustellen, sobald die Luft rein sei und der Spuk vorbei.

Den Maibaum werde er aufstellen als Zeichen für uns. Wenn an seiner Spitze eine Fahne wehen würde, irgendeine, nur ja nicht die Hakenkreuzfahne, dann könnten wir aus unserem Versteck kommen. »Und erzähl mir ja nicht, wo ihr seid«, hat er dann gesagt, »ich will es gar nicht wissen«, setzte er nach. »Ich hab dich auch nicht gesehen. So, und jetzt schleich dich«, hat er geflüstert, »schau, dass du weiter kommst mit deinen Erdäpfeln.«

Kannst du verstehen, mein kleiner, schlauer Fuchs, dass das die wärmsten Worte waren, die ich mir erträumen konnte. Ich habe danke gesagt zu Gerhard, hab ihm freundschaftlich auf den Oberarm geschlagen und bin zurück zu den Meinen.

Meine Spuren hab ich diesmal nicht mit Zweigen verwischt. Gerhard hat mir gesagt, dass sie kein einziges Mal nach uns gesucht haben, weil die Nazis gedacht haben, dass wir bei der Kälte im Wald ohnehin krepieren.

Später bin ich dann immer wieder ins Dorf geschlichen, um Nahrungsmittel zu besorgen. Ich bin wieder in den Erdäpfelschuppen von Gerhard gegangen. Die Erdäpfel hatten merkwürdigen Nachwuchs bekommen, mein kleiner Fuchs. Einmal lagen zwei Wecken Brot und Äpfel im Schuppen, ein anderes Mal fand ich Karotten und Kohl, Eier und Mehl.

Monat um Monat verging und wir dachten schon, dieser Winter würde nie zu Ende gehen. Doch irgendwann war es dann so weit. Irgendwann wachten wir in unserer Höhle auf, steckten die Köpfe nach draußen und patziger, nasser Schnee fiel von den Bäumen. Ein bedeutender Tag war gekommen: Die Sonne war stärker als der Schnee.

»Peter kann uns hier nicht finden«, sagte Maria. »Er wird ins Dorf gehen. Dort wird man ihm sagen, dass wir geflüchtet sind und längst tot. Und wenn er lange nach uns fragt, wird er vielleicht selbst verhaftet. Ich werde deshalb«, sagte Maria mit ernstem Gesicht und sah mich mit einem Ausdruck an, der jeden Widerspruch von vornherein im Keim erstickte, »ich werde mich deshalb ab heute jeden Tag in der Nähe der Straße verstecken, die vom Süden her ins Dorf führt und auf ihn warten.«

Alles, was ich Vernünftiges dagegen eingewandt hätte, wäre von ihrer Liebe zu Peter zerschmettert worden. Zum Beispiel, dass es viel zu gefährlich sei; dass es Wochen dauern konnte, bis Peter kommen würde, wenn er es überhaupt schafft; dass er auch in der Nacht kommen konnte, wenn Maria nicht mehr neben der Straße auf ihn wartete, oder dass er von der anderen Straße kommen könnte, jener, die vom Westen ins Dorf führt; dass der Weg bis zur Straße außerdem viel zu weit und riskant sei, um ihn täglich zu gehen und, und, und. Ich sah meine Tochter an und sie las all meine Angst und all meine Warnungen in meinen Augen. Dann sagte sie: »Ich gehe jetzt.«

»Das wirst du nicht«, sagte plötzlich und mit ruhiger Stimme Heinzi. »Ich habe eine bessere Idee.«

Noch in derselben Nacht machten sich Heinzi und ich auf den Weg. Es dauerte ewig, bis wir endlich an der Straße waren, die vom Süden her ins Dorf führte. Im Wald war der Boden zwar noch gefroren, aber die Erde ließ sich zumindest mit Mühe lockern. Wir formten unser erstes Zeichen, unseren ersten Wegweiser für Peter: vier Erdhaufen an der rechten Straßenseite.

Es dämmerte bereits, als wir ziemlich erschöpft und ungezählte Erdhaufen später zu unserer Restlinggrube zurückkehrten. Maria kam uns mit erwartungsvollem Blick entgegen.

»Erledigt«, sagte Heinzi.

In der Nacht darauf brachten wir den zweiten Teil unserer Arbeit hinter uns: Wir gingen wieder Haufen machen. Diesmal von jener Straße ausgehend, die vom Westen ins Dorf führte.

»Aber wie soll er die letzten zweihundert Meter zu uns finden«, machte sich Maria Sorgen. Denn zur Restlinggrube führte nicht einmal ein schmaler Pfad, auf den man mit einem Zeichen hätte hinweisen können.

Ich erzählte Maria, dass Heinzi und ich knapp vor dem Dickicht einen Weidenstecken in einen Erdhaufen gesteckt hätten. In die Rinde des Steckens hatte Heinzi einen Vogel geschnitzt, als Zeichen, dass Peter nur noch pfeifen müsste, um von uns abgeholt zu werden.

»Er kann doch hoffentlich pfeifen«, sagte Heinzi und grinste seine Schwester an.

Maria lächelte. »Danke«, sagte sie und atmete durch.

12.

Peter wusste, dass das richtige Maß an Provokation über Leben oder Tod entscheiden würde. Wenn er die Wachen oder gar den Zivilisten zu sehr in Rage brächte, würden sie ihn womöglich wieder draußen im Schnee mit eiskaltem Wasser abspritzen und ihn nackt in den Betonbunker sperren. Ein zweites Mal würde er das nicht überleben. Peter wollte die Wachen gerade so weit treiben, dass sie ihn zur Strafe entlang des Lagerzaunes Runden laufen lassen würden. Also nahm Peter das blecherne Frühstücksgeschirr, schmiss es mit einem ohrenbetäubenden Scheppern auf den Boden und plärrte dem seitlich neben ihm stehenden kleinen SS-Mann mit dem Hitlerbärtchen »Den Dreck kannst du selber fressen!« ins Gesicht.

Der Wachmann schien gelangweilt. Er gab Peter einen Tritt ans Schienbein, dann eine Ohrfeige. »Heb das Geschirr sofort auf und iss zusammen, sonst vergesse ich mich«, sagte er trocken.

»Ich denk nicht dran«, entgegnete Peter und hatte Angst vor dem, was er gleich sagen würde: »Den Scheiß könnt ihr Nazischweine selber fressen!«

»Sag einmal, bist du jetzt völlig wahnsinnig geworden!«, schrie der SS-Wachmann Peter an. »Kriegt ihr Zigeuner nie genug? Reicht es dir nicht, dass deine ganze Familie schon den Löffel abgegeben hat? Ich glaube, du brauchst ein bisschen frische Luft!«

»Genau«, mischte sich ein zweiter, massiger SS-Mann ein. »Treiben wir ihn draußen ein paar Mal im Kreis, dann wird er sich schon beruhigen!«

Sie stießen Peter ins Freie. Seine Füße platschten in knöchelhohen Schneematsch. Die letzten beiden Tage war der Föhn durchs Tal gefegt. Dort, wo der Boden nur dünn mit Schnee bedeckt gewesen war, hatte er eine kalte, nassgatschige Suppe hinterlassen.

»Hühott«, schrie der Wachmann, seine feisten Backen verließ ein kurzer Pfiff und dann schnalzte er Peter mit der Peitsche auf den Rücken wie ein Kutscher einem störrischen Gaul. Peter lief los. Er kannte das Spiel. Der Zivilist hatte es erfunden. »Rundenlaufen« hieß es. Gefangene mussten entlang des Lagerzauns auf dem etwa drei Meter breiten Grasstreifen um alle achtzehn Baracken laufen. Angetrieben wurden sie dabei wahlweise von Peitschenschlägen, Fußtritten oder nach ihnen geschossenen Steinen. Am Schlimmsten aber war es, wenn die Wachen ihre scharfen Schäferhunde auf einen Gefangenen hetzten.

»Ich glaube, der stinkende Zigeuner hätte gern Gesellschaft von Hasso und Rolf«, sagte der SS-Mann mit dem Schnurrbärtchen.

»Ja, scheint so«, antwortete der andere und sprach so laut, dass Peter es hören musste: »Wie langsam der dahinbummelt, braucht er bei der nächsten Runde wohl unsere spezielle Hundeeskorte!«

Trotz der Warnung erhöhte Peter sein Tempo keine Spur. Langsam trottete er um die Ecke der äußersten Baracke.

»Ich glaube, der will uns echt verarschen, wie langsam der rennt«, murmelte der Dicke dem kleinen mit dem Bärtchen zu.

Die SS-Wachen ahnten nicht, dass Peter beschleunigt hatte, sobald er um die Ecke gebogen war. Sie ahnten nicht, dass Häftling Nummer 4189 die Rundenlauf-Strafe provoziert hatte, weil er sich so die besten Chancen ausgerechnet hatte, beim Türmen nicht abgeknallt zu werden, wie all die anderen Gefangenen, die versucht hatten, während des Arbeitseinsatzes zu fliehen. All das ahnten die SS-Männer nicht. Und sie dachten auch nicht im Entferntesten daran, dass sie selbst es gewesen waren, die mit dem Peitschenschlag auf den Rücken des Häftlings Nummer 4189 dessen Fluchtversuch gestartet hatten.

Flink und leise hatte sich Peter im Sichtschutz der Baracke bereits am Holzbalkenzaun in die Höhe gezogen, hatte seinen rechten Fuß nach oben geschwungen und sich dann mit der linken Hand an einer der Eisenlatten festgehalten, an denen der Stacheldrahtzaun im Abstand von fünf Metern befestigt war. Mit der rechten Hand hatte Peter dann den obersten der fünf Stacheldrähte gefasst, und zwar so, dass er die Eisenstacheln zwischen seine Finger gleiten ließ. Jede Bewegung, jeden Handgriff tat er so, wie er ihn die Nacht zuvor Hunderte Male geübt hatte, in Gedanken geübt hatte.

Bei diesen Übungen scheiterte er einige Male schon beim Nach-oben-Ziehen auf den Holzbalkenzaun, am öftesten aber verfing er sich danach im Stacheldraht. Peter hatte sich den Zaun die Tage davor genau angesehen, hatte ihn eingehend studiert. In der Nacht sah er ihn dann vor sich, als stünde er direkt davor. Mit geschlossenen Augen simulierte Peter die nächste Phase seines Ausbruchs. Er streckte seine Arme im Stockdunklen der Schlafbaracke, schwang sein Bein zur Seite und drehte und wendete sich auf seinem Strohsack. Jetzt musste er sich mit beiden Beinen auf den obersten Stacheldraht schwingen, ihn nur ganz kurz berühren und sich sofort mit der linken Hand von der Eisenlatte abstoßen, ja, und gleichzeitig mit den Füßen vom Stacheldraht. Diese rasche, runde Bewegung, sagte sich Peter, würde die schwierigste und gefährlichste werden. Wenn er nur eine Kleinigkeit falsch machte, nur einen Griff nicht exakt genug, würde er rücklings nach unten fallen oder mit Hose oder Jacke zwischen die stacheligen Drähte geraten. Und auch danach, auch wenn der Zaun überwunden war, dann, während des Sprungs nach unten auf die andere Seite, auf die Seite der Freiheit, durfte er nicht die Konzentration verlieren, hämmerte er sich ein. Er musste die Wucht des Aufkommens am Boden mit seinen Beinen abfedern und sicherheitshalber abrollen. Er durfte sich nicht verletzen. Nur ja nicht verletzen, sonst wäre alles vorbei.

Peter wand sich im Schlaf. Als er aufwachte, beherrschten zehn Bewegungen seine Gedanken: Springen, Raufziehen, Nachschwingen, Greifen, Schwingen, Abstoßen, Drehen im Flug, Abfedern, Abrollen. Und: Rennen.

Der fette SS-Mann sah auf seine Stoppuhr: »Das gibt's doch nicht. Zwei Minuten, dreißig Sekunden«, sagte er. »Wenn der Krüppel bei Punkt drei Minuten nicht wieder hinter der Neuner-Baracke auftaucht, schlag ich ihm eigenhändig das Kreuz ab.«

Die beiden Wachmänner standen eng beieinander. Sie starrten auf die Stoppuhr und schielten immer wieder zur Ecke der Baracke Nummer Neun. Doch Peter kam nicht.

»Drei Minuten«, sagte der Dicke.

»Der will uns echt verarschen«, sagte der kleine SS-ler und strich mit der Faust nachdenklich über sein Bärtchen.

»Drei Minuten, dreißig Sekunden. Jetzt reicht es«, sagte der Dicke.

»Stimmt«, sagte der mit dem Bärtchen.

Sie ließen ihre Hunde von den Leinen.

»Fass, Hasso«, schrie der Dicke.

»Fass, Rolf«, schrie der mit dem Bärtchen. »Lauf!«

Die beiden Schäferhunde rannten los.

Mit hochgezogenen Augenbrauen und nach vorn gestrecktem Kinn erwarteten die beiden SS-Männer die ersten Schmerzensschreie des Häftlings Nummer 4189. Sie warteten auf das Geräusch von zerreißendem Gewand und darauf, dass der Häftling sie am Boden kriechend anflehte, die Hunde zurückzupfeifen – so wie es schon viele hier getan hatten, hier im Lager Reichenau. Da wetzten Hasso und Rolf um die Ecke der Baracke Nummer Neun und schienen überrascht, den Gejagten nicht bei ihren Herrchen anzutreffen. Die beiden SS-Männer gafften einander mit offenen Mündern an. Sekunden vergingen. Der dicke Wachmann begriff zuerst. »Scheiße«, zischte er laut.

Als der kleine SS-Mann »Alarm« schrie, hatte Peter schon die Mitte des Feldes erreicht, das östlich der Haftanstalt lag. Er rannte um sein Leben. Seine Füße durchpflügten die offene Erde des Feldes, seine Arme ruderten hastig und hielten seinen angespannten Körper in rhythmischem Gleichgewicht. Sein Atem dampfte in der morgenfeuchten Luft.

Kurz darauf feuerten vier Lagerwachen aus ihren Sturmgewehren auf Peter. Peter hörte die Schüsse. Er überlegte, ob er Zickzack rennen sollte. Doch er entschied sich, auf schnellstem Weg gerade weiter zu laufen. Er glaubte sich schon weit genug entfernt vom Lager. Eine Kugel fuhr in seinen Oberschenkel. Eine andere streifte seinen Arm. Zwei Feuerwerke in seinem Fleisch, heiß und brennend. Der Schock befahl Peter niederzufallen. Doch irgendetwas hielt ihn aufrecht. Irgendetwas trieb ihn an. Peter war jetzt wie in Trance. Seine Gedanken waren bei seiner Familie. Sie alle würden ihn in diesem Moment beobachten, ihm zusehen aus der Anderswelt, wie er, der Letzte der Sippe, um sein Leben lief. Und da spürte er plötzlich eine neue Kraft und er rannte noch schneller.

»Knallt ihn endlich ab«, tobte der Zivilist.

Die Schüsse hörten auf, als Peter in den Wald eintauchte. Sekunden später hörte er, dass sie die beiden Hunde losgelassen hatten. Die Wachen würden ihn nicht mehr einholen, überlegte Peter. Aber die Hunde, die Hunde waren gefährlich. Peter verlangsamte seinen Lauf. Die Hunde, dachte Peter, was tue ich mit den Hunden? Verstecken kann ich mich nicht. Sie werden mich wittern, ich blute. Ich darf mich nicht zu lange mit ihnen aufhalten, sonst holen mich die Wachen ein. Er hörte die beiden Schäferhunde bellend näher kommen. Peter verlangsamte weiter seinen Lauf. Er wollte, dass sich sein Puls beruhigt. Er wollte ganz ruhig sein, wenn die Hunde ihn erreicht haben würden. Ihr Bellen kam immer näher. Als er sie hinter sich spürte, blieb Peter stehen und drehte sich um. Er sah sie jetzt. Und auch die Hunde hatten ihn bereits visiert. Sie rannten, gehässig bellend, wild keuchend auf ihn zu. Und dann tat Peter das, was er schon bei den Löwen getan hatte. Er tat das, was ihn sein Vater gelehrt hatte, bevor er ihm zum ersten Mal erlaubt hatte, den Löwenkäfig zu betreten. Ja, sein Vater war es gewesen, der ihm beigebracht hatte, dass es nicht darauf ankommt, stärker zu sein als die Löwen, dass es auch sinnlos ist, sie mit Drohungen oder Gewalt niederzuhalten: »Lass sie spüren, dass du nicht ihr Opfer bist«, hatte Luca zu Peter gesagt, »lass sie fühlen, dass du ihr Herr bist. Denn Tiere wie Menschen merken, ob du stark bist oder schwach – und sie verhalten sich danach. Darauf ist stets Verlass.«

Peter beobachtete die Hunde, wie sie immer näher kamen. Er hatte seine Beine leicht gegrätscht, seine Arme seitlich bis zur Höhe der Brust erhoben und die Handflächen nach vorne gewandt. Mit der Rechten machte er das Zeichen der Sonne, denn die Angst sollte nicht Besitz von ihm ergreifen und der Geruch der Angst nicht in die Nüstern der Hunde ziehen. Peters Atem ging ruhig und langsam. Seine Augen waren fest und ohne Aggression, sein Mund geschlossen. Sein Blick ging von einem Hund zum anderen. Sie rannten wie wild auf ihn zu. Waren nur noch zwölf Schritte entfernt. Sprangen kläffend näher. Flogen auf Peter zu. Und bremsten sich zwei Meter vor ihm ein. Sie knurrten und fletschten die Zähne. Ihr Zahnfleisch schimmerte rot. Sie hatten Schaum im Maul. Peter hielt seinen Blick geradeaus gerichtet. Er atmete ruhig. Und sein Körper verströmte keine Angst. Als er langsam seine Arme senkte, wurden die Schäferhunde ruhig.

»Platz«, sagte Peter dann, und die Hunde legten sich vor ihm auf den Boden.

»Platz«, wiederholte Peter, und sah den Hunden noch einmal tief in die Augen. Dann drehte er sich um und ging.

Etwa sechshundert Schritte später hörte Peter zwei Schüsse. Der Zivilist oder die Lagerwachen mussten bei den beiden Hunden angelangt sein. Der Abstand schien Peter vorerst groß genug.

Peter änderte die Richtung und ging nun gegen Nordosten. Nach etwa einem Kilometer zügigem Fußmarsch begann sich seine Anspannung zu lösen und auch die zurückgehaltene Angst wich aus ihm. Mit jedem Schritt wurde ihm deshalb kälter und der Schmerz der beiden Schusswunden machte ihm mehr und mehr Sorge. Peter blieb stehen und zog seine Jacke und sein Hemd aus. Die Wunde an seinem linken Oberarm war zwar nicht tief, aber die Kugel hatte ihm drei Finger breit Haut und Gewebe weggerissen. Aus dem offenen Fleisch sickerte Blut. Peter riss den blutdurchtränkten linken Ärmel seines Hemdes ab, knotete ihn in der Mitte einmal zusammen, und schnürte ihn dann, den Knoten auf die offene Wunde gepresst, mit den Zähnen und seiner rechten Hand um den verletzten Arm.

Dann zog er seine Hose aus. Am rechten Bein war sie tiefrot gefärbt. Wegen des vielen Bluts hatte er Mühe, die Schusswunde zu lokalisieren. Peter wischte mit dem Finger über die aufgeplatzte Haut. Die Patrone war in der Mitte seines rechten Oberschenkels von hinten tief ins Fleisch eingedrungen. Mit jeder Bewegung sickerte ein kleines Bächlein Blut aus der Wunde. Peter riss nun auch den rechten Ärmel seines Hemdes ab. Er machte wieder einen Knoten und band sich den Ärmel so fest er konnte ums Bein. Dann zog er wieder Hemd, Hose und Jacke an und marschierte weiter. Von den Lagerwachen war nichts zu hören.

Peter wusste, dass er in diesem Zustand nicht allzu weit kommen würde. Die Wunden mussten rasch geschlossen werden, sonst würde er bald auskühlen und entkräftet zusammenbrechen. Ab sofort hielt Peter deshalb Ausschau nach Fuchserde.

Um sich von seinem Schmerz abzulenken und seinem Körper zumindest etwas Kraft zurückzugeben, griff Peter nach allem Nahrhaftem, was ihm auf seinem Weg unterkam. Er aß die aus dem Schnee hervorlugenden Halme des Hundszahngrases, trank aus Bächen, griff nach dem blutstillenden Ruprechtskraut, kratzte die Blätter der Lungenflechte von Baumstämmen und kaute die Wurzeln des Engelsüß. Was er aber nicht fand, war die ersehnte Fuchserde.

Die Sonne hatte längst ihren Zenit überschritten und

Peter war auf allerlei Spuren gestoßen: Er hatte den Weg eines Hirschenrudels gekreuzt, war auf die Fährte von Hasen, Mardern und Wildkatzen gestoßen und bemerkte auch reichlich viele Abdrücke von Rehen. Sogar die Pfoten eines Fuchses waren dabei gewesen. Aber die Spur, nach der er Aussicht hielt, die Spur, die ihn zur Fuchserde führen sollte, die war nicht dabei.

Peter fror so sehr, dass er glaubte, seine Knochen müssten zerspringen. Es fiel ihm auf, dass er immer öfter stolperte. Einige Male fiel er zu Boden, und dann ertappte er sich bei dem Wunsch, nicht mehr aufstehen zu müssen. Er hatte kaum noch Kraft und schließlich überkam ihn uferlose Traurigkeit, denn die Sonne hatte ihn verlassen und war hinter die Bergkuppe gerutscht. Peter ging nicht mehr. Er stakste nur noch ungelenk durch den verschneiten Wald. Bald hatte er keine Gedanken mehr. Dass er dennoch die Richtung hielt, lag an seinem Instinkt. Er sah nicht mehr nach vorne, sondern nur noch auf seine Füße. Anfangs tat er das, um über keine Wurzeln zu stolpern. Dann tat er es, weil er vor Erschöpfung nicht mehr anders konnte. Wenn ein flacher Gedanke in ihm aufkam, war es nur noch der an den befreienden Tod. Der Tod, der ihn zu seinen Lieben führen würde. Der Tod, der alles Leid beenden würde. Der Tod, der nicht schmerzen würde wie das Leben.

Peter sah seine Füße, wie sie den Schnee niederdrückten, er sah, wie sie kleine Äste aus dem Weg schoben anstatt darüber zu steigen, sah, wie sie dahinschlurften. Und dann sah er, wie seine Füße in blutigen Schnee stiegen. Peter blieb stehen. Blutiger Schnee. Blutiger Schnee und Fuchsspuren. Peters Puls wurde schneller, der Schleier in seinem Kopf begann sich zu lösen. Und dann sah er es ganz deutlich: Spuren eines verwundeten Fuchses im

Schnee. Blutspuren im Schnee. Peter wollte laufen. Einige Meter trottete er dahin, den Spuren folgend. Doch dann besann er sich. Er zwang sich, langsam zu gehen, um sich zu schonen und seine Wunden nicht noch weiter aufbrechen zu lassen. Peter hatte wieder zu denken begonnen. Er hatte wieder Mut gefasst.

Nur wenige aufgeregte Atemzüge später war er am Ziel. Der verletzte Fuchs hatte ihn an den Rand einer Lichtung geführt. Peter stand vor einer Fichte, die vom Wind entwurzelt worden war. Der ausgerissene Wurzelballen hatte frische Erde freigegeben: blutverschmierte Tonerde. Der Fuchs hatte sich instinktiv in ihr gewälzt, um seine Wunde zu heilen. Und er hatte Peter viel von der Medizin übrig gelassen: am Wurzelballen haftete noch ausreichend unverbrauchte Tonerde. Peter schabte und schüttelte so viel Fuchserde von den Wurzeln, wie er in seinen Jackentaschen unterbringen konnte. Und als hätte die Fuchserde schon in seinen Taschen ihre heilende Kraft entfaltet, fühlte sich Peter mit einem Mal wieder besser. Benommen vor Glück, die Fuchserde gefunden zu haben, und benebelt durch den hohen Blutverlust, taumelte er zur Lichtung. Er sah Rauchfahnen aufsteigen. Und dann sah er einen Hof. Er lag nur zwei Steinwürfe entfernt. In die Richtung des Waldes war der Heuschober gebaut. Dahinter, dachte Peter, dahinter müsste das Wohnhaus liegen.

Peter überlegte, ob er noch zuwarten sollte, bis sich das Dunkelblau des Abendhimmels gänzlich nachtschwarz verfärbte. Doch er fürchtete, sich vor Kälte bald überhaupt nicht mehr rühren zu können, würde er noch länger hier draußen am Boden kauern.

Mit großen Schritten marschierte er los. Als er beim Tor des Heuschobers angelangt war, drehte er sich um und ging den Weg, den er gekommen war, wieder zurück.

Abermals beim Waldrand angekommen, ging er noch ein paar Schritte ins Gehölz, wandte sich dann abermals um und marschierte erneut auf den Schober zu, jeden Tritt exakt in seine zuvor hinterlassenen Fußabdrücke setzend. Würden die Bauersleute die Spuren im weichen Schnee bemerken, sollten sie glauben, dass sich zwar jemand dem Hof genähert hatte, kurz darauf aber wieder verschwunden sei. So würden sie halbwegs beruhigt sein und – was das Wichtigste war: Sie würden nicht nach einem Eindringling suchen.

Als Peter das Tor des Heuschobers aufschob und am Hof noch immer kein Mucks zu hören war, flüsterte er »Danke, Herrgott«. Die Bauern hatten offenbar keinen Hund.

Peter zog das schwere Tor behutsam hinter sich zu. Auf der einen Seite des Schobers war nur noch der untere Teil halbwegs voll mit Stroh. Auf der anderen Seite aber, über dem Kuhstall, war die Scheune bis unters Dach mit Heu gefüllt. Eine Holzleiter lehnte am Querbalken.

Peter stieg hinauf, verkroch sich im hintersten Winkel des Bodens, zog sich Jacke, Hemd und Hose aus und öffnete seine von Blut triefenden, behelfsmäßigen Verbände. Die Wunden bluteten noch immer. Peter riss sein Hemd in Streifen und zerrieb eine Faustvoll Fuchserde so fein er konnte zwischen seinen Händen. Dann bestreute er seine Wunden fingerdick so gut es ging mit der Erde und umschloss sie mit den Stoffstreifen. Ohne die Wirkung der Fuchserde abzuwarten, schichtete er ellenhoch Stroh auf seinen Körper, drehte sich zur Seite und schlief nur Momente später vor Erschöpfung ein.

Am nächsten Morgen erwachte Peter vom Poltern einer aufgeschlagenen Schuppentür. Die Bäuerin war gekommen, um die Kühe zu melken und auszumisten. Peter hielt instinktiv den Atem an. Und die Kühe begrüßten die Bäuerin indem sie muhten, die Köpfe nach ihr drehten und auf der Stroheinlage hin und her stiegen.

Als die Bäuerin ihre Arbeit beendet hatte und mit zwei Kübeln dampfend warmer Milch den Stall verließ, befreite sich Peter von seiner dicken Decke aus Stroh. Mit ihm war auch sein Schmerz erwacht. Vorsichtig löste Peter die blutroten Stofffetzen um seine Schussverletzungen. Er sah auf seinen Oberarm. Dann drehte er sich zur Seite, um nach der Verletzung auf der Rückseite seines Oberschenkels zu sehen. »Scheiße«, sagte Peter leise. Beide Wunden hatten die Fuchserde verweigert. An seinem Arm sah Peter den Muskel blau hervorschimmern. Und auch am Oberschenkel war die Wunde noch offen und feucht. Mit schmerzverzerrtem Gesicht wischte Peter die Fuchserde von seinen Wunden und reinigte sie danach mit Spucke. Anschließend zerrieb er erneut eine Faustvoll Erde und ließ sie auf die Wunde rieseln. Diesmal band er keine Stoffstreifen über die Verletzungen. Die Erde sollte bei ihrer heilenden Kraft durch frische Luft unterstützt werden. Peter drehte sich so zur Seite, dass keine der Wunden mit Stroh in Berührung kam. Dann versuchte er, noch einmal einzuschlafen.

Peter träumte von seinen Eltern. Er träumte davon, was er vor Jahren mit ihnen erlebt hatte: Einer der Löwen hatte seinen Vater mit der Pranke am Arm erwischt und Mutter bestreute die Wunde danach mit Fuchserde, von der sie stets einen kleinen Jutesack voll im Wohnwagen aufbewahrte. Nachdem sie Vaters Wunde vollständig mit Erde bedeckt hatte, hielt sie ihre Hand über die Verletzung. Peter träumte die Worte, die sie damals sprach, sprach, als sei sie nicht von dieser Welt: »Ich bin deine Sonne. Der Bauch der Mutter und meine Hand, der Bauch der Mutter und meine Hand werden dich heilen, der Bauch und meine Hand. Denn ich bin deine Sonne.« Das letzte Bild, das Peter sah, bevor er erwachte, war das Gesicht seiner Mutter. Sie lächelte. Sie lächelte engelsgleich und voller Liebe.

Peter besah seine Verletzungen. Er atmete auf. Dieses Mal hatte die Fuchserde die Wunden gesäubert. Es war, als hätte sie das Schlechte herausgezogen und in sich aufgenommen. Peter wusch die Wunde mit Spucke ab und streute frische Erde darauf. Danach hielt er seine Hand dicht zuerst über die eine, dann über die andere Wunde. Dabei flüsterte er: »Mutter, du bist meine Sonne. Der Bauch der Mutter und deine Hand, der Bauch der Mutter und deine Hand werden mich heilen. Der Bauch und deine Hand. Denn du bist meine Sonne.«

Den ganzen Tag über dämmerte Peter dahin. Wenn er nicht schlief, dachte er an seine Lieben, die zurück zu Gott, zurück zum Ursprung gegangen waren und die wieder kommen würden als Regen, als Wind, als Pflanze, Tier oder Mensch, die wieder kommen würden als Teil des Göttlichen, als Teil des Kosmos, der alles ist und nichts. Ihr Tod war nur ein kurzer Zwischenschritt gewesen im göttlichen Kreislauf, dem unendlichen Weg. Das machte Peter ruhig, obgleich es weh tat im Herzen.

Peter dachte auch an Maria, seine Verlobte. Er hatte ihr versprochen, zu ihr ins Waldviertel zu kommen, sobald die Sonne stärker sein würde als der Schnee. Der Gedanke an sie und ihre in der Ferne wartende Liebe machte ihn unruhig, obgleich es gut tat im Herzen.

Gegen Abend wurden Peters Durst und Hunger unerträglich. Noch musste Zeit sein, bevor die Bäuerin vor der Finsternis wieder kommen würde, um nach den Kühen zu sehen, dachte Peter. Also zog er sich an und kletterte die Leiter hinunter. Wie selbstverständlich ging er in den Stall und redete mit sanfter Stimme zu den Kühen, so wie er es von der Bäuerin gehört hatte. Peter wollte, dass die Tiere ruhig blieben und die Bauersleute nicht etwa durch aufgeregtes Muhen aufschreckten. Die Kühe reagierten überraschend gelassen auf Peters Anwesenheit. Einige stiegen zwar hin und her und rissen ein wenig an ihren Stricken, aber im Großen und Ganzen blieben sie auch noch ruhig, als sich Peter den Metalleimer schnappte, sich den Melkschemel unter den Hinten schob und begann, jener Kuh, die am sanftesten wirkte, rhythmisch die Zitzen ihres Euters zusammenzudrücken.

Schließlich melkte Peter alle fünf Kühe, dafür jede nur kurz. Freilich hätte er sich auch an nur einer Kuh satt trinken können. Aber hätte er eines der Euter gänzlich geleert, wäre die Bäuerin womöglich misstrauisch geworden. Peter genoss die fette, körperwarme Milch direkt aus dem Kübel. Als er sich den Bauch bis obenhin angefüllt hatte, schwemmte er den Milchkübel mit etwas Wasser aus dem im Eck stehenden Eimer aus und kletterte zurück ins Stroh. Rasch gab sein Körper wieder der Versuchung des Schlafes nach.

Am nächsten Morgen fühlte sich Peter stark genug, um aufzubrechen. Seine Wunden waren sauber und sogar jene am Oberschenkel, in dem noch immer die Patrone steckte hatte sich geschlossen. »Danke«, sagte Peter leise, nachdem er die fortgeschrittene Heilung festgestellt hatte.

Bevor er sich aus dem Heuschober schlich, gönnte er sich noch ein paar kräftige Schlucke frischer, nach nassem Stroh duftender Milch, zog sich den an einem Haken hängenden blauen Arbeitsmantel unter seine Jacke an und konnte auch nicht wiederstehen, die drei frisch gelegten

Eier mitzunehmen, die er gleich daneben im Stroh fand. Er schloss die Schiebetür hinter sich und dann ging er, so wie er gekommen war, in seinen eigenen Spuren zurück Richtung Wald. Da er nicht vorhatte, hier jemals wieder zurückzukehren, hätte er auf die Spuren nicht mehr achten müssen. Er tat es dennoch, denn weder wollte er die Bauersleute unnötig verunsichern, noch auf die Idee bringen, die ganze Gegend wegen unerklärlicher Fußspuren verrückt zu machen und damit aufzuhetzen. Wegen des weggenommen Mantels machte sich Peter keine Gedanken. Die Bauern würden sich wohl gegenseitig vorhalten, ihn verlegt zu haben.

Als Peter den Wald erreicht hatte, sah er nach oben. Die Sonne zwängte sich schmal durch eine milchige Decke aus Nebel und Dunst und die Bäume waren voller Reif. Peter drehte sich noch einmal zum Hof um und dann machte er sich auf Richtung Osten. Es würde noch ein weiter Weg sein, hinauf ins Waldviertel.

Auf der Strecke mied Peter Wege oder gar Straßen. Er versuchte, sich im Wald zu halten. Denn er rechnete damit, dass er von der Gestapo gesucht wurde. Nur abends schlich er sich auf Lichtungen, um in Heuschobern oder Geräteschuppen ein halbwegs warmes Quartier für die Nacht zu haben.

Nach ungefähr einer Woche, bisher war alles gut gelaufen, riskierte er es immer öfter, auch Wege zu benutzen. So sei das Marschieren weit weniger beschwerlich und kräfteraubend, sagte er sich, und er komme auch viel flotter voran.

Peter musste taggeträumt haben, denn als er das Motorrad mit dem Beiwagen über die Kuppe kommen sah, war es zu spät, um auf die Seite zu springen und sich im Wald zu verstecken. Das Beste und Unauffälligste ist sicher, einfach weiterzugehen und so zu tun, als sei ich ein gewöhnlicher Wanderer, überlegte Peter. Plötzlich arbeitete sein Gehirn wieder und er war hellwach. Was Peter allerdings nicht bedachte, war, dass es zu dieser Zeit kaum Wanderer gab. Denn Hitler hatte das Herumziehen verboten, erwartete von allen, dass sie hart arbeiteten für Volk und Vaterland. Freiheit war abgeschafft, alle waren in Sesshaft genommen worden – und viele hatten es nicht einmal bemerkt.

Die Beiwagenmaschine bremste sich neben Peter ein. Jetzt erst erkannte Peter die Uniformen der SS. Er begann zu laufen. Und diesmal maß sein Vorsprung gegenüber seinen Verfolgern nur einige Beinlängen. »Stehen bleiben, oder wir schießen!«, hörte Peter hinter sich, und das machte ihn noch schneller. Diesmal rannte er nicht geradeaus. Diesmal rannte er Zickzack. Das musste er allerdings ohnehin, denn die Bäume standen hier dicht an dicht. Peter jagte durch den Wald, hinter ihm zersplitterten Schüsse der beiden SS-Männer Äste und bohrten sich Patronen in weiches Holz, Vögel stoben auf.

Als Peter aus Erschöpfung langsamer wurde, lichtete sich der Wald zusehends. Seine Deckung drohte verloren zu gehen. Neben Tannen und Fichten hetzte Peter immer öfter an Birken und Buchen vorbei, stützte sich im Laufen an ihren Stämmen ab und konnte nirgendwo Gestrüpp oder Jungwald ausmachen, wo er wieder bessere Deckung hätte finden können. Peter hatte zwar einen Vorsprung herausgelaufen, hinter sich hörte er aber noch immer das Knacken von trockenen Zweigen und am Boden liegenden Ästen. Die Abfolge des Knackens ließ Peter wissen, dass es noch beide Verfolger waren, die hinter ihm her waren. Und dass die beiden zuletzt schneller geworden waren als er.

Peter tat das, was jedes verfolgte Tier in seiner Situation

gemacht hätte: Im Laufen suchte er nach einem Versteck. Peters Blick durchkämmte den Wald. Weil der Boden hier beinahe eben war, der Wald keine entwurzelten Bäume oder Felsen zum Unterschlüpfen bot und sich auch nirgends ein Erdloch auftat, in das sich Peter hätte verkriechen können, wählte er die entgegengesetzte Richtung und sprang nach oben. Mit beiden Händen klammerte er sich am untersten Ast einer Buche fest, zog sich nach oben, schwang ein Bein über den doppelt armdicken Ast und schaffte es mit letzter Kraft, seinen Körper seitwärts nach oben zu drehen. Er richtete sich auf und stieg und kletterte und hantelte sich von einem Ast zum nächsthöheren. In etwa sieben Metern Höhe zwängte er seinen Körper zwischen den Baumstamm und einen starken, steil nach oben gewachsenen, dicken Ast. Peter wusste, dass sein Atem noch zu laut war. Viel zu laut, denn ein Baum atmet ganz leise. Und zum Baum musste er werden, das wusste Peter, um nicht bemerkt zu werden.

Er umfasste den Stamm, der hier oben noch immer so dick war, dass Peters Fingerkuppen sich gerade noch berührten. Peter legte sein Gesicht auf die kalte, beinahe glatte Rinde. Er schloss die Augen und atmete den stolzen, kühlen Duft dieser Buche. Er spürte ihre Kraft und ihren Halt. Er fühlte ihre Krone, deren Äste und Zweige sich harmonisch im sanften, kühlen Wind bewegten, empfand die Macht ihres Stammes und wusste vom Saft ihrer Wurzeln. Er dankte ihr für ihre Gastfreundschaft und strich mit seinen Händen über sie. Er wandte sein Gesicht und legte die andere Wange auf ihre Rinde. Sie war nun nicht mehr kalt an dieser Stelle und Peters Atem ging nicht mehr schnell.

Peter hörte die SS-Männer näher kommen. Sie liefen noch immer, wurden jetzt aber langsamer. Peter verbot sich, zu ihnen zu sehen. Sie hätten seinen Blick spüren können. Peter hörte, wie sie auf ihn zukamen. Sie hatten aufgehört zu laufen. Nun gingen sie. Ihr Atem war wild, sie schnauften und redeten miteinander. Der eine fragte den anderen, ob er etwas sehe. Der andere sagte: »Nein, nichts.« Peter hörte, dass sie nur noch wenige Schritte hinter ihm waren, dass sie noch langsamer wurden, dass sie direkt unter ihm waren, dass sie unter ihm, dem Baum, durchgingen, dass sie sich von ihm entfernten.

»Was sollen wir tun?«, fragte der eine.

»Warte einmal«, sagte der andere, »horch«.

Peter hörte ihren Atem.

Sie hörten nichts.

»Nichts, oder?«, sagte der eine.

»Nein, nichts«, sagte der andere.

»Der muss schon weiter weg sein«, sagte der eine nach einer Weile.

»Wahrscheinlich«, antwortete der andere und meinte dann: »Lass uns zurückgehen.«

Peter hörte die beiden wieder auf sich zukommen. Er hörte sie wieder unter sich, dem Baum, durchgehen. Er hörte, wie sie sich langsam vom ihm entfernten. Weit weg hörte er dann ihre Stimmen, konnte aber deren Bedeutung, den Sinn ihrer Rede nicht mehr erkennen. Peter hörte den Wind. Er säuselte ganz leise ein Lied und der Wald pfiff dazu. Weiter weg hörte Peter Äste aneinander schaben und Zweige dumpf gegeneinander klacken. Peter spürte den Wind. Er war Dirigent. Peter hörte sein Konzert. Dann vernahm Peter ein Rauschen, ein Rauschen in der Luft, eines, das rasch näher kam. Er hörte schnelles Schlagen von Flügeln, von Federn über sich. Peter fühlte, wie ein starker Zweig umklammert wurde, spürte, wie dieser Zweig nach unten gebogen wurde. Ein Habicht hatte sich niedergelassen. Der Zweig schwang noch einige Momente nach. Auf und ab, auf und ab schwang der

Zweig. Peter erlebte es, so, als ob sich ein Schmetterling auf seinem Haar niedergelassen hätte. Es war ein schönes Gefühl. Durch lautes Knattern wurde es unterbrochen. Knattern in der Ferne. Das musste das Motorrad der beiden sein. Mit der Zeit wurde es leiser.

✻ ✻ ✻

Für die Jenischen bedeutete die Machtübernahme der Nazis das Ende ihrer traditionellen Lebensweise. Es herrschte ein generelles Hausierverbot, und Nichtsesshaftigkeit galt als asozial und war strafbar.

Während des Nationalsozialismus gab es zudem das Gesetz zur »Verhütung von erbkrankem Nachwuchs«. Auch die Jenischen waren davon betroffen, da das Vagabundieren als vererbbarer Defekt galt. Wie viele Jenische während der Nazidiktatur in Konzentrationslagern umkamen oder zwangssterilisiert wurden, ist nicht bekannt. Grobe Schätzungen gehen von mindestens hunderttausend Menschen aus. Am 3. Dezember 1942 etwa schreibt die Abteilung II der SS-Kommandantur Auschwitz einer Frau aus Sitzenthal bei Loosdorf in Niederösterreich, dass ihre Schwester an den »Folgen von Grippe« gestorben und »im staatlichen Krematorium Auschwitz eingeäschert« worden sei. Zuvor hatte die Frau einen persönlichen Brief von ihrer Schwester bekommen. Im Text, der die Zensur passierte, weil er bis auf eine unbemerkte Ausnahme »harmlos« war, findet sich das jenische Wort »pegern«, was neben »tot sein« auch »tot machen« bedeutet. Mit dieser verschlüsselten Botschaft in jenischer Sprache teilte die Frau ihrer Schwester mit, dass in Auschwitz Menschen umgebracht wurden.

Ein Arbeitsbericht der »Rassenhygienischen Forschungsstelle« des damaligen deutschen Reichsgesundheitsamtes wiederum belegt, dass »wissenschaftliche und praktische«

Untersuchungen nicht nur bei der »jüdischen Bevölkerungs-gruppe« und bei Sinti und Roma durchgeführt wurden, die als »Zigeunerstämme« aufschienen, sondern auch an »nicht sesshaften Bevölkerungsgruppen der jenischen Asozialen und Kriminellen«. Diese »Untersuchungen« waren Grundlage für »staatliche Maßnahmen der Erb- und Rassenpflege«.

✳ ✳ ✳

Die Sonne war damals schon etliche Tage stärker gewesen als der Schnee. Von Peter aber fehlte noch immer jede Spur. Überall hatte es getaut, von den Bäumen waren längst alle Schneepatzen mit einem satten Plumpsen zu Boden gefallen, und an den Feldrainen lief das Schmelzwasser in kleinen Rinnsalen entlang. Die Vögel in den Wipfeln über uns pfiffen jeden Morgen vergnügter, Schneeglöckchen und Krokusse steckten ihre Köpfe aus der Erde und überall küsste der laue Wind frisches Leben wach. Allein unsere Tochter, unsere Maria, wurde von Tag zu Tag stiller. Sie sprach nur noch, wenn wir ihr mit unseren gut gemeinten, aber hilflosen Aufmunterungen und Fragen keine andere Wahl ließen. Mit jedem Tag, den die Sonne an Kraft gewann, von Marias Verlobtem aber trotzdem weit und breit nichts zu sehen war, wurde unsere Tochter niedergeschlagener und verzweifelter. Wenn Frida versuchte, sie zu trösten, sprang Maria auf, lief davon und kam wenig später mit einer Faust voll Schnee zurück, den sie in irgendeiner Felsspalte oder einem Graben gefunden haben musste. Sie hockte sich vor uns auf ihre Fersen, öffnete ihre Hand und hielt uns mit gestrecktem Arm ein armseliges Klümpchen Schnee vor unsere Nasen. »Was ist das«, sagte sie schroff, und wir antworteten »Schnee, Maria. Ja, es ist Schnee.«

»Na also«, sagte Maria trotzig und warf das nasse Etwas, das die Liebe zu unserer Tochter Schnee genannt hatte, zu Boden. »Noch«, sagte Maria dann in ruhigem Ton, »noch hat die Sonne den Schnee nicht besiegt.«

Dann zogen weitere und weitere warme Tage ins Land. Unwiderruflich war die Zeit gekommen, in der das Leben neue Kraft schöpfte, in der sich alle Wesen nach der immer stärker werdenden Sonne streckten und die Natur sich entschlossen hatte, erneut aufzublühen. Damals schien mir, mein kleiner Fuchs, als gäbe es rundherum nur ein frei lebendes Wesen, das an Kraft einbüßte anstatt neue zu gewinnen und das drauf und dran war, jegliche Lebensfreude zu verlieren: unsere Maria. Wir machten uns große Sorgen um unsere Tochter, denn wir kannten sie, und so wussten wir zwar um ihre Stärke, aber auch um ihre Verletzbarkeit. Wir wussten, dass sie ihrem Leid nicht mehr lange würde standhalten können.

In dieser Zeit erwachte ich an einem frühen Morgen in unserer Restlinggrube. Draußen im Wald schwebte noch der Dunst über dem nassen Boden, aber so wie schon in den vergangenen Tagen würde die Sonne ihn bald vertrieben haben, um schließlich ganz seinen Platz einzunehmen. Ich rieb mir die Augen und sah um mich. Die Glut unseres Nachtfeuers gloste noch schwach. Rechts neben mir schlief Frida, daneben unser Sohn Heinzi, doch zu meiner Linken, zu meiner Linken war der Schlafplatz leer. Maria, die Langschläferin Maria, hatte, zum ersten Mal seit wir uns hier versteckt hielten, allein und ohne es anzukündigen, unseren Geheimplatz verlassen. Stoßweise pumpte der Schrecken Blut durch mein Herz. Ich sprang auf und schlug mir dabei den Kopf an der Steindecke an. Benommen taumelte ich ins Freie – und da war sie. Feengleich und nur wenige Schritte entfernt von mir sah ich sie. Ein erster vager Sonnenstrahl glitt durch den Morgennebel und berührte Marias Haar. Sie stand völlig reglos vor mir, mit hängenden Armen, und sie weinte. Ihre Tränen liefen über ihr hübsches Gesicht, verfingen sich in ihrem offenen braunen Haar und versickerten in ihrem roten Umhang. Ich hielt mir meinen noch immer schmerzenden Kopf. Vor mir stand meine zierliche Tochter, von der ich niemals geahnt hätte, dass so schrecklich viele Tränen in ihrem Herzen Platz hatten. Als ich ansetzte, eine meiner dummen, tröstlichen Fragen zu stellen, bemerkte ich, dass Marias Augen gar nicht traurig waren. In diesem Moment wandte sie ihren Kopf. Ich folgte ihrem Blick, und da stand er. Peter war gekommen.

Wir fielen einander zu dritt in die Arme. Und soll ich dir etwas beichten, mein kleiner Fuchs: Jetzt heulten wir alle drei. Und ich sicher keine Träne weniger als meine Tochter. Wir hielten uns fest und weinten. Auch Frida und Heinzi kamen dazu. So standen wir da, vor unserem Versteck, mitten im Wald, weinend vor Glück und vor Erleichterung. Jetzt waren wir bereit. Jetzt konnte der Frühling beginnen. Und erst jetzt, erst jetzt war die Sonne stärker als der Schnee.

Wir stärkten und wärmten Peter, der dürr und ausgekühlt war wie ein hohler, kranker Baum. Als unsere Herzen sich beruhigt hatten, erzählte uns Peter am Funk, was geschehen war. Seine ganze Sippschaft war in Innsbruck in ein Lager der Nazis gesteckt worden. Wenn sie fragten, was sie denn verbrochen hätten, wurden sie nur verächtlich gemustert. Das war Antwort genug. Von früh bis spät wurden sie schikaniert, mussten gemeinsam mit anderen Gefangenen Schotter aus dem Fluss holen, bei jedem Wetter und bei Eiseskälte. Zu Essen bekamen sie viel zu wenig, dafür Schläge und Qual. Peter erzählte, dass sie nicht wie Tiere behandelt wurden, denn Tiere sind wertvoll, und sei es nur für die Arbeit. Sie aber wurden so hart gehalten, dass sie mehr und mehr den Eindruck bekamen, ihr Aufenthalt habe nur einen Zweck: ihren verzweifelten Tod. Der Lagerleiter und die Wachen hatten sie gequält, wann immer es ihnen einfiel, und so sei es gekommen, wie Peters Urgroßmutter es in ihrer Glaskugel vorausgesehen habe: Einer nach dem anderen gab sein Leben. Die Nazis verschonten weder die Alten noch die Jungen, weder die Frauen noch die Kranken. Peter berichtete, dass die Nazis alle, wirklich alle, die ganze Sippe, auf dem Gewissen hatten: Peters Vater Luca, den sie schon beim Abholen niedergeschossen hatten, die Urgroßmutter, die sie zu Boden gestoßen und erschossen hatten, seinen Schwager Fabio, der abgeschlachtet wurde, als er seinen Sohn Giorgio vor den brutalen Aufsehern schützen wollte, den kleinen Giorgio selbst, der erst ins Lagerspital gebracht worden war, als es längst zu spät war, Barbara, die mit Eiswasser bespritzt worden war und einen qualvollen Foltertod starb und auch Peters Mutter Anna, die so glücklich war, weil sie, am vorbeifahrenden Lkw stehend, noch einmal ihren Sohn Peter sehen durfte, bevor sie mit bloßen Händen Blindgänger ausgraben musste. »Sie hat keine Furcht gehabt«, erzählte uns Peter damals und sah dabei mit einem sonderbar weichen Blick ins Feuer. Weißt du warum, mein kleiner, schlauer Fuchs? Weißt du, warum Peters Mutter nicht die geringste Angst hatte, obwohl sie wusste, dass der Tod auf sie wartete? Anna war deshalb furchtlos, weil sie mit sich bereits im Reinen war, weil sie sich in der einsamen Gefangenschaft des gefrorenen und engen Bunkers vorbereitet hatte auf ihre Reise und – und weil ihr Sohn Peter sie im Geiste begleitet hatte auf ihrem letzten Weg. Als sie an ihm und den anderen am Fluss schuftenden Männern vorbeigefahren wurde, winkte sie ihm zu. Sie winkte und lachte ihm zu mit ihrer ganzen Seele. Doch Peter entging nicht, dass die Finger ihrer Hand gekrümmt waren. Sie waren gekrümmt, weil Anna den Griff der Sonne formte und ihr Daumen bis zur äußersten Anspannung zwischen Mittel- und Ringfinger eingeklemmt war. Und so wusste Peter, was zu tun war. Sein Geist begleitete seine Mutter zum letzten Mal auf einer gefährlichen Reise. »Sie hat den Griff gemacht und wir haben unsere Gedanken verwoben, so wie du es uns damals bei unserem Zusammentreffen gelehrt hast, Lois«, sagte Peter zu mir und fuhr fort: »Wir haben es getan, wie damals, als sie in die Manege stieg und ihren Kopf in den Rachen des Löwen hielt, ohne Angst und mit sicherem Herzen. So haben wir es auch gehalten, als sie zu den Bomben gefahren wurde. Und deshalb«, sagte Peter zu uns und zu sich, und sah wieder ins Feuer, »deshalb weiß ich, dass meine Mama keine Angst hatte, als sie diese Welt verließ.«

Als Peter seine Erzählung beendet hatte, bemerkte ich, dass meine Frida Tränen versteckte. Mit gebeugtem Rücken hockte sie vorm Funk und sah zu Boden, sodass wir ihr Gesicht nicht sehen konnten. Wie beiläufig nahm sie immer wieder einen Zipfel ihres langen, bunten Rockes und führte ihn zu ihren Augen. Ich legte kurz meine Hand auf ihre Schulter, und dann nahm ich ihr etwas von ihrem verborgenen Schmerz, indem ich Peter erzählte, was mit unseren beiden ältesten Kindern, Fridas Vater und ihren Geschwistern geschehen war. Ich berichtete ihm, dass die Nazis alle abgeholt hatten, dass sie fortgebracht und weit weg in irgendwelche Lager gesteckt worden waren, dass unsere Hütten durch Feuer dem Erdboden gleichgemacht worden waren, als brennendes Zeichen, dass wir nie wieder zurückkommen sollten. Und dann erzählte ich ihm das Allerschlimmste: Ich erzählte Peter, dass wir nichts, aber auch gar nichts wussten vom Schicksal unserer Lieben, dass aber die Ahnung schwer und drückend auf unseren Herzen lag wie die Last nasskalten Schnees auf zitternden Zweigen.

Lange sprachen wir nichts, schauten nur ins Feuer und hörten unseren Gedanken zu. Das Feuer knisterte und züngelte immer wieder bis an unsere Decke aus Granit. Und weil Peter ein echter Jenischer war, unterbrach er schließlich die Stille indem er die Arme vor der Brust verschränkte und kopfnickend sagte: »Bei meiner Flucht hätten sie mir übrigens beinahe in meinen schönen Hintern geschossen.« Als er in die Runde sah, um die Wirkung seiner Worte zu sehen, blickte er in dankbare, schmunzelnde Gesichter, und Maria, die neben ihm saß, ließ sich auffordernd mit ihrer Schulter an seine Seite fallen.

»Aber Gott sei Dank«, fuhr Peter nun fort, »Gott sei Dank haben sie mir nur ins Bein und in den Arm geschossen.« Peter erzählte uns alle Details seiner Flucht und schließlich hielt er inne, um dann nachdenklich zu sagen: »Gerettet hat mich die Fuchserde. Wenn ich sie nicht gefunden hätte, wäre ich zu Nahrung für den Wald geworden. Ohne sie säße ich jetzt nicht bei euch.«

Du kennst das Geheimnis der Fuchserde, mein kleiner, schlauer Fuchs. Oft schon hat sie unsere Wunden gereinigt und geheilt. Und Fuchserde war es auch, die Peter im Leben gehalten hat und damit, mein kleiner Fuchs, damit hat sie auch die Zukunft unserer Sippe gesichert. Denn in einer jener Nächte, die Peter gemeinsam mit seiner Maria in der Restlinggrube verbracht hat, da wurde Peter zu deinem Großvater. In einer dieser Nächte, mein kleiner Fuchs, da wurde dein Vater gezeugt.

13.

Als es einnachtete in der Restlinggrube und der Nadelwald ringsum im Dunkeln seine Ruhe fand, fiel Peter in den Schlaf. Maria, die seinen Kopf im Schoß hielt, hatte gemerkt, wie sein Atem langsamer und schwerer geworden war. Lois aber sprach noch weiter in die Nacht. Er erzählte, was vorgefallen war seit der Trennung der beiden jenischen Familien letzten Sommer, er berichtete vom Abtransport ihrer Verwandten, schilderte die Flucht vor den Nazis durch das Erdloch unter der Hütte und erklärte, wie sie hier im Wald bisher überlebt hatten. Erst als Peter allzulange keine Fragen mehr stellte und auch kein zustimmendes Brummen mehr zu hören war, bemerkte Lois, dass sein neuer Sohn längst schlief. Er war ausgelaugt und erschöpft von seiner Flucht. Diese Nacht konnte er zum ersten Mal seit Wochen ohne Furcht die Augen schließen.

Die folgenden Wochen wurde Peter besonders von Maria umsorgt. Sie gab ihm zu essen, sammelte zu seiner Stärkung Kräuter, Wurzeln und Flechten im Wald und wärmte ihn mit ihrer Liebe. In dem Ausmaß, in dem sich Peter erholte und Angst und Hast der langen Flucht aus ihm wichen, wuchs in ihm der Zorn. Immer öfter verfluchte er die Nazis, schwor im Namen seiner toten Verwandten ewige Rache und sein Blick veränderte sich.

Frida bemerkte als Erste, dass der Hass begonnen hatte, Peters Seele in Besitz zu nehmen. Eines Nachts war es, da träumte Frida von einem Wolf und einer Füchsin, die gemeinsam ein Junges zur Welt brachten. Gleich nach der Niederkunft der Füchsin stürzte sich der Wolf auf das Junge und verschlang es in blinder Gier nach warmem Blut.

Am Morgen darauf nahm Frida ihren Mann beiseite und erzählte ihm ihren Traum. Lois nickte.

»Ich werde mit ihm reden«, sagte er.

»Gut«, sagte Frida.

An einem der nächsten Tage nahm Lois nicht Heinzi, sondern zum ersten Mal seit seiner Ankunft Peter mit auf die Jagd.

»Komm Peter«, sagte er zu ihm, »wir besorgen Nahrung. Heinzi, passt du auf die Frauen auf?«

»Ja, Papa«, antwortete Heinzi. Er wusste genau, was sein Vater vorhatte.

Lois und Peter verabschiedeten sich, und wenige Schritte später waren die beiden Männerrücken im dichten Wald verschwunden. Lois führte Peter in die Nähe des Teiches. Hier hatte sich schon oft das Glück mit Jagdkunst und Lois' Instinkt vereint, und so war manches Wild durch Lois' Hand zu Nahrung für seine Familie geworden. Manchmal waren es auch Eichkätzchen oder Vögel gewesen, die Lois und Heinzi durch gezielte Schüsse mit ihren Steinschleudern von den Bäumen geholt hatten.

Lois und Peter legten am nahen Bach zwei Fischotterfallen aus und im Unterholz einige Reh-Schlingen. Dann gingen sie beim Teichufer in die Knie und lehnten sich mit den Rücken an zwei nahe beieinander stehende Fichten. Ihr Blick ging in die Richtung, aus der sanfter Wind über den Waldboden strich.

»Du wirst bald Vater werden. Weißt du das?«, sagte Lois unvermittelt.

Peter sah zu Lois. Doch der ließ seinen Blick weiter langsam über die Lichtung schweifen.

»Blödsinn«, sagte Peter dann. »Das hätte mir Maria doch erzählt.«

»Maria weiß es selbst noch nicht«, sagte Lois und sein Blick tastete weiter den Wald ab. »Aber sie wird es bald bemerken und es dir dann anvertrauen«, fuhr Lois fort. »Wenn sie es dir sagt, erzähle nicht, dass ich es dir schon angekündigt habe. Ich tue es auch nur, weil es notwendig ist. Weißt du warum?«

»Nein«, sagte Peter, dem die Situation unheimlich zu werden begann. Es irritierte ihn, dass Lois ihn keines Blickes würdigte.

»Ich sage es dir deshalb«, sprach Lois mit ruhiger Stimme, »weil Frida von eurem Kind geträumt hat, das noch nicht von dieser Welt ist, das durch seine Mutter Maria, deine Frau, aber schon jetzt die Luft dieser Erde atmet und das durch sie schon jetzt die wärmenden Strahlen der Sonne in sich aufnimmt. Euer Kind lebt bereits. Es empfängt bereits eure Energie. Verstehst du nun, warum ich dir von der Ankunft deines Kindes erzählen musste?«

»Ja«, sagte Peter etwas bockig. »Ich verstehe dich. Ich werde Maria stets gut behandeln und sie beschützen. Ich werde gut zu meiner Frau, deiner Tochter, sein.«

»Das weiß ich«, antwortete Lois und nun sah er Peter ins Gesicht. »Ich weiß, dass du ihr ein guter Mann sein willst. Und ich vertraue dir und kenne dich, seit ich dich und deinen Vater zum ersten Mal getroffen habe. Doch darum geht es mir nicht. Ich habe dich auch nicht gefragt, ob du mich verstehst. Ich habe dich gefragt, ob du verstehst.«

Peter machte ein dummes Gesicht.

»Peter«, begann Lois. »In dir wächst der Hass. Jeden Tag gibst du ihm mehr von dir. Und dich selbst verlierst du zusehends. Wenn du dir dessen nicht gewahr bist, wird der Tag kommen, da wirst du ein anderer sein und es nicht merken. Du bist nicht nur der Mann meiner Tochter, Peter. Du bist auch bald der Vater deines Kindes. Du hast nicht mehr das Recht, dich deinem Hass hinzugeben. Und es reicht auch nicht, dass du gut zu deiner Frau bist, doch im Innersten kalt und voller Hass. Nimm sehr ernst, was ich dir jetzt sage, mein Sohn: Euer Kind wird die Last eures geheimsten Ich tragen und es wird nur erblühen können, wenn ihr selbst erblüht.«

Peter beugte seinen Kopf. Nun war er es, der den anderen nicht ansah. Er blickte zu Boden und nickte.

»Ja, aber«, sagte er dann, scheinbar mit sich selbst ringend, »wie kann ich vergessen, dass die Nazis alle umgebracht haben, wie kann ich vergeben, dass sie meine ganze Familie ausgerottet haben, es muss doch Gerechtigkeit geben auf dieser Welt.«

»Es gibt Gerechtigkeit«, sagte Lois. »Aber es liegt nicht an dir, sie herbeizuführen. Du tust gut daran, wenn du deine begrenzten Kräfte nicht an andere verschwendest. Reagiere dich nicht bei Fremden ab, verwende deine Zeit lieber, um dich in anderen zu suchen.«

»Aber Lois«, sagte Peter, »Vater«, setzte er nach, denn er wollte Lois seinen tiefen Respekt und seine Liebe zeigen, »wenn nicht ich für Gerechtigkeit sorge, wird es keiner machen.«

Lois lächelte.

»Peter«, sagte er. »Glaubst du tatsächlich, dass du groß genug bist, der Menschheit Gerechtigkeit zu geben? Gerechtigkeit ist allumfassend, allmächtig und ewig. Denn Gerechtigkeit ist göttlich. Und nun willst du mir sagen, dass du genug Größe hast und so unendlich weise bist, um über Gerechtigkeit zu entscheiden?«

»Nein, natürlich nicht«, sagte Peter.

Lois sprach weiter: »Du und ich und unsere Familien, wir haben viel, sehr viel durchgemacht. Uns wurde Schreckliches angetan. Wir verdienen es nicht, uns durch unseren Hass nun auch noch selbst zu schaden. Verstehst du? Es genügt auch nicht, all das Schlechte, das durch Schmerz und Leid in uns gewachsen ist, abzutöten. Wir müssen etwas Lebendiges, etwas Positives an seine Stelle setzen. Und dieses Lebendige, dieses Positive wird die Gegenwart und die Zukunft sein, wird unser Leben sein und das Leben deines ungeborenen Kindes, wird die Luft sein, die durch unseren Körper strömt und die Erde, die wir durch unsere Finger rieseln lassen, es wird die Freiheit sein und unsere erhobenen Köpfe.«

Peter nickte. Er spürte die Kraft und die väterliche Liebe in den Augen des Mannes, der ihn ansah.

»Bald wird die Zeit kommen«, fuhr Lois fort, »da wird mein Nachbar im Dorf, da wird Gerhard einen Maibaum setzen. Und auf diesem Maibaum wird eine Fahne wehen, die nicht die nationalsozialistische ist. Das wird das Zeichen sein, dass wir zurückkehren können ins Dorf. Wenn es so weit ist, müssen wir reif sein und unsere Herzen vorbereitet haben. Wir werden zurückkehren in den Ort, aus dem die Unsrigen gewaltsam geholt wurden. In den Ort, in dem unsere Hütten verbrannt wurden. Dennoch werden wir zurückkehren. Wir müssen mit den Menschen dort leben können. Denn es brächte nichts, woanders hinzugehen: Die Menschen sind überall gleich und wenn du nicht mit ihnen leben kannst, sterben nicht sie, sondern stirbst du; du, an deinem eigenen Kummer. Wir werden also zurückkehren. Und wir werden es stolz tun, weise und ruhig.«

Weil Lois sah und spürte, dass Peter einverstanden war und eins mit seinen Worten, fuhr er fort: »Du wirst es tun, wie ich es getan habe, Peter. Du wirst aus dem Innersten deiner Seele schöpfen. Sie wird dir den richtigen Rat geben und dich in die Zukunft führen anstatt in die Vergangenheit. Ins Leben anstatt in den Tod.«

»Du bist sehr weise«, sagte Peter nach einer Weile.

»Ach wo«, antwortete Lois, und zum ersten Mal seit sie sich hier im Wald niedergelassen hatten, war ihm fröhlich zumute. »Nein, Peter, überlege dir doch nur, wie klein der Mensch ist und wie kurz der Weg, der ihn zu dem führt, was er im Leben vollbringt. Wie weise kann er werden in dieser kurzen Zeit, die nicht mehr ist als nichts.«

»Und du bist doch weise«, sagte Peter.

Lois lachte und schlug Peter väterlich auf die Schulter.

Als es zu dämmern begann und die Strahlen der tief stehenden Sonne den Waldboden nicht mehr berührten, hatte sich bei Lois und Peter noch immer kein Jagdglück eingestellt. Nicht einmal ein Eichkätzchen lief über einen der unzähligen Äste, die sie im Blickfeld hatten. Dennoch kehrten die beiden zufrieden Richtung Restlinggrube zurück. Denn sie führten etwas mit sich, das wertvoller war als jedes Wild und jedes Gefieder. An diesem Tag hatten sie im Wald ihre gemeinsame Hoffnung gefunden.

Nur wenige Kilometer entfernt, in Amaliendorf, waren indes russische Soldaten einmarschiert. Sie hatten sich kaum so richtig im Ort niedergelassen, da stand ein dickbäuchiger, etwas pausbäckiger Bauer mit schelmischem Gesicht in seinem knielangen, blauen Arbeitsmantel vor dem russischen Kommandanten, salutierte etwas tollpatschig, aber keineswegs respektlos und sagte in knappem, bemüht militärischem Ton: »Bitte um Erlaubnis, einen Maibaum mit sowjetischer und österreichischer Fahne aufstellen zu dürfen.«

✴ ✴ ✴

Nach der Befreiung Österreichs durch die Alliierten im Frühjahr 1945 wurde das Waldviertel von sowjetischen Truppen besetzt. Im Heft »Ortsgeschichte von Amaliendorf« heißt es dazu kurz und bündig: »1945, nach dem Ende der Hitlerherrschaft, wurde Bürgermeister A. abgesetzt. ... Die Russen zogen plündernd durch den Ort.«*
Am 3. Mai 1945 befreiten amerikanische Truppen das Lager Reichenau bei Innsbruck.

* * *

Ein Vogel kann noch so hoch fliegen, mein kleiner, schlauer Fuchs. Am Ende muss er doch auf die Erde zurückkommen. So ist es mit allem auf dieser Welt, das wussten schon unsere Urahnen. Das Tausendjährige Reich jedenfalls krachte nach ein paar Jahren tobsüchtigen Vollrausches mit solch einem Getöse zu Boden, dass es die ganze Welt erschütterte. Nicht aber unseren Nachbarn Gerhard. Obwohl er ein erdverbundener Bauer war, lebte er in dem Wissen der Fahrenden, dass wir alle nur zu Gast sind auf dieser Welt und dementsprechend respektvoll mit der Natur, also auch miteinander, umzugehen haben. Als er während der Nazizeit gedrängt wurde, der NSDAP beizutreten, sagte er nur: »Wieso? Davon werden meine Erdäpfel auch nicht größer!«

Zu Ende des Krieges war es dann Gerhard, der für den wahrscheinlich einzigen Maibaum weit und breit sorgte. An dessen Spitze befestigte er gemeinsam mit dem Militärkommandanten der Roten Armee die Fahne der Sowjetunion. Die österreichische, die Gerhard darunter hängen wollte, nahm ihm der russische Militärkommandant freundschaftlich aber energisch wieder ab. Trotzdem ernannte er Gerhard noch am selben Tag zum neuen Bürgermeister von Amaliendorf. Und so kam es, dass wir, nachdem wir unser Versteck im Wald verlassen hatten und in Amaliendorf auftauchten, von keinem Geringeren als vom Bürgermeister begrüßt wurden. »Siehst du«, sagte ich zu Peter, der bis zuletzt skeptisch war, »der Bürgermeister höchstpersönlich begrüßt uns.« Und Gerhard, der sich auf seiner Mistgabel abstützte, meinte: »Bis ihr eure Holzhütte wieder aufgebaut habt, könnt ihr bei mir im Heuschober schlafen.« Dann grinste er und fügte hinzu: »In bürgermeisterlich edlem Heu, nicht in vermieftem tausendjährigen.«

Gerhard war damals unsere moralische Stütze. Er versuchte auch alles Mögliche, um etwas über das Schicksal unserer verschleppten Lieben herauszubekommen. Doch vergebens.

Im Ort, mein kleiner Fuchs, war es so, dass uns zwar sonst niemand willkommen hieß, aber sehr viele so taten als ob. Ja, wenn man nicht genau hinsah, musste es fast so scheinen, als würden uns nun auch jene schätzen, die vor dem Krieg schon die Nase über uns gerümpft hatten, als sie nur unsere Namen hörten. Wir machten uns wegen der neuen Freundlichkeit nicht allzu große Sorgen, schließlich sprachen ja auch viele Leute Gerhard von einem Tag auf den anderen plötzlich respektvoll und den Hut ziehend mit »Herr Bürgermeister« an.

»So sind die Gadsche nun einmal«, sagte Peter, und ich wusste in der Eile nicht, was ich entgegnen sollte.

NSDAP-Ortsgruppenleiter Tschukal, der unsere Verwandten von der SS wegbringen hat lassen, wurde von der Roten Armee verhaftet, und der alte Bürgermeister wurde seines Amtes enthoben. Aber sonst blieb alles beim Alten. Die Nazis trafen sich bald wieder im Wirtshaus des Exbürgermeisters und verstummten in ihren alten Reden nur, wenn ein sowjetischer Soldat oder ein geistig nicht Uniformierter in die Stube trat. Dann taten sie so, als würden sie Karten spielen.

Die größte Veränderung fiel uns lange nicht auf. Das lag wahrscheinlich daran, dass sie sich hinter der Fassade des Gewöhnlichen versteckte. Es war nämlich so, dass die Fahrenden im Dorf, die während der Nazizeit nicht in Konzentrationslager verschleppt worden waren, unsichtbar geworden waren. Wimmelte es früher nur so von ihnen auf den Wegen und Plätzen des Ortes, belebten sie ehemals die Gegend mit ihrer Buntheit, und tobten und schrien ihre Kinder herum wie wild gewordenes Leben, war nun alles leise, grau und ordentlich, und nichts ließ vermuten, dass es noch Fahrende gab hier in der Gegend.

»Die Ruhigen haben halt bleiben dürfen und die Wilden haben sie weggebracht«, hat Gerhard versucht, es sich und uns zu erklären. Doch das war nur die halbe Wahrheit. Als Frida und ich durchs Dorf gingen und an die Türen aller Jenischen klopften, um sie zur jenischen Hochzeit von Maria und Peter einzuladen, wurde uns die Wahrheit mit jeder Absage bewusster. Die Wahrheit war: Alle Jenischen hatten während der Nazidiktatur eine schreckliche Krankheit bekommen. Und diese Krankheit hieß Angst.

Manche, mit uns entfernt verwandte Jenische, behaupteten allen Ernstes, dass sie gar nicht jenisch seien, und wie wir denn bloß auf die Idee kämen. Andere meinten, dass man nun erst einmal Ruhe geben sollte. Und wieder andere sagten, so als würden sie von weit zurückliegenden düsteren Zeiten sprechen, dass man die jenische Vergangenheit doch Vergangenheit sein lassen sollte, und dass gerade die Jungen gut daran täten, an die Zukunft zu denken. Was Jahrhunderte zuvor niemand geschafft hatte, mein kleiner, schlauer Fuchs, Hitler hatte es geschafft: Er hatte den Jenischen das Jenisch-Sein ausgetrieben, und sie selbst taten so, als sei es ihre eigene Idee gewesen.

Bei den Roma und Sinti war das anders. Sie wagten sich nach einer Weile wieder aus ihren Hütten. Vorsichtig und in gebückter Haltung strichen sie in der Gegend umher, gleich verletzten Vögeln, die erstmals wieder versuchen, vorsichtig ihre Flügel zu heben. Vielleicht kam ihr Mut daher, dass ihr Gefieder – anders als das der Jenischen – bunt war, und sie wussten, dass sie den Gadsche über kurz oder lang ohnehin wieder auffallen würden. Viele Jenische aber, viele Jenische glaubten, sich dank ihrer weißen Hautfarbe mit der Zeit unbemerkt unter die sesshafte Landbevölkerung mischen zu können. Sie hatten beschlossen, ihre traditionelle Lebensart abzuschütteln. Sie und ihre Kinder sollten nicht mehr Karner geschimpft werden, Gesindel, Hausiererpack und dreckige Korber. Sie wollten endlich Ruhe haben von den Behörden, die sie schon schief ansahen, wenn sie nur ihre Abstammung ahnten. Und schon gar nicht wollten die Jenischen noch einmal um ihr Leben zittern müssen und um Verwandte weinen, die ihrer Volkszugehörigkeit wegen umgebracht werden.

Ein jenischer Freund von mir hielt mich, nachdem er für die Hochzeit von Maria und Peter abgesagt hatte, beim Gehen am Ärmel zurück. »Lois«, sagte er und sah mich an, als müsste er mir von einem Todesfall berichten, »Lois ich habe eine Bitte an dich. Meine Frau bekommt demnächst ein Kind. Wir werden unsere Bräuche ablegen und wir werden ihm, wenn es größer ist, nichts von unserer Vergangenheit erzählen. Das Kind soll nicht wissen, dass es von jenischem Blut ist. Es soll als ganz normales Kind aufwachsen und dieselben Chancen haben wie alle anderen auch.« Als mein Freund sah, dass ich traurig den Kopf schüttelte, sagte er: »Lois, sind wir als Väter nicht dazu da, unseren Kindern so viele Prügel wie nur möglich aus dem

Weg zu räumen? Wir setzen doch keine Kinder in die Welt, um ihnen das Leben schwerer zu machen, als es nötig ist. Und deshalb Lois, nur deshalb, wird unser Kind niemals erfahren, dass wir Jenische sind.« Als mein Freund seine Erklärung beendete, hatten er und ich Tränen in den Augen. Wir umarmten uns und dann ging ich zurück zu meiner Familie. Meiner jenischen Familie.

Mein kleiner, schlauer Fuchs: In deinem Leben wirst du noch oft dein Gewissen befragen müssen. Vielleicht wird es dir einmal so ergehen, wie damals meinem jenischen Freund, und keine der möglichen Entscheidungen wird dir gänzlich gut erscheinen. Sicher sei dir dann, mein kleiner, schlauer Fuchs, dass dein Innerstes stets nach dem Puren verlangt. Sprichst du also die Wahrheit, wirst du vielleicht gesteinigt. Sprichst du aber die Lüge, tötest du dich selbst.

In den folgenden Wochen, in denen wir an unserem alten Platz die neue Holzhütte errichteten, bemerkten wir die nächste Veränderung im Ort: Es war wunderbares Wetter, die Sonne stand wärmend am Himmel – aber keine, keine einzige der jenischen Familien brach auf, um die traditionelle Reise zu beginnen. Niemand lud Waren auf den Wagen und machte sich davon, so wie es selbstverständlich gewesen war vor dem Krieg, so wie es die Jenischen immer getan hatten, seit Generationen. Die Männer hatten stattdessen für das ganze Jahr am Bau, in Fabriken, im Torfstich und in den Steinbrüchen der Gegend fixe Arbeit gefunden. Und ihre Frauen hockten daheim im Schatten ihrer vier Wände.

Als der Hitzling seinen Höhepunkt erreicht hatte und unser Häuschen für den Biberling fertig war, entschlossen wir uns, zumindest eine kleine Reise zu machen, in der unmittelbaren Umgebung, den angrenzenden Bezirken. Einen Karren zu bekommen war einfach. Die ersten Jenischen, die wir fragten, behaupteten zwar, sie hätten schon lange keinen Karren mehr, sie seien längst ordentliche und sesshafte Bürger geworden. Als ich aber entgegnete, dass ich doch gerade die Plane des Wagens durchs verstaubte Schupfenfenster gesehen hätte, sahen sie sich nervös um und meinten dann, wir könnten den Wagen nach Einbruch der Dunkelheit abholen. Als wir nach dem Preis fragten, wollten sie nicht einmal mit uns schachern. Nein, stell dir vor, sie wollten nicht einmal Lowi dafür. So lustig das heute vielleicht klingt, aber es war damals für Frida und mich der letzte traurige Beweis dafür, dass sie aufgehört hatten, Jenische zu sein.

Auf unseren neuen Wagen luden wir allerlei Dinge für den täglichen Bedarf und Werkzeuge, die wir uns, wie den Karren, bei all den Jenischen erbettelten, die beschlossen hatten, mit ihren Wetzmessern, Schleifsteinen, Flickwerkzeugen, Körben und Stofffetzen auch gleich ihr jenisches Leben wegzugeben. Als wir uns dann, über und über vollgepackt, auf den Weg machten, gafften die Gadsche, schielten die Sinti nach uns und taten die Jenischen so, als würden sie uns gar nicht bemerken. Am Ende des Dorfes kamen wir bei einer Gruppe tratschender Gadsche vorbei. Als sie uns mit dem Holzkarren bemerkten, wandten sie ihre Köpfe nach uns und einer von ihnen sagte: »Unterm Hitler hätte es das nicht gegeben.« Peter wäre dem Gschutzten* am liebsten an die Gurgel gesprungen, aber ich hielt ihn am Ärmel zurück und schrie in die Richtung der Männer: »Ja, unterm Hitler hätte es das nicht gegeben. Aber jetzt gibt's das wieder!«

14.

Gut zwei Jahre zogen ins Land und mit ihnen eine Normalität, deren Oberfläche so dünn war, dass sie vom dreimaligen Klopfen an eine hölzerne Tür zerrissen wurde. Peter öffnete. Im Herbstwind stand ein junger Bursche. Seinen schwachen Körper hatte er in Lumpen gehüllt, sein Gesicht war verschmiert und seine Haare standen verfilzt und zerzaust in alle Himmelsrichtungen. An der Hand hielt er ein brünettes Mädchen, in seinem Alter und noch hagerer als er. Peter erschrak, als er in die Augen des Burschen sah. Sie waren ihm ebenso vertraut wie fremd. Der Junge schien ins Leere zu blicken, durch Peter hindurch. Seine Augen waren müde und alt, wie die eines gebrochenen Greises. Als Peter versuchte, tiefer in die Augen des Burschen zu sehen, um eine unmögliche Ahnung zu ergründen, blickte er ins Nichts. Peter überkam ein Schauder.

»Hallo Peter«, sagte Giorgio.

Giorgio hatte das Lager Reichenau überlebt. Er war nicht gestorben, nachdem der Lagerarzt den leblosen Körper aus Peters Armen genommen hatte. Giorgio hatte sich entschieden, weiterzuleben. Nachdem sein zittriger Körper dem Befehl des Lebens endlich nachgekommen war, war Giorgio mit dem Umweg über das Lager Bergen-Belsen ins Vernichtungslager Auschwitz deportiert worden.

Peter führte seinen Cousin und dessen Begleiterin in die Stube. Maria saß in der Ecke, dicht beim Ofen. In ihrem Arm wiegte sie ihren Sohn Franzi.

»Jetzt koch ich euch erst einmal heißes Wasser für ein Bad auf«, sagte Peter und wandte sich dann zu seiner Frau: »Maria! Schau, Giorgio ist gekommen«, sagte er in einem Ton, der Furcht verriet und doch nach Freude hätte klingen sollen. Dann bat er Maria etwas gehetzt: »Richte für Giorgio und seine Freundin bitte was zum Essen her und stell ihnen ein Glas warme Milch auf den Tisch.« Giorgio und das Mädchen standen wortlos in der Stube. »Setzt euch doch«, sagte Peter und rückte zwei Sessel zurecht.

In Auschwitz hatte Giorgio andere Jenische kennengelernt. Sie waren ihm aufgefallen, weil sie miteinander Jenisch sprachen. Es stellte sich heraus, dass sie zur Sippe jener Waldviertler Familie gehörten, die Giorgio und die Seinen einen Sommer lang begleitet hatten.

»Giorgio«, sagte Peter und deutete auf seine Frau, »kannst du dich noch an Maria erinnern? Du weißt schon, damals im Hitzling, bei unserer allerletzten Reise. Maria ist jetzt meine Frau.«

»Servus Giorgio«, sagte Maria freundlich. »Ich freu mich, dich wieder zu sehen!«

Giorgio verzog kurz seine Mundwinkel und sein Kinn kippte etwas nach unten. Dann starrte er auf etwas mitten im Raum, etwas, das die anderen nicht sehen konnten.

Das Mädchen neben Giorgio unterbrach die Stille. »Hanna«, sagte sie. »Ich heiße Hanna.«

Ein paar Wochen nachdem Giorgio mit den Waldviertler Jenischen im Lager Auschwitz bekannt geworden war, hatte einer von ihnen einen KZ-Aufseher mit einem gezielten Fauststoß auf den Kehlkopf getötet. Seine gesamte Sippe war daraufhin am nächsten Tag in die Gaskammern geschickt worden.

»Giorgio, wie geht es dir?«, fragte Peter und berührte seinen Cousin vorsichtig am Arm. Weil er nicht reagierte, sagte Hanna: »Giorgio redet nicht viel. Aber du brauchst dir keine Sorgen um ihn machen. Er ist soweit gesund.«

Es kam der Tag, an dem wieder einmal Hunderte Insassen des Lagers Auschwitz zu Fuß in eines der Arbeitslager getrieben wurden. Bei diesem Marsch ging im Gedränge zweier Kolonnen plötzlich ein Mädchen neben Giorgio. Er sah sie an und sie sah ihn an. Dann nahmen sie einander wie selbstverständlich bei den Händen. Obwohl für den Arbeitstrupp nur junge und halbwegs kräftige Gefangene ausgewählt wurden, passierte es, dass beim Heimweg manche vor Erschöpfung niederbrachen. Das war ihr Todesurteil. Die Wachen exekutierten sie. Immer wieder versuchten Häftlinge während des Fußmarsches zu flüchten. Die SS-Wachen mähten sie mit ihren Maschinengewehren nieder. Giorgio warnte das Mädchen an seiner Seite nicht vor: Als der Weg einen breiten Bach überquerte, riss Giorgio Hanna mit nach unten in den Graben und drängte sie in die Bach-Unterführung. Die Wachen bemerkten nichts. Und jene Häftlinge, die es gesehen hatten, schwiegen.

»Ich dachte, du bist tot, Giorgio«, flüsterte Peter. Seine Lippen zitterten. »Ich hab geglaubt, du bist im Lagerspital gestorben. Sonst wäre ich doch nicht ohne dich geflüchtet aus Reichenau, Giorgio.«

Giorgio und Hanna schlugen sich zum nächsten Bauernhof durch. Sie hatten Glück. Die Bauersleute waren gut zu ihnen. Als der Krieg endlich vorbei war, machten sich Giorgio und Hanna auf, Richtung Österreich. Denn Deutschland, die Heimat Hannas, kam als Ziel nicht in Frage. Von ihrer Familie waren alle tot. Um zu überleben, nahmen Giorgio und Hanna auf ihrem langen Weg immer wieder einfache Lohnarbeiten an. Mehrmals mussten sie auch Station machen, weil sie krank waren. Als Giorgio und Hanna schließlich bei der österreichischen Grenze angekommen waren, wurden sie von den Besatzungssoldaten abgewiesen, weil sie keine Papiere hatten. Die waren ihnen im Konzentrationslager abgenommen worden. Fast ein halbes Jahr dauerte es, bis Giorgio und Hanna genügend Bestechungsgeld beisammen hatten, um sich an der Grenze einzukaufen. In Innsbruck suchten sie dann nach Giorgios Verwandten. Sie streiften durch die Gegend, fragten nach ihnen beim Lager Reichenau und gingen zu den Plätzen, an denen die Sippe früher immer ihr Lager aufgeschlagen hatte. Als keine Hoffnung mehr bestand, machten sie sich auf ins Waldviertel. Giorgio erinnerte sich genau, woher die Familie war, die sie in jenem Hitzling getroffen hatten, der der letzte im Paradies gewesen sein sollte. Amaliendorf. Ja, Amaliendorf hieß der Ort, in dem Giorgio seinen großen Cousin Peter finden wollte.

»Wie hast du es geschafft, zu überleben?«, fragte Peter und versuchte es nun mit einem neugierigen Ton in der Stimme. Denn schon als Giorgio noch ein Kind gewesen war und Peter seinen kleinen Cousin auf dem Schoß sitzen hatte lassen, waren ihm auf diese Art am ehesten seine Geheimnisse zu entlocken.

»Es lag nicht an mir«, sagte Giorgio plötzlich, und sah weiter in die Mitte des Raums. »Weißt du noch, Peter, als wir in der Nacht bevor ich ins Lagerspital gekommen bin zum Großen Geist gebetet haben?«

»Ja«, sagte Peter rasch.

»Weißt du auch noch, was du mir damals gesagt hast? Dass wir uns alle wieder im Paradies sehen werden?«

»Ja, ich kann mich erinnern.«

»In dieser Nacht ließ mich der Große Geist einen Spalt breit ins Paradies schauen. Weiter durfte ich nicht. Und weißt du warum, Peter? Ich kann es dir sagen. Ich durfte nicht ins Paradies, weil das Paradies für uns Jenische verschlossen ist.« Giorgios Ton wurde kalt und seine Hand krallte sich an die hölzerne Tischplatte. »Da kannst du mir erzählen, was du willst, Peter, und wir können beten, bis uns die Hände abfallen, aber für uns Jenische gibt es kein Paradies!«

»Und für uns Juden auch nicht«, sagte Hanna wie beiläufig und drückte mit beiden Händen gegen ihren hohlen Rücken.

»Bist du krank«, fragte Maria und sah in das schmerzgezeichnete Gesicht des jungen Mädchens.

»Nein, nein, schon in Ordnung«, sagte Hanna. »Ich bin schwanger.«

Plötzlich sah Giorgio auf, und seine leeren Augen füllten sich zum ersten Mal seit er in die Stube getreten war mit Leben. »Aber für unser Kind«, sagte Giorgio mit ehrlicher Freude und sah in die Runde, »für unser Kind wird es das Paradies geben. Und dafür lohnt es sich zu leben.« Giorgios Gesicht war nun weich und entspannt. Seine verkrampfte Hand hatte sich von der Tischkante gelöst. Zärtlich lag sie nun über der von Hanna.

✻ ✻ ✻

Im deutschen Reich bestanden zweiundzwanzig Konzentrationslager. Das größte wurde 1940 von der SS im polnischen Auschwitz errichtet und 1941/42 zu einem Vernichtungslager erweitert. Bis zur Befreiung des Lagers durch sowjetische Truppen am 27. Jänner 1945 wurden etwa drei Millionen Menschen dort ermordet, darunter Juden, Roma, Sinti, Jenische, Slawen, Regimegegner und Homosexuelle. Auschwitz

bestand aus drei Hauptlagern mit neununddreißig Außen-
und Nebenlagern. Einige davon dienten als Arbeitslager.

* * *

Als Giorgio damals zu uns kam, war er etwa in dem Alter
in dem du jetzt bist, mein kleiner Fuchs. Er war schon erwachsen, aber noch kein Mann. All die schrecklichen
Dinge, die er hat erleben müssen, haben schon starke
Männer, die längst verwurzelt im Leben standen, umkni-
cken lassen wie trockenes Gras.

Giorgio hingegen hielt dem Druck in seinem Kopf und
dem Zittern in seinem Herzen stand – obwohl er sich jeden Moment so fürchtete, wie ein Hund, bevor die Peitsche auf ihn niederfährt; fürchtete, wie der Schwimmer,
den im tiefen, uferlosen Wasser die Kraft verlässt; fürchtete, wie der Bergsteiger vor der Lawine, die er kommen
sieht. Giorgio fürchtete sich vor dem Leben und vor der
Welt. Er fürchtete sich vor dem Aufwachen und vor dem
Schlafengehen. Er fürchtete sich vor den Menschen, die
auf ihn zukamen und er fürchtete sich vor jenen, auf die er
zuging. Giorgio fürchtete sich fast immer. Und weil er sich
so sehr fürchtete, hatte er eine dicke Panzerhaut um sich
gezogen. Die gab ihm Schutz und war ganz warm. Sie lag
dicht um seinen Körper und er sah sie gern von innen an.
Das war ein schöner Anblick und es ließ sich darin versin-
ken. Die Panzerhaut war elastisch und milchig. Umrisse
der Welt konnte man durch sie erkennen, schemenhaft,
nicht mehr. Und das war gut so. Ganz selten passierte es,
da löste sich die Panzerhaut wie von selbst auf. Für kurze
Zeit tat sie das, aber nur dann, wenn ganz sicher keine Gefahr drohte, wenn es angenehm warm draußen war und
ihm niemand auch nur das Geringste zu Leide tun wollte.
Dann, nur dann, löste sich seine Panzerhaut auf.

Du fragst dich, woher ich das weiß, mein kleiner, schlauer Fuchs? Du hast Recht, Giorgio hätte es mir nie und nimmer erzählt. Es war umgekehrt: Ich habe es ihm erzählt. Eines Abends habe ich es getan, als wir wieder einmal beieinander saßen. Giorgio und ich saßen gern beieinander. Vielleicht, weil wir beide nicht viel redeten und doch Gesellschaft mochten. Ich sagte Giorgio, dass er sich keine Gedanken machen müsse wegen seiner Schweigsamkeit. Damit sei er im Waldviertel gut aufgehoben. Ich habe ihm verraten, dass man hier bei uns ohnehin nicht viel auf das Reden hält. Auf die einfachen Dinge des Lebens zu viele Worte zu verschwenden ist idiotisch, hab ich gesagt. Und für die wirklich wichtigen Dinge zwischen Himmel und Erde fehlen uns sowieso die Worte. Die wirklich wichtigen Dinge lassen sich ohnehin nur fühlen und nicht aussprechen. Da hat Giorgio geschmunzelt und dabei hat sich seine Panzerhaut aufgelöst. Also hab ich zu ihm gesagt: »Schön, dass sich deine Panzerhaut aufgelöst hat.« Und er hat mich gefragt, woher ich von seinem Panzer weiß. Darauf hab ich ihm wiederum erzählt, dass ich auch einmal so eine Panzerhaut hatte. Dann gab ein Wort das andere und wir haben so richtig miteinander geredet. Aber dann waren wir ohnehin wieder ruhig.

Giorgio und seine Frau Hanna haben mit unserer Hilfe ein kleines Holzhaus gebaut, ganz in der Nähe von unserem. Kaum war das Haus so richtig eingeweiht, hatte es auch schon eine neue Bewohnerin. Giorgio und Hanna bekamen nämlich ein Töchterlein. Die Kleine hieß Esther und wurde von ihren jungen Eltern so sehr mit Liebe eingehüllt, dass es dem Mädchen sicher auch im tiefsten Winter nie kalt wurde.

Das sahen nicht alle so im Dorf. Besonders der Pfarrer tat immer schrecklich besorgt um das Wohl der Kleinen.

Ob sie denn auch genügend zu essen bekomme, macht er sich Gedanken. Und dass sie doch sicher friere in dem windschiefen Bretterverschlag. Ihre Kleidung wäre ja auch nicht die beste, was schließlich kein Wunder sei, wo doch die Eltern keinem ordentlichen Beruf nachgingen, sondern von der Hand in den Mund lebten. Und der Vater, der Vater täte doch wirklich gut daran, sich einmal in einer dieser psychiatrischen Anstalten auf Mark und Bein untersuchen zu lassen. Ja, das riet der Pfarrer händeringend und mit heiliggütigem Gesicht. In den Wehklang stimmte auch der neue Bürgermeister mit ein, der unseren Nachbarn Gerhard nach der ersten freien Wahl leider abgelöst hatte und dessen Partei mindestens so christlich tat wie der Papst im fernen Rom.

Je fürsorglicher sich der Pfarrer und der neue Bürgermeister um die kleine Esther sorgten, umso mehr Angst bekam Giorgio. Und so kam es, dass Giorgio seinen Blick nun wieder öfter als zuletzt auf das nahe Innere seiner Panzerhaut richtete und die anderen also glauben mussten, er starre ins Leere und sei verrückt.

15.

Als Hanna in die Stube trat, lag Giorgio mit gekrümmtem Rücken und eng angezogenen Beinen auf der hölzernen Eckbank. Den Kopf hatte er auf seine Hände gebettet. Die kleine Esther war nicht bei ihm.

Im Ofen war das Feuer ausgegangen. Hanna konnte in der kalten Stube Giorgios Atem sehen, langsam strömte er aus seiner Nase. In diesem Moment zog sich Hannas Herz zusammen und ihre Hände öffneten sich. Zwei prall gefüllte Leinensäcke fielen zu Boden. Erdäpfel, Krautköpfe und Rüben polterten über die Bodenbretter, rollten bis in die Winkel des Zimmers.

»Wo ist Esther?«, fragte Hanna laut und dabei zitterte ihre Stimme.

Sie kniete vor Giorgio nieder, nahm ihn fest bei der Schulter, schüttelte ihn und wiederholte: »Giorgio, wo ist unsere Esther?«

Giorgio rührte sich nicht. Er besah das sanfte Innere seiner milchigen Panzerhaut. Seine Augen waren weit geöffnet und leer bis zum Grund. Auf der Holzbank, unter dem Gesicht Giorgios, bemerkte Hanna einen nassen Fleck. An dessen Rand hatten sich die Tränen entlang der Maserung in das weiche Holz gegraben, wie dünne Rinnsale, die von einem Teich herrühren, und langsam versickern im losen Erdboden.

»Giorgio«, weinte Hanna.

Während sie ihren Mann behütend ganz fest in den Armen hielt, durchfuhren Zuckungen ihren zarten Körper. Sie streichelte Giorgio über den Kopf und verteilte Küsse über sein Gesicht. »Giorgio«, fragte sie immer wieder; ganz leise fragte sie es, »Giorgio, wo ist unsere Esther? Wo haben sie unsere kleine Esther hingebracht?«

Die zwei Männer von der Fürsorge und der Herr Pfarrer hatten in »allerbester Absicht« gehandelt, wie sie sich vor ihrem Eingreifen gegenseitig mit verantwortungsvollem Gesicht immer wieder versichert hatten. Sie hatten abgewartet, bis Hanna hinter dem Hügel verschwunden war. Danach waren sie die wenigen Meter vom Heuschober, hinter dem sie sich versteckt gehalten hatten, bis zur Holzhütte gelaufen. Gerannt waren sie nicht, nein, das wäre ihrem ehrbaren Vorhaben nicht angemessen gewesen, wie sie fanden. Vielmehr waren sie mit federndem Schritt auf die Hütte zugeeilt und ihre schwarzen Mäntel hatten sich dabei im Novemberwind gebauscht. Dann hatten sie an die Tür der Holzhütte geschlagen und waren eingetreten, ohne lange eine Antwort abzuwarten. Es sei ja auch wirklich besser, hatten sie sich zuvor untereinander verständigt, die Sache zügig und ohne Umschweife zu einem guten Ende zu bringen.

Giorgio war beim Tisch gesessen und hatte die kleine Esther im Arm gehalten, als die Männer plötzlich in der Stube standen. Der Pfarrer erklärte Giorgio mit gütiger Stimme und so, als spräche er zu einem verständnisschwachen Kind, dass es das Allerbeste für die Kleine wäre, in ordentlichen und geregelten Verhältnissen aufzuwachsen. Im Schoß der Kirche und unter der Obhut von liebevollen und verständigen Mitbrüdern und Mitschwestern werde es die kleine Esther stets gut haben, versicherte der Pfarrer. Sie werde nie Hunger oder Durst leiden müssen, nie frieren und überhaupt werde es ihr an nichts fehlen. Wenn er, Giorgio, wirklich ein verantwortungsvoller Vater sei, würde er das sicher einsehen, denn hier, sagte der Pfarrer und sah sich angewidert in der kleinen Stube um, hier würde das Kind ja früher oder später verkommen. Während der Pfarrer auf Giorgio einredete, rückten die beiden Männer von der Fürsorge immer näher an Giorgio heran. Wenn er kein Einsehen haben sollte, sagte der größere von ihnen und verschränkte die Arme vor seiner massigen Brust, dann hätten sie auch andere Möglichkeiten. Der Staat toleriere es nämlich nicht, wenn junge, unschuldige Geschöpfe in einem Umfeld aufwuchsen, in dem Betteln und Herumzigeunern an der Tagesordnung seien. »Oh nein, bei Gott nicht«, pflichtete der Pfarrer bei und der üppige Mann befand, dass man sich ja nur hier in der armseligen Hütte umzuschauen brauche, um zu erkennen, dass der Kleinen hier nichts geboten werde. Der Pfarrer nickte heftig und sprach von »Segen« und einem »Geschenk des Himmels«, dass die kleine Esther die Möglichkeit habe, wie ein ganz normales, glückliches Kind aufzuwachsen. Das müsse doch in seinem Interesse sein, wurde der Pfarrer nun energisch und rüttelte Giorgio an der Schulter.

»Unterschreib hier«, sagte der schmächtigere der beiden Männer in strengem Ton und legte Giorgio ein dicht beschriebenes Blatt Papier auf den Tisch.

»Ja, unterschreibe, mein Sohn«, sagte der Pfarrer, jetzt wieder mit weicher Stimme. »Unterschreibe und alles wird gut für dein Kind. Das verspreche ich dir im Namen des Herrn.«

»Der Herr Pfarrer will nur das Beste für dein Kind«, sagte der hagere der beiden Männer und drückte Giorgio einen Stift in die Hand, während der Pfarrer Esther aus Giorgios zitternden Armen nahm.

Dann beugte sich der Wuchtige von hinten über Giorgio und legte seine breite Hand über jene von Giorgio.

»Hier musst du unterschreiben«, sagte er und drückte zu.
»Genau hier.«

✳ ✳ ✳

Fahrenden die Kinder wegzunehmen hat in Europa Tradition. Schon im 18. Jahrhundert befahl Österreichs Kaiserin Maria Theresia, dass Zigeunern ihre Kindern abgenommen und sesshaften Bürgern und Bauern zur Erziehung übergeben werden sollten. Die Pflegeeltern erhielten Kleidung und Pflegegeld. Überdies war die Ehe unter den Fahrenden verboten. Zigeunermädchen hingegen, die einen Sesshaften niedrigen Standes heirateten, bekamen eine staatliche Aussteuer. Maria Theresias Nachfolger, Joseph II., erließ zudem ein Regulativ, wonach der Gebrauch der Zigeunersprache bei Strafe von vierundzwanzig Stockhieben untersagt wurde. All diese Maßnahmen hatten ein Ziel: die Zerstörung des ethnischen und kulturellen Erbes der Fahrenden. Ähnlich erging es den Fahrenden auch in anderen Ländern Europas, etwa in Deutschland und in der Schweiz. Auch hier wollte man sich der »Unruhe stiftenden, triebhaften, betrunkenen, hausierenden, den sesshaften Kaufleuten Konkurrenz machenden, sich der Staatsgewalt entziehenden« Fahrenden entledigen.

Hundertfünfzig Jahre später trieben die Nationalsozialisten die Ausrottung der Fahrenden durch Mord, systematische Zwangssterilisierung und Kindeswegnahme auf einen neuen Höhepunkt. Auch die beiden letztgenannten Maßnahmen fallen in die Kategorie Völkermord, verjähren daher nicht, und: Sie wurden auch lange nach dem Nationalsozialismus noch angewendet. In der Schweiz etwa wurde erst 1973 aufgedeckt, dass die vom Staat politisch unterstützte Stiftung »Pro Juventute« Jenischen ihre Kinder bis in die siebziger Jahre weggenommen hat. Organisiert wurde das von einer Unterorganisation der Stiftung: dem

»Hilfswerk für die Kinder der Landstraße«. Ihr Ziel war es, aus »herumziehendem Gesindel« »brave Bürger« zu machen. 619 Fälle von Kindeswegnahmen sind dokumentiert, die Dunkelziffer ist weit höher. Geschwister wurden getrennt, den Eltern kein Besuchsrecht eingeräumt, Kindern wurde erzählt, dass die Eltern tot seien. Die Folge der abrupten Familientrennung war oft eine schwere Traumatisierung bei Mündel und Eltern. Die seelische Verwundung führte häufig zu Alkoholismus, Tablettensucht oder Selbstmord. Die Opfer des Hilfswerks erhielten als späte Geste eine Entschädigung von zwanzigtausend Franken. Zivile Haftungsklagen oder Strafprozesse gegen die Täter und Verantwortlichen wurden nie geführt, die wissenschaftliche Aufarbeitung wurde jahrzehntelang verzögert. Eine erste Etappe erfolgte erst 1998, fünfundzwanzig Jahre nach dem Ende des Hilfswerks.

Auch in Österreich wurden noch lange nach dem Ende der Nazidiktatur Fahrenden ihre Kinder weggenommen, allerdings nicht zentral gesteuert wie in der Schweiz. Dies ist einer der Gründe, warum bis heute kein einziger Fall an die Öffentlichkeit gelangt ist. Zudem scheuen betroffene Jenische davor zurück, späte Aufklärung einzufordern. Das liegt daran, dass sich viele aufgrund ihrer schrecklichen Erlebnisse auch heute noch nicht als Jenische deklarieren wollen. Denn beinahe allen ist eines geblieben: die Angst.

✻ ✻ ✻

Der Zweifel eint die Menschen, mein kleiner, schlauer Fuchs, und die Überzeugung trennt sie. Hüte dich vor jenen Menschen, die ihre Überzeugung vor sich hertragen wie ein Zepter. Denn sie werden nicht zögern, auf andere damit einzuschlagen. Hüte dich vor ihnen, die ihre Überzeugung tragen wie eine Krone, denn sie beengt ihren

Geist, und das macht sie unberechenbar und gefährlich. Sie fühlen sich erhaben; erhaben über andere Meinungen, und also über andere Menschen.

Auf Erden wurden viel mehr Verbrechen im Namen des Guten begangen als im Namen des Bösen, mein kleiner, schlauer Fuchs, und oft mit stolzgeschwellter Brust und einer Träne im Auge, vor lauter Rührung der eigenen, hehren Überzeugung wegen.

Als die Kirche und die Fürsorge sich selbst und dem ganzen Dorf damals vormachten, die kleine Tochter von Hanna und Giorgio zu retten, da verbrannten sie auf grausamste Weise drei Herzensnester. Hanna und Giorgio suchten ihre Tochter im ganzen Land, sie gaben keine Ruhe und versuchten alles Erdenkliche. Aber immer wenn sie glaubten, ihre Tochter gefunden zu haben, wurde Esther in ein anderes Heim gebracht, zu einer anderen Pflegefamilie, an einen anderen geheimen Ort. Es war eine Tortur, die sich über Jahre hinzog und der weder Hanna noch Giorgio gewachsen waren. Giorgio war so verzweifelt und fühlte sich so sinnentleert, dass er mehrmals versuchte, sich das Leben zu nehmen. Hanna betäubte ihre Gefühle mit Alkohol. Manche im Ort haben daraufhin gesagt: Nur gut, dass diese Asozialen wenigstens das arme, unschuldige Kind nicht verziehen können.

Irgendwann einmal kam dann der Brief von der Behörde, dass Esther im Heim tödlich »verunglückt« sei.

Dieselben Leute haben auch versucht, Peter und Maria ihr Kind wegzunehmen. Peter hat sie so energisch aus dem Haus gejagt, dass er zu einer siebenwöchigen Haft verurteilt wurde und ab dann vorbestraft war. Manche im Ort haben daraufhin gesagt: typisch Jenische, nur Gerangel und Raufereien im Kopf. Aber zumindest hat sich der Pfarrer, der damals einen dicken Verband um seine himmelwärts gestreckte Nase trug, nicht mehr in die Nähe von Peters und Marias Haus getraut.

Bei Maria allerdings ging damals der Keim der Angst auf. Und so brachte sie Peter dazu, anders als bisher, im Hitzling nicht mehr auf Reise zu gehen. Überhaupt sollte fortan nichts getan werden, was die Aufmerksamkeit der Gadsche hätte erregen können. Maria überredete Peter dazu, nicht mehr Messer schleifend und Obstbäume schneidend hausieren zu gehen, sondern Schichtarbeit in der Textilfabrik anzunehmen. Und sie selbst trug ab dieser Zeit, »um den Gadsche nichts zum Gadschen* zu geben«, wie sie sagte, nie wieder die jenische Tracht. Was soll ich dir sagen, mein kleiner Fuchs: Die Gesellschaft hatte erreicht, was sie wollte: Einer jenischen Familie mehr war das Jenisch-Sein ausgetrieben worden.

Ihrem heranwachsenden Sohn Franzi, deinem Vater, mein kleiner Fuchs, verheimlichten Peter und Maria seine jenische Herkunft. Er sollte nicht unnötige Probleme bekommen und sich wegen seiner Abstammung schämen müssen vor den anderen Kindern. Maria und Peter bemühten sich, in Franzis Gegenwart kein jenisches Wort zu wechseln und nahmen mir und Frida das Versprechen ab, es ebenso zu halten. Um ehrlich zu sein, ich hielt mich nur daran, solange mich meine Tochter Maria nicht aus den Augen ließ. Als dein Vater schließlich doch von seiner jenischen Abstammung erfuhr – ich gebe zu, vielleicht ja auch wegen meiner versteckten Hinweise – hatte er bereits Gadsche als Freunde und legte weder Wert auf seine Herkunft noch auf unsere Tradition. Du solltest deinem Vater deswegen keinen Vorwurf machen. Er ist aufgezogen worden, als sei er kein Jenischer. Und als er schließlich feststellte, doch einer zu sein, teilte er längst die Meinung, die ohnehin allerorts zu hören war, dass nämlich bei uns Jenischen ja doch das Schändliche überwiege. Also vergrub er das Wissen um seine Herkunft in seinem Herzen und schwieg es vollends tot.

Als dein Vater erwachsen wurde, begann er in der Glasfabrik zu arbeiten. Ehrlich gesagt, wäre es zu dieser Zeit auch schon schwierig gewesen, einem traditionellen jenischen Beruf nachzugehen. Denn mit dem Wirtschaftswunder der Nachkriegsjahre waren neue Fabriken und moderne Fertigungsanlagen entstanden, und die einfachen Handwerksarbeiten von uns Jenischen waren kaum mehr gefragt. Wenn Frida und ich auf dem Jahrmarkt standen, mit dem Schirm auf den Rücken gebunden, damit wir die Hände zum Handeln unserer Fetzen und Schnitzereien frei hatten, waren wir schon mehr Sehenswürdigkeit als ernstzunehmende Marktfahrer.

Dein Vater jedenfalls lebte das Leben eines Sesshaften. Er ging jahraus, jahrein in aller Früh zur Arbeit. Am Abend, wenn es schon dunkelte, kehrte sein müder Körper heim. Hintennach schleifte er dabei jedes mal etwas Schweres mit sich, etwas, das ihn traurig machte, etwas, von dem er nicht wusste, dass es seine erschöpfte Seele war. Jede Woche wartete dein Vater fünf sinnentleerte Tage lang auf sein freies Wochenende.

Als er schließlich den Frühling seines Lebens betreten hatte, verliebte er sich. Natürlich verliebte er sich, wie es sich für einen Sesshaften gehört: an einem Wochenende; also in jener engen Zeit, die für sein freies Leben bemessen war. Er verliebte sich in ein Mädchen, von dem er annahm, sie sei eine Gadsche. Doch als du auf die Welt kamst, mein kleiner Fuchs, da merkte bald jeder, dass heißes Blut in dir kochte. Schon als Baby wohnte die Unruhe in dir. Wenn dich dein Vater und deine Mutter in den engen vier Wänden einlullen und behüten wollten, warst du unausstehlich. Kaum aber warst du in der Natur, leuchteten deine Augen. Mit großer Ausdauer hast du die Flugbahnen der Amseln und der Schwalben verfolgt, hast deine Arme gehoben, um den Bienen bei ihrer Landung auf den Blüten beizustehen, hast fröhlich glucksende Geräusche von dir gegeben, wenn deine Mutter dich über den glitzernden Bach hob.

Und irgendwann erzählte mir dein Vater zwar stolz, aber dennoch reichlich verunsichert, dass du es warst, der – obwohl noch ein Knirps und kaum einer Silbe mächtig – ihm geholfen hat, den Weg nach Hause zu finden. Dein Vater war damals, mit dir auf den Schultern, gedankenverloren zu tief in den Wald geraten. Gemerkt hatte er das erst, als die Sonne tief am Himmel stand und kaum mehr Licht in den Wald fiel. Du hast wohl seine Aufgeregtheit gespürt. Jedenfalls erzählte er, dass du ihm plötzlich mit deinem ausgestreckten kleinen Arm die Richtung angegeben hast. Anfangs ignorierte er es, dann hielt er es für albern, doch als du immer dann einen kurzen, erbosten Schrei von dir gegeben hast, wenn er deinen Rat nicht befolgte, ging er schließlich so, wie du es ihm angezeigt hast. Wenig später seid ihr an der Waldlichtung angekommen, die sogar dein sesshafter Vater wiedererkannt hat. Seit diesem Ausflug trägst du deinen Namen, mein kleiner, schlauer Fuchs.

Es war kurz nach diesem Erlebnis, als deine Eltern – irritiert und neugierig geworden durch dein wildes Herz und deinen zielsicheren Instinkt – herausfanden, dass in den Adern deiner Mutter ebenfalls jenisches Blut floss. Ihre Herkunft war ihr ebenso verschwiegen worden wie deinem Vater die seine. Nun ja: Du kannst dir sicher vorstellen, mein kleiner, schlauer Fuchs, wer es war, der etwas nachgeholfen hat, um die wahre Abstammung deiner Mutter ans Tageslicht zu bringen. Jedenfalls hab ich dich ab dann in meine Obhut genommen, so wie es von jeher Brauch ist bei uns: Der Älteste unterrichtet den Jüngsten der Sippe. Das trauten sich deine Eltern mir trotz aller sesshaften Vorsicht dann doch nicht zu verwehren. Außerdem: So wie du dich gebärdet hast und wie jede Faser in dir nach deinem Ursprung geschrien hat, da wussten deine Eltern, dass sie dagegen nichts ausrichten können. Schließlich kann ja auch der Wetterfrosch im Gurkenglas nichts gegen Donner und Blitz unternehmen.

Jahre später, mein kleiner Fuchs, konnte der Körper meiner Frida ihr großes, ewig jung schlagendes Herz nicht mehr tragen. In der Nacht bevor sie ging, nahm sie meine zitternde Hand, befreite mich von meiner Angst und gab mir ihre Kraft. Dann sagte sie: »Lois, du weißt, dass wir uns wieder haben werden. Es wird so weit sein, wenn du den kleinen Fuchs das gelehrt haben wirst, was nötig ist. Dann wirst du zu mir kommen. Unsere Seelen werden zusammenfließen wie zwei Tropfen, die im Sonnenlicht dampfend aufgestiegen und als Regen erneut vom Himmel gefallen sind.«

Von da an, mein kleiner, schlauer Fuchs, von da an hatte ich nur noch eine Aufgabe: dich zu begleiten auf deinem Weg zum Erben unseres jahrhundertealten Wissens. Und ich sage dir, diese Aufgabe hat mich jeden Herzschlag lang mit Freude erfüllt. Weil du mir mit deinem Handeln und deinem Nichthandeln, deinem Reden und deinem Schweigen gezeigt hast, dass du der Auserwählte bist, dass du allein es bist, der das Wissen unserer Ahnen und Urahnen hüten wird.

Mein kleiner, schlauer Fuchs: Wir beide wissen, dass unser gemeinsamer Weg bald zu Ende sein wird, denn ich habe meine letzte Aufgabe als dein Lehrer erfüllt. Mein Herz wird zur Quelle zurückkehren. Es wird nicht mehr nach dem Warum der Dinge forschen, sondern sich davon ernähren. Du aber bist jung, du wirst suchen und du wirst finden. Erneut wird sich der Kreis schließen und alles wird seinen Lauf nehmen.

16.

Ich habe dir nun noch einmal die Geschichte unserer Sippe erzählt, mein kleiner, schlauer Fuchs. Ich habe dir das Wissen und die Erfahrung deiner Ahnen weitergegeben. In unseren gemeinsamen Jahren habe ich dich zudem all das gelehrt, was du wissen musst, um du selbst zu sein. Das ist sehr viel, mein kleiner, schlauer Fuchs. Denn nichts ist so schwer im Leben wie der Mensch zu werden, der man ist.

Mein kleiner, schlauer Fuchs: Du hast gelernt, auf dein Herz zu hören und deinem Instinkt zu folgen. Du verstehst es, deine Intelligenz zu nutzen, ihr aber auch zu misstrauen. Du hast mit mir im Wald gelebt mit dem Himmel als Dach, den Pflanzen als Begleiter und den Tieren als Lehrer. Du hast verstanden, dass alle Wesen dieser Erde anders sind und gleich. Du hast erfahren, dass alles eins ist, hast begriffen, dass du selbst nur ein Widerschein bist von längst Vorhandenem. Du fühlst, ein Teil Gottes zu sein, ein Teil des Universums, ungeworden und ewig. Und du begreifst, dass dieses tiefe Wissen dir die Möglichkeit gibt, danach zu leben, zu reden und zu handeln.

Oft hast du mich nach dem Sinn des Lebens gefragt, mein kleiner, schlauer Fuchs. Nie habe ich dir geantwortet und dennoch weißt du heute die Antwort: Der Sinn des Lebens ist, das Leben sinnvoll zu leben. Das bedeutet, jeden Augenblick in der Wahrheit und in der Wirklichkeit zu leben.

Wenn ein Menschenkind nur einen Atemzug zu leben hätte und in diesem kurzen Moment mit ganzem Herzen und klaren Augen nichts anderes täte, als mit inbrünstiger Stimme die Luft zu bewegen, dann hätte es sinnvoller gelebt als ein altersschwacher Greis, der sein langes Leben mit leerer Zeit gefüllt hat. Denke daran, mein kleiner, schlauer Fuchs, wenn du einmal mit dir unzufrieden bist und grübelnd ins Dunkle starrst.

Wenn du dich zwischen zwei Lösungen zu entscheiden hast, bedenke die dritte.

Wenn du wählst, vermeide die Dinge, die das Leben verschleißend machen.

Wenn du das Glück suchst, vergiss nicht, es wohnt nirgendwo anders als in dir und nur in dir.

Wenn du die Traurigkeit vertreiben willst, folge dem Bach, beobachte die Vögel und lausche dem Konzert des Windes im Wald.

Wenn dich dein Herz nicht loslässt, es dich drängt und dir befiehlt, folge ihm.

Wenn du verliebt bist, liebe.

Wenn du nicht mehr weißt, wohin du sollst, erinnere dich, woher du kommst.

Schau nicht so traurig, mein kleiner, schlauer Fuchs, ich verlasse dich nicht. Du weißt doch, dass es nur meine Seele ist, die sich von ihrem alt gewordenen Körper befreit.

Hier, nimm dieses Hirschlederarmband. Mein Vater hat es mir vererbt. Nun soll es dir gehören. Du kennst ja seine Bedeutung, weißt um seine Geschichte. Ich trug dieses Band, als deine Urgroßmutter und ich zueinander fanden. Trage auch du es erst, wenn du spürst, die Frau deiner Bestimmung getroffen zu haben.

Hier, nimm auch diesen Glückserdapfel. Weißt du, woher er stammt? Sieh ihn dir genau an, schau wie klein er ist, fühl, wie steinhart. Das liegt an seinem hohen Alter, mein kleiner Fuchs. Es ist jener Erdapfel, den einst die Alte unseren Urahnen auf ihrer ersten Reise mitgegeben hat. Es ist jener Erdapfel, den sie in die Rocktasche von Lillis Mann plumpsen ließ. Es ist der Erdapfel, der seit weit mehr als hundert Jahren im Besitz unserer Sippe ist. In ihm ist so viel Glück und so viel Erfahrung gespeichert, dass er vor Energie eigentlich platzen müsste. Er hat unseren Ahnen geholfen und ebenso hat er mir gute Dienste erwiesen. Er wird auch dir beistehen.

Versuch jetzt zu schlafen, mein kleiner, schlauer Fuchs. Und wenn du morgen aufwachst und ich habe meinen Körper verlassen, dann wirst du nicht weinen. Und wenn, dann nur aus Freude mit mir, dass ich zu meinem Selbst zurückkehren durfte, zur Mutter, zur Erde. Wenn du morgen aufwachst, mein kleiner, schlauer Fuchs, dann wirst du nicht traurig sein. Wenn du morgen aufwachst, wirst du erwachsen sein. Schlaf gut, mein großer, schlauer Fuchs.

Glossar

Bari: Großvater
Beng: Teufel
Biberling: Winter
butten: essen
Do schpaun au! Do is jo a Wimper!: Da schau her! Da ist ja
  eine Wimper!
Eichkatzerl: Eichhörnchen
Funk: Lagerfeuer
Funkplatz: Lager- bzw. Feuerplatz
Gadscho (Ez.), *Gadsche* (Mz.): Sesshafte, Nicht-Zigeuner
gadschen: schwätzen, reden
Gani: Huhn
Gfunkerter: Schnaps
glosen: schauen
Gschutzter: Idiot
Hitzling: Sommer
Karner: Schimpfwort für Jenische; jemand, der einen Kar-
  ren zieht
Katzelmacher: Schimpfwort für Italiener
Korlass: Wein
Lowi: Geld
Mexikaner: aufwändiges Eintopfgericht, Festtagsspeise
  der Fahrenden
Mulo: Totengeist
Pflam: Bier
Restlinggrube: Hohlraum unter einem Restling (großer,
  von der Witterung abgerundeter Granitstein)
Scheinling: Augen

Stachling: Igel

Stachlingbraten: Igelbraten

Tschugglbossert: Hundefleisch

Ortsgeschichte von Amaliendorf: Othmar Karl Matthias Zaubek: »Ortsgeschichte von Amaliendorf«, Schrems, 1967, (Die Namen des Bürgermeisters und des NSDAP-Ortsgruppenleiters sind im Originalheft nicht abgekürzt. Ein Zusammenhang zwischen der Romanfigur Tschukal und dem damaligen Ortsgruppenleiter beziehungsweise zwischen der Romanfigur des Bürgermeisters und dem tatsächlichen damaligen Bürgermeister besteht nicht.)

Dank

gilt allen Fahrenden, deren reiche Leben, bunte Erinnerungen, stille Momente und schöne Weisheiten dieses Buch geschrieben haben.

Danke für eure Unterstützung und die Einblicke, die ihr mir geschenkt habt: Alois, Daniel, Franz, Robert Huber (Präsident der Radgenossenschaft der Landstraße), Romedius, Sieglinde, Simone, Venanz.